编委会

主　任：薛保勤　李　浩

副主任：刘东风　郭永新

编　委：（按姓氏笔画排序）

王勇安　王潇然　毛晓雯　刘　蟾　刘炜评

江　璐　那　罗　杜爱民　李屹亚　杨恩成

沈　奇　张　炜　张　雄　张志春　高彦平

曹雅欣　董　雁　储兆文

审　稿：杨恩成　费秉勋　魏耕源　阎　琦

诗说中国

民俗卷

诗语年节

薛保勤 李浩 主编

张志春 著

陕西师范大学出版总社

图书代号　WX17N1107

图书在版编目（CIP）数据

诗语年节：民俗卷/张志春著. —西安：陕西师范大学出版总社有限公司，2018.1（2018.4重印）

（诗说中国/薛保勤，李浩主编）

"十三五"国家重点图书出版规划项目

ISBN 978-7-5613-9607-0

Ⅰ.①诗… Ⅱ.①张… Ⅲ.①古典诗歌—诗歌欣赏—中国 Ⅳ.①I207.22

中国版本图书馆CIP数据核字（2017）第263260号

诗语年节　SHI YU NIAN JIE

张志春　著

出版策划	刘东风　张　炜　王勇安
执行编辑	郭永新　焦　凌　姚蓓蕾
责任编辑	焦　凌
责任校对	王奉文
美术编辑	张潇伊
出版发行	陕西师范大学出版总社
	（西安市长安南路199号　邮编 710062）
网　　址	http://www.snupg.com
印　　刷	中煤地西安地图制印有限公司
开　　本	710mm×1020mm　1/16
印　　张	20.25
插　　页	2
字　　数	234千
版　　次	2018年1月第1版
印　　次	2018年4月第2次印刷
书　　号	ISBN 978-7-5613-9607-0
定　　价	65.00元

读者购书、书店添货或发现印装质量问题，请与本公司营销部联系、调换。

电话：（029）85307864　85303629　　传真：（029）85303879

诗说中国说（序）

"诗说中国"是说诗，更是用诗来说中国。

诗是文学皇冠上最璀璨的珍宝。她既是审美意识的语言呈现，也是作家心灵的文学投射，还是人们日常生活的学术再现。诗是心灵的乐章，是思想的光芒，是人类灵性与智慧的结晶，也是人类文明进程的"别样"记载。人们通过诗歌抒情言志，状物寄情，歌之舞之，足之蹈之，兴观群怨，从而留下一个民族的吟唱和情感的纯粹表达，也留下了诗与人、诗与世、诗与史、诗歌与审美、诗歌与文明、诗歌与人性的无数关乎人类生存、生活、生命等终极目标的命题。

什么是诗？

诗言志，歌咏言。（《尚书·尧典》）

故哀乐之心感，而歌咏之声发。诵其言谓之诗，咏其声谓之歌。（《汉书·艺文志》）

诗者，吟咏情性也。（严羽《沧浪诗话》）

诗者，根情，苗言，华声，实义。（白居易《与元九书》）

诗的境界是情感与意向的契合。（朱光潜《诗论》）

诗是凭着热情活活地传达给人心的真理，是强烈感情的富于想象力的表达方式。（华兹华斯）

自古以来，关于诗的评说，异彩纷呈，各有千秋，但有一点历代名家不谋而合：诗是人类文明进程忠实而又审美化的记录。

中国是诗的国度。诗歌源远流长，浩如烟海，是中华传统文化中别具风采、独具魅力的珍贵历史文化遗产。

岁月悠悠，沧海桑田，"青山依旧在，几度夕阳红"。诗香依旧、诗韵依旧、诗心依旧、诗情依旧……几千年的历史变迁，诗歌并没有因为时间的流逝而失去其张扬生命的璀璨光芒，并没有因为岁月的过往而失去滋润灵魂的审美情愫，并没有因为历史的烟云而暗淡其透视曾经的认知价值，并没有因时代的变迁而失去审视社会的锐利。诗歌对过往的诗意的描述，对未来的诗意的展望，对美好的诗意的神往，对人生的诗意的理解，对生活的诗意的观照，对苦难的诗意的感悟，对家国的诗意的忧思……成为历史长河中丰富的文化资源、丰满的文学资源、丰沛的审美资源；更因其对历史的独特认知，对生命的吟咏礼赞，对人生的感悟反思，对社会的反省批判，滋润灵魂，启迪后来者。所有这些成为我们认知历史、研究历史、审视历史、提炼历史、观照现实、感悟文化、传承文化、创新文化的重要资源。正是基于此，才有了我们对"诗说中国"这套书的策划。我们编撰这套书没有停留在对一般诗歌作品的选编、鉴赏上，而是以诗说的形式，通过诗歌去认知历史、认知文化、认知人生，从而呈现出中国文化的另一种样貌。故而，"诗说中国"不是简单的诗的解读、诗的欣赏、诗的体悟，我们的目的是让读者随着我们的笔触感悟中华大地诗意化的历史、诗意化的人生，感知历久弥新的中华文化精神。

其一，"诗说中国"试图通过诗歌透视社会变迁中的社会图景，穿越时空，感知历史，认知历史。

"诗说中国"以"诗的眼睛"去探寻，以"诗的视角"去发现。诗是历史洪流中的一个镜像。通过诗歌这面镜子去发现历史，大江东去，潮起潮落，小桥流水，杏花春雨。让诗歌带领读者循着历史的足迹，进行诗意的历史穿越。在诗的维度、诗的空间中，穿越古代中国，与古人对话，与历史交流。政治风云、金戈铁马、亭台楼阁、歌舞升平、水墨丹青、耕读传家、佳肴美馔、人性至情、禅思哲理，一路走来，聆听曾经的低吟浅唱，感受曾经的风起云涌，思考历史的起承转合。品国风之情深意婉，恍若看到漫步于田间的古人身影，倾听余韵之声；感乐府之真挚深切，体味汉代朴质厚重的民风民情；赏唐诗之气象万千，体验大唐盛世激昂奋进的脉动勃发；悟宋诗之理思缜密，领略宋代文化的义理深邃；叹明清诗风之多元，体察寻常巷陌的世情百态。

历史已经远去，但诗歌的诗意描述、诗意感怀、诗意顿悟离我们并不远。文学源于生活，高于生活，从这个意义上讲，诗歌可以帮助我们认知"高于"生活前的原生态。无疑，诗歌为我们提供了一种"寻找历史"的文本，回望"生活"，展示"生活"，研究"生活"。遥想历史，古老而神秘，走入诗境，就能在"关关雎鸠，在河之洲，窈窕淑女，君子好逑"中体悟相通的情感，与古人相遇，而有会心之妙。

其二，"诗说中国"试图通过诗歌捕捉文化的点点滴滴，洞悉诗意的文化源流，引领读者品读文化、享受文化。

"诗说中国"从来就有庙堂牵系的政治关怀，也不乏恬淡雅致的乡间野趣，有着鲜明的文化多元特征。"诗说中国"试图带着读者徜徉、浸润于浩瀚的诗海之中，以大文化的宏阔视角走入诗界，观照诗歌所呈现的丰富的文化、斑斓的人生、多彩的体悟，进而感受丰富而多元的世界。诗的文本是开放的，也是别有用心的：或落脚于古代至情，体验古人的闺情婚恋、相思离别、悼亡哀怨；或着眼于礼仪，阐发诗中的宗庙祭祀、婚丧嫁娶、长幼尊卑等政治与生活礼仪；或聚焦于耕读，感受诗中的渔樵耕作与读书之乐；或感觉于饮食，展示诗中的甘醇玉馔，品尝舌尖上的中国味道；或游历于山水，体验诗中的林泉高致、山水情怀；或徜徉于笔墨丹青，在诗的水墨意蕴中感受审美的情致。镜头也观照怀古、行旅、民俗、禅思、乐舞等等，进而提炼生活之美、文艺之趣、哲理之思。

西方哲学家海德格尔《诗人何为？》一文中讨论荷尔德林的诗歌时指出："在如此这般的世界时代里，真正的诗人的本质还在于，诗人总体和诗人之天职出于时代的贫困而首先成为诗人的诗意追问"，揭示了诗人所担当的文化使命及诗性精神。此种情怀可谓中西相贯，古今相通。《诗说中国》希冀以诗性思维去观照文化中国，进而提升我们的文化自信。

其三，"诗说中国"试图通过诗歌去感知生命，滋润灵魂，在诗的引领下体味诗意化的人生。

我们力求带着情感与温度去阅读诗歌、品味诗意人生，以灵动优雅的散文语言诗意人生，带领读者感悟诗歌的多重表达与审美意蕴，去发现一个个生命的真实。《诗·大序》有言："情动于中而形于言，言之不足，故嗟叹之，嗟叹之不足，故永歌之。"《文心雕龙·物色》亦云："岁有其物，物有其容；情以物迁，辞以情发。"诗为心声。诗人的时代境遇、心志情怀，形成其对宇宙、自然、人生不同的体悟。每一首诗都寄托着人的生命体验，或气韵淡远，或游心物化，或天机妙悟，或兴象玲珑，诗的风骨、声律、心象、基调等不同的风格也透射出诗人不同的生命精神与文化心境。我们希望能帮助我们的读者触摸到古代诗人的体温，感受到古人博大的胸怀、飞逸的才华、超迈的精神、熠动的情感，感悟诗中激荡的浩然正气。

诗史也是心史。诗中有人的欲望，有人的追求，有人的思想，有人的观念；诗中也有不同时代、不同社会阶层的生命体验与精神世界。在诗中体味古人一腔诗心中的一咏而叹幽微心曲，感受其悠然看山的湛然本性。生命的本体经验感悟升华，悠远飞扬，荡涤世俗的尘埃，润泽心灵。我们不必刻意寻求"心灵鸡汤"，从古典诗歌中即可寻求到心灵的慰藉，体悟生命的多彩。当我们品味苏轼诗中的赋性闲远、通脱旷逸之时，心灵的困顿与精神的无依皆可得以释然。诗是"火树银花"的繁华之所，是"红袖添香"的温柔之乡，是无数读者的精神家园。

"诗说中国"不是说诗，而是用诗来说中国。

以诗来说中国是一件有意义的事，也是一件不容易的事。在浩如烟海的诗中，选什么诗，怎么选，怎么说，说到什么程度，都需要谋划者的良苦用心和解析者的殚精竭虑。"诗说中国"试图用历史长河中经典诗歌折射的"点"来连接成"线"，用"线"勾勒出"面"，使"点"具有经典性，"线"具有延续性，"面"具有代表性，通过"点""线""面"的有机结合，从而再现曾经的中国。

为了体现"点""线""面"的经典性、延续性及代表性，我们初步选择了《诗语年节》《铁马冰河》《明月松间》《人间有味》《家国情怀》《行吟天下》《情寄人生》《耕读传家》《乐舞翩跹》九卷，编撰成第一辑，建构起《诗说中国》的多元化框架。每卷图书撰有自序，介绍该卷的写作宗旨及文化流变，给读者绘制出一幅古代社会的诗学地图，让读者随着我们穿越古今。为了便于阅读，文章以散文式的笔法、诗书画结合的形式来呈现。

从2013年年初，我和李浩先生就开始谋划编写事宜，从集体构思到草创动笔，直至今天这套书行将付梓，历时五载，五年始磨一剑，不算长，也不算短，不由令人感喟不已却又欣喜由衷。编写的缘起，更多是出于人文学者对传统文化的一种自觉，我们尝试采用一种新的文学观照视角去感知诗歌中的中国，打开一幅幅历史的、文化的、人生的诗语长卷，广邀海内外宿学俊彦一起完成这个任重道远的任务。

感谢陕西师范大学出版总社的策划与支持，他们以敏锐的眼光捕捉文化的需求，体现出厚重的文化担当；感谢各卷编撰者对古典诗歌与中国的深切感悟及辛勤撰写；感谢审读书稿的几位专家严格把关，确保了书稿质量。大家的共同努力才促成了"诗说中国"的编撰出版。希望读者能于茫茫书海中，搭乘此叶扁舟以认知中国、领略中华魅力。

"诗说中国"是说诗，更是用诗来说中国。让我们以充满诗意的目光来观照历史的中国，观照这创造过辉煌的古老文明，观照这而今依然充满诗情画意、春意勃发的中国！

薛保勤
于首阳书院

自序

　　每个民族在文明初萌的时代,都会不自觉地以心之志发言为诗。这一特征一经建构,便自成一种文化原型,不仅对其整体文明有塑形塑神之效,而且如主旋律一般奏响于它发展的全过程。古巴比伦《吉尔伽美什》、古希腊《荷马史诗》、古埃及《亡灵书》均不约而同地在口传心授中呈现着各自的英雄传说、历史话语。而汉民族的第一部诗歌总集《诗经》,无论是"窈窕淑女,君子好逑"的思绪抒发,还是"采采芣苢,薄言采之"的劳动吟唱,抑或是"天命玄鸟,降而生商"的追本溯源,也无不体现出中华民族的情感特质与文化心理。或许这就是诗歌境界与文化传统共生的深层原因。或许,这也就是诗说类著述得以萌生的坚实基座。

　　《诗语年节》原拟定位于诗说民俗的象限之中。民俗者,囊括人类生活全域。大到天体宇宙日月星辰,小到四时五谷花叶菌群,倘若展开来写,林林总总,博大深广,洋洋大观,岂是一套两套N套丛书所能囊括?为避免面面俱到轻浅着陆，笔者将其节缩于岁时年节一隅。然而即便是岁时年节，本身也是天高地厚，甩袖无边。若求全面呈现，那也有着丛书长卷不能承受之重。于是乎，笔者试图换个角度来呈现诗语年节这个话题。

首先，从叙述立场上，放弃了面面俱到的整体扫描与疲劳追踪，唯将每章叙述的口径开到最小最小而聚焦于一点或一线，这样能够集中笔力并使整体结构单纯起来。

如春节由一系列仪式和节点构成，便以窗花、春联、年画、服饰等专题分章渐次呈现。中秋节人们耳熟能详，便别开生面而剖析时间意象，在节日的仪式感中凸显自然时间与文化时间（神圣时间、文学艺术时间、哲学时间与生活时间）的特殊意味。再如端午节一般都纠结于主体意象是谁是谁，这里则从端午服饰层面切入。人人熟知者三言两语简述后便悬置起来，而节日有、笔下无者则娓娓道来。这样便摆脱了常识性介绍的烦冗，直击对生命的感悟，从而可以从容地铸炼诗性文字，进一步拓新境于结构布局之中。

其次，为使《诗语年节》具有历史人类学的田野意义，在笔触的深处，尽可能带有民俗传统的知识考古意味。

在民俗学意义上，当下的田野是不可或缺的学术基础。但纵观历史的长河，更悠久更深厚的文献沃野也同样值得挖掘。在以往的研究中，学者更多关注传世的地方史志、碑刻文献、口述材料，却忽视了传统文化中最为熠熠生辉的一部分——诗歌。学者们往往并不以此作为文献依据，而是仅仅作为狭义的文学情感表达。笔者则别开生面，溯流而上，通过将诗歌的生成、接受、阐释过程置于整个社会文化意义空间当中，完成诗歌的历史田野采风式解读，进行民俗研究领域的历史回溯与横向开拓。

在这里，确也有独到的发现与收获。如冬至曾是年节，沿着诗句"相传冬至大如年"摸索前去，证据纷披，渐渐地定性定位了，冬至在周代本身就是年节。清明歌谣中何以有"清明不戴柳，来世变黄狗"的诅咒与强制意味？经过更多的文史资料考释，便有了新的结论：因隋炀帝赐柳姓杨，柳树升格到了国家与家乡的象征符号。隋炀帝的坏名声使得后世有意无意回避并挪移了折柳相赠的源起时间。而社会群体的迅速认同，使得尊柳唱柳的诗词文赋在隋唐之后大量涌现，灞柳赠别因此而成为中国文化中著名的人文景观。至于腊八餐仪，时下只道腊八粥，岂不知林林总总的文献告诉我们，从先秦甚至更久远的时代起，腊八节都是用来祭祀祖先和神灵、祈求丰收和吉祥的节日，腊八餐仪本身就是一个开放的结构，佛粥的进入只是增添了新的仪式而已……这些从未意识到的原型，都是文献与民俗多重证据考释之后的新发现。

再次，从文学审美层面来看，《诗语年节》意在更多地揭示某种历史书写无法传达的社会心理的"真"——诗歌的瞬间捕捉与抒发似乎比许多史料更能让读者了解社会风尚与人的处境。

李世民守岁诗何以淡而无味？因为诗歌的生命原本是对人生缺憾的巨大补偿，而身为天子的吟诗者，其喜怒哀乐好恶欲，在日常境界中无不得到极大的放纵般的满足，内心深处早就没有这方面的新鲜感与强烈的需求了，而真正隐藏于内心深处的求仙欲望却又不能展示于字里行间。曾写出清词丽句的杜审言，之所以写出失魂落魄柔若无骨的守岁诗，是因为近臣身份且在伴君如伴虎的环境与氛围之中。清夏仁虎的《腊八》一诗之所以被评为断了脊梁骨的奴才诗，就在于奉旨熬粥后瞬间暴露的得意忘形，我们特别郑重地解读它，则是因为其诗再现了朝廷腊八粥的系统规模与仪式……。由此我们知道，中国诗歌当中的诗史传统，在引发读者充分了解诗歌的意趣，掌握语言文字的细微之处后，曲径通幽，让读者由诗歌的微妙门径进入一个更为广阔、真实、丰富的历史阐释空间。按后现代史学和人类学的观点,"历史是小说,小说才是真历史"。此论不虚,我们在诗歌的咏叹调中,在五言七言的字里行间,如此真切地触摸到了特定时期的习俗与社会情境,特定人物的心理脉动。在这里,我们感觉到,它们既是历时性的瞬间表达,更是共时性的时空对话。

《诗语年节》旨意在还原诗歌当中衍生出的广阔民俗意义世界,而并非局限于狭义文学价值取向当中。诵读诗歌、理解诗歌,不仅在于领悟出那一刻的情深,那一瞬的世界,更在于能浸润其中而出乎其外,体会古人,也认同自我,在日常与历史的交织中游刃有余。人在诗歌中追根溯源而完成文化原型的建构,诗歌在千古传播中对后人塑形塑神而完成生命气韵的积淀,文化血脉因此而流淌至今。恰如有学者所言"文学即人学","人",正是文学最富有魅力最完整的意义空间。虽如此,但看生活因作者不同而相异,看作品因读者不同而相异。异域更有一千个读者有一千个哈姆雷特之说。如此看来,《诗语年节》只不过一家之言罢了,静俟读者诸君评判吧。

目 录

元日衣冠样样新..........................1
  诗说春节服饰

画图今日来佳兆..........................25
  诗说年画

总把新桃换旧符..........................47
  诗说春联

万户千门看　无人不送穷............71
  诗说破五

颜与梅花俱自新..........................87
  诗说人日

东风夜放花千树..........................107
  诗说元宵节

煎饼箭石补天穿..........................121
  诗说补天节

何处春深好？..............................135
  诗说清明服饰

艾虎香包五彩绳..................161
    诗说端午服饰
两情若是久长时..................181
    诗说七夕节
一年明月今宵多..................203
    诗说中秋节
鲜花须插满头归..................223
    诗说重阳服饰
相传冬至大如年..................241
    诗说冬至
晴腊无如今日好..................255
    诗说腊八餐仪
此是人间祭灶时..................271
    诗说祭灶
迎送一宵中..................293
    诗说守岁

后记..................309

元日衣冠样样新

—— 诗说春节服饰

在国人的时间叙述中，春节是新的一年第一个太阳初升的日子，是天地间神秘而圣洁的肇端。此时此刻，万事万物都会奇异地全然复新，回归到理想的原初状态。

春节的所有习俗都笼罩在这焕然一新的氛围中。男女老幼穿新衣便是其中重要的习俗之一。官方有等级品服，有佩饰赏赐，模式化的穿戴中仍多世俗感；而民间则自制款式，自得其乐。官民春节服饰的最大公约数是，在这辞旧迎新的关键节点上，每个人都顶天立地，让自己由内而外成为新人！

春节是中华民族最大的节日之一。纵向观察，它仿佛一条串线珍珠连起了整个中华文明史。倘若追本溯源，寻找根脉，真可以从夏商周说起。春节服饰是衣冠古国的重头戏。它可分官民两层来细说。按说，官方与民俗是两张皮，两条道上的车，特别是在皇权不下县的时代，彼此有着遥远的距离。但严格说来，民俗之民一般是指非公务情境下的任何个人，且帝王、官员也自会有非公务的着装心态，官方在节日时又以开放状态与民同乐，其服饰自会辐射渗透到民间，民间的服饰也不时升格呈现于官场。可以说它们是天上的云和地上的雾，彼此疏离而呼应，互相拥有了对方，从而分享了春节服饰的话题。

一

赫奕俨冠盖，纷纶盛服章。
李世民《正日临朝》

确如唐太宗李世民诗歌所写，朝会就是服饰的盛会：一片赫奕，光辉绚烂；满目纷纶，繁多华美。打开古代的图文资料，就会发现，祭祀礼仪也罢，朝贺礼仪也好，服饰都是如此鲜亮夺目，荣耀非常。为什么呢？因为这是一种仪式，而且是有特殊意味的仪式。服装色彩，夏代尚黑，商代尚白，周代尚赤，想那岁首元日，朝廷两行文官武将，或黑得庄严，或白得素静，或赤得浓烈……到隋代制定"品服衣"制度，不同的颜色代表不同的级别，或炫耀或矜持或企羡的目光与心态在此聚焦。新年盛服，引起全社会上上下下的模仿，带来"花富贵素贫贱"的着装模式。艾利亚德曾在《神话与现实》中特别指出：原始部落社会的新年礼仪几乎没有例外都是对于创世神话的象征性表演，一年一度的庆典活动具有促进宇宙的周期性自我更新的作用。神话的信仰者们也正是借助新年的礼仪性活动强化复归乐园希望的现实性，体验重返初始之际的神秘与欢欣。

历史的情境不可复现，好在还有南宋周密《武林旧事》等文献的详细记载，让我们有幸重构既往，对唐宋盛大典礼有了清晰的感知与想象：皇上此日凌晨即起，服幞头、玉带、靴袍，先炷香祈年，次献礼祭祖，复回殿受皇后、皇子、公主等拜贺，毕，天地人神礼罢，天渐亮才到大庆殿准备接受臣子拜贺。而百官已在殿前等候许久。殿庭阔大，可容纳数万人；宫殿四角各立一位铠甲武士，称为镇殿将军；两廊陈列着车驾、卤簿、仪仗等；兵部设黄旗仗五千人。真个是人山人海，千官耸列，朝仪整肃，气场凝重。此时的皇上头戴通天冠，身穿红袍，在乐声悠扬与香烟缭绕中步入御座。此时此刻，非歌曲舞蹈何以状其盛？此情此境，非钟鼓管弦何以扬其威？

孟元老《东京梦华录·元旦朝会》亦有详细描述："百官皆冠冕朝服，诸路举人解首亦士服立班，其服二梁冠，白袍青缘。"要营造朝会神圣与庄严的气氛，服饰是重要的因素。用什么面料，配什么款式，染什么颜色，都是有讲究的，不可差之毫厘。

魏晋时，岁首朝贺也是朝廷大典。曹植《正会诗》描绘了这一盛大场面：

初岁元祚，吉日惟良。

乃为嘉会，宴此高堂。
尊卑列叙，典而有章。
衣裳鲜洁，黼黻玄黄。

欢乐兆新岁，谁不举高杯？天街落好雨，草芽透春色，透在雅乐的轻柔弥漫中。朝堂中君臣相贺，衣有尊卑，序列井然而和谐温馨。天玄地黄的服色，映衬着礼服上所绣种种花纹，如此冠冕堂皇，鲜洁华美。彼此周旋揖让，神情轻快愉悦又矜持庄严，享受美味和乐音，俯仰华堂，舒展的身心得以升华，似乎瞬间感悟并把握到了永恒。

隋唐时代，每逢元日，都会举行早朝大典以庆贺。前述唐太宗诗句就是身临其境的感悟与吟唱。王维身临其境，《和贾至舍人早朝大明宫之作》中的诗句呈现了这一盛大场面：

绛帻鸡人报晓筹，尚衣方进翠云裘。
九天阊阖开宫殿，万国衣冠拜冕旒。

天刚麻麻亮，头裹红巾如鸡冠的卫士，手执夜间计时工具，鸡啼般在朱雀门外高声叫喊，提醒百官准备上朝。此时此刻，掌管皇上衣服的尚衣局里脚步匆匆，为九五之尊送去绿色云纹裘皮大衣。一阵阵粗拙的户枢旋转声沉重而响亮，在清晨显得格外清晰，像天门一样威严神秘的京都城门、宫门等大门纷纷开启。庄严华美的大殿里，位居御座的大唐天子只看到伏地大拜的一片楚楚衣冠，或许他瞬间恍惚，觉得置身天堂而非人间。但眼前晃动的十二道玉串清脆的声音提醒他，梦中行了千万里，醒来还在大地上。

王维是当事人，目睹过君臣际会的壮丽辉煌。他的诗句如电影蒙太奇，情景迭出，壮丽动人。而唐人包佶《元日观百僚朝会》则具体展现春节之际的君臣服饰盛会：

> 万国贺唐尧，清晨会百僚。
> 花冠萧相府，绣服霍嫖姚。

一般说来，古代朝廷元日祭祀或朝贺所着冠冕，还有现代政府拟定的礼服，都是官方礼服的主体，用于陪祭、元日大朝会等场合。官方礼服，相传始于黄帝。《周易》中一句居高临下，说得气势磅礴："黄帝尧舜垂衣裳而天下治！"治天下的政务平时如散布于四处的山水村镇，难以目睹，而朝廷的臣僚，不远万里而来朝拜的外国使臣，却衣冠楚楚呈现在眼前，这让贵为天子的皇上有了俯瞰天下的实在感。

唐朝初年，李渊根据隋朝杨坚制定的《衣服令》，重新制定了《武德衣服令》，规定皇帝的衣冠有大裘之冕、衮冕、鷩冕、毳冕、绣冕、玄冕、通天冠、武弁、黑介帻、白纱帽、平巾帻、白帢十二等。虽然冠服数量巨大，但令文只是为了明文标出冠服体制而已，并没有完全执行，实际生活中，常常徒有虚名，如，太宗制定翼善冠，朔望视朝时与常服配合使用，这一制度在玄宗时期被废止（玄宗用通天冠服）。

诗语年节 元日衣冠样样新

〔唐〕阎立本 《历代帝王图·隋文帝像》

太宗之后的高宗时期，皇帝的十二等服饰只保留了大裘之冕和衮冕，其余虽然实际上被废除了，但还是保留在令文中。玄宗时，又把大裘之冕废除，除了个别场合使用通天冠外，其余场合基本都用衮冕，只是令文依旧没改。唐朝时期，最重要的礼服就是衮冕，在南北朝后，冕服只允许帝王穿戴，所以它也被用来象征帝王，如卢纶的"鸣珮随鹓鹭，登阶见冕旒"（《元日朝回中夜书情寄南宫二故人》），"鸣珮"是一种官员佩玉，"鹓鹭"是形容官员有秩有序，"冕旒"则表示帝王，这句诗写的是元日朝会的情形。"人是衣裳马是鞍"，新年新装，百官一个个看来是那么精神得体：文有宰相的儒雅，武有将军的威武。这在诗人固然是顺情颂赞，表扬与自我表扬之意溢于诗中。万人之上、唯我独尊的天子则更上一层楼，想象着聚天下英才于一室的衣人合一，如李隆基诗歌《春晚宴两相及礼官丽正殿学士探得风字》所述，期盼的就是"介胄清荒外，衣冠佐域中"。是的，连孔子也说过"文质彬彬，然后君子"啊！

然而身为朝臣，心态是多样的。如韦应物《观早朝》诗曰："煌煌列明烛，朝服照华鲜。"感受到的是身临其境的壮丽与辉煌。而他在《忆沣上幽居》中又感叹："况我林栖子，朝服坐南宫。"向往深渊之鱼怎不叹畏城池，心仪森林之鸟怎不倦怠笼馆？敏感的诗人感到尊严中拘束弥漫，辉煌中自由已失去。值得注意的是，这样的感受并非是个别人的。白居易《短歌行》中也有同样的叹惋：

世人求富贵，多为身嗜欲。

盛衰不自由，得失常相逐。
…………
三十登宦途，五十被朝服。

同样的情结，李中在《寄赠致仕沈彬郎中》中表现出的是越轨与超脱情怀："鹤氅换朝服，逍遥云水乡。"当别人企羡的目光投向象征着尊位的冕服时，身着此装跻身官宦之列的诗人却有着别样的感觉，珍贵华美的服装仿佛精致的笼子，被羡慕的目光笼罩的同时，也失去了生命常态的自由自在甚至尊严。都道冕服美，谁知其中味？仿佛围城一般，外面的人日思夜梦想挤进去，而里面的人却时时如同"羁鸟恋旧林，池鱼思故渊"一般，望着朝廷墙外无边的天空。然而，同样是有着巨大束缚的朝服，一时情境挪移，却会焕发出别样的光彩与能量来。如白居易《缚戎人》诗所唱叹：

一落蕃中四十载，遣著皮裘系毛带。
唯许正朝服汉仪，敛衣整巾潜泪垂。

无论社会的等级差别引发的不平与郁闷以怎样的状态投影到服饰上，一旦沦落异域，特别是饱受欺凌后，再来看母土的服饰，情感就大为不同了。离别是爱情的催化剂，异域是爱国的培养基，斯之谓也。正如这位沦落异域为奴隶四十余年的人，没料想到此生还能回到故土，还能再看到汉官威仪，"相对如梦寐"，"生还偶然遂"（杜甫《羌村》其一），怎能不热血沸腾，激动异常呢？

二

事实上，在这迎与贺、赐与献之间，服饰成为整个仪式中重要的角色，起着他物难以替代的沟通融合作用。朝见时，上下左右冠冕堂皇，彼此盛装自尊以尊人；朝见后，帝王便要赐给使者汉装、锦袄之类，赐给群臣幡胜等物，以显示恩宠。幡胜用金银箔、罗彩剪作饰物或小幡，戴在头上或系在花下，用来庆祝新春的到来。[1]

细细想来，朝会中百官头上戴幡胜或许有助于君臣威仪，有助于宣示皇恩浩荡，有助于同僚认同与凝聚。于是接受赐赠时表情不能不严肃神圣，而且不能轻易折卸掖藏，要在光天化日之下、众目睽睽之中完好无损地佩戴回家。但是真的佩戴回家，回到这个亲情不隔的环境里，回到这个衣食住行浑然一体随意自在的生活氛围中，没有了辉煌灿烂的宫廷衬托，没有了浩荡的皇恩辐射，鬓角额头还戴着那么鲜艳夺目的幡胜，似乎有点儿不对劲，不协调。对此，苏轼以其诗人敏感的笔触，写出了生命个体的微妙感受：

萧索东风两鬓华，年年幡胜剪宫花。

《次韵曾仲锡元日见寄》

是啊，年年如此，程式老套，颂歌盈耳，早就听出茧子来了。身体三叠叩拜，一再折

---

[1] 这方面的史料颇多。如《武林旧事》卷二载："是日赐百官春幡胜，宰执亲王以金，余以金裹银及罗帛为之，系文思院造进，各垂于幞头之左入谢。"《东京梦华录》载："春日，宰执亲王百官，皆赐金银幡胜。入贺讫，戴归私第。"

腾，即使不敢腹诽，也不会虔诚地觉得接受叩拜的天子真的就英明伟大。鲜花插鬓，冠冕如斯，任谁再好奇也会渐渐审美疲劳，更何况是能够一眼看透当下与历史的苏子呢？他戴幡归家为诸侄所嘲笑，也就理所当然了：

> 白发苍颜五十三，家人强遣试春衫。
> 朝回两袖天香满，头上银幡笑阿咸。
> 《和子由除夜元日省宿致斋》

阿咸，即子侄之谓。此诗的高妙之处在于，作为先知先觉者，在朝廷在官场，在光天化日之下众目睽睽之中，不屑、不愿或不敢嘲笑天子、嘲笑制度，那么借着家庭的情境，借着亲情的氛围，嘲笑嘲笑自己还不行吗？如果说苏子所写是特殊空间转换后的个人体验，那么，姜夔《春词》二首则记载了臣僚簪花过御街的群体意象：

> 六军文武浩如云，花簇头冠样样新。
> 惟有至尊浑不戴，尽将春色赐群臣。
>
> 万数簪花满御街，圣人先自景灵回。
> 不知后面花多少，但见红云冉冉来。

新衣新冠新花朵，浩浩荡荡的簪戴在朝廷尚罢了，还要六军护卫上街游演，御街千百万人整齐行进以壮观瞻，以显皇恩，以张声势。这样的庆典仪式真不知消磨过多少代皇帝，鼓舞过多少代臣子。古今不少人会认为这是露脸的机会而争先恐后。其实，被看是悲哀的，只不过当事者身迷庐山之中而已。前面一片花的海洋、花的波浪，后面花还有多少呢？蓦然回首，似见一片绯红云朵冉冉升起。队列中无人不簪花，只有被簇拥着的皇帝是个例外。这并非高雅，而是万众喧腾一人静的作秀小智慧而已。因为，平时皇帝也是个簪花迷。据《东京梦华录》说，皇帝每次出游回宫，都是御裹小帽，簪花乘马，从驾的臣僚、仪卫都赐花簪戴，真是鲜花插得满头归啊。这简直是以御街做T台的时装展演，花儿朵儿如潮涌来，不断开放，簇拥着延展着，群臣竞秀。

然而，即便是盛大光荣的朝会拜贺，盛装的官员们的心就像队列的步伐那么整齐那么单纯，一片崇敬美好？他们内心深处没有一丝丝个人感受、一点点小九九？恐怕未必然。

试以唐人为例。我们读到那么多歌咏服章的诗句，自然会同意《容斋随笔》"唐人重服章"[2]的结论。白居易初入五品，喜不自胜，一再写诗以抒发愉悦之情，可写给元稹的《初著绯戏赠元九》却说：

那知垂白日，始是著绯年。

---

2 《容斋随笔》卷一载："唐人重服章，故杜子美有'银章付老翁''朱绂负平生''扶病垂朱绂'之句。白乐天诗言银绯处最多，七言如'大抵著绯宜老大''一片绯何足道''暗淡绯衫称我身''酒典绯花旧赐袍''假著绯袍君莫笑''腰间红绶系未稳''朱绂仙郎白雪歌''腰佩银龟朱两轮''便留朱绂还铃阁''映我绯衫浑不见''白头俱未著绯衫''绯袍著了好归田''银鱼金带绕腰光''银章暂假为专城''新授铜符未著绯''徒使花袍红似火''似挂绯衫衣架上'。五言如'未换银青绶，唯添雪白须''笑我青袍故，饶君茜绶新''老逼教垂白，官科遣著绯''那知垂白日，始是著绯年''晚遇何足言，白发映朱绂'。至于形容衣鱼之句，如'鱼缀白金随步跃，鹘衔红绶绕身飞'。"

> 身外名徒尔，人间事偶然。
> 我朱君紫绶，犹未得差肩。

这里，就显得别有一番滋味在心头了。似叹息，似超脱，更似不无酸涩的企羡：我才刚刚"著绯"，你元稹早就穿着更高一级的紫绶了！后来，朋友们一拨拨跑来祝贺，白居易又做矜持超然的意态，在《又答贺客》中表现得很淡然，这又有什么了不起的呢：

> 银章暂假为专城，贺客来多懒起迎。
> 似挂绯衫衣架上，朽株枯竹有何荣？

而在诗歌《初著刺史绯，答友人见赠》中更有看透了的感觉：

> 徒使花袍红似火，其如蓬鬓白成丝！
> 且贪薄俸君应惜，不称衰容我自知。
> 银印可怜将底用？只堪归舍吓妻儿。

或许是经历了许多个不眠之夜，白居易似乎是看穿了想透了。年未五十不知四十九之非，官服未穿不知早年理想的脚步踏空感。真是看景不如听景，这多少年苦苦奋斗来的服饰，这体制圈内，真的没多大意思！且不说伴君如伴虎的胆战心惊，还有下级对上级充满私欲的瞒和骗，平级间当面拱手笑背后捅刀子的挤兑羡慕嫉妒恨,官大一级压死人的……至多只能在平民中抖擞抖擞,聚来仰羡的目光,至多只能赢得妻子儿女的敬畏而已。才高八斗、志趣高远的白居易对官服感受如此复杂,谁还能期望朝会拜贺的冠冕之会真的就是莺歌燕舞高入云端呢?当然了,倘若联想到临终前以幻觉见绯衣人宣诏为白玉楼写文章的李贺,便知高高在上的朝廷官服,对于奋斗在草根层面的人们来说,多么可望而不可及。

时至清代,明代萌发的浪漫又倒退为僵滞,元旦朝会也成为朝廷例行仪式。官方朝贺之后,再走向亲友、民间。《燕京岁时记》载:"朝贺已毕,走谒亲友,谓之道新喜。亲者登堂,疏者投刺而已。貂裘蟒服,道路纷驰,真有车如流水马如游龙之盛,诚太平之景象也。"拜罢天子拜亲人,朝廷之礼制向民间蔓延。自夏商周以来,民间虽未能直接沿袭与拷贝官方服饰,但彼此熏染、上下融通而演变为渗透到灵魂中的新年服饰礼俗,却值得关注与探索。

民国时代,帝制瓦解,传统服制消亡。国际化多元化的服饰世界展现眼前。几千年的冕服被废除,而新的服制有所尝试却最终也没能确立,甚至不了了之。一个仪式感缺位的新时代开始了!穿什么,怎么穿?这是横亘在现代人面前一个推诿不掉的困惑,一个在相当长的历史阶段未能解决的时代难题。

三

再回顾既往,在代代相传的朝会拜贺中,除却自家君臣的冠冕堂皇,更有外邦的服饰异军突起，一件件风格别致，一款款夺人眼球。如果说王维《和贾至舍人早朝大明宫之作》中的诗句"万国衣冠拜冕旒"道尽俯瞰使臣时的典雅尊贵的话，那么耿湋《元日早朝》中的诗句则直书朝廷威仪的庄严与优越感：

环珮声重叠，蛮夷服等差。

条条大道通长安。作为当时影响最大的国际化大都市，有唐一代的长安一直是世界羡慕的目光聚焦之地。雄心万丈的杜牧，在其《长安杂题长句》其一中自豪地写道：

觚棱金碧照山高，万国珪璋捧赭袍。

觚棱，指宫阙上转角处的瓦脊呈方角棱瓣之形，亦借指宫阙与京城。赭袍，即天子外衣赤红袍。宫阙与长安城墙转角处的琉璃瓦脊金碧辉煌，映照着高入云霄的秦岭山脉，无数异域衣冠精美的使臣簇拥着赤红袍的大唐天子。服饰在这里彰显着大唐王朝的整体形象。这是群山万壑企仰的珠穆朗玛峰，是一个傲立于世的国家形象。此情可待成追忆，诗人当时已了然。这才是真正的大唐盛世，是"欲把一麾江海去"（《将赴吴兴登乐游原一绝》）的杜牧所向往的那个清平盛世。

有唐一代，曾与三百多个国家有使臣往来。岁时年节，不仅有异域的使臣朝贺，更有异域的乐舞献演。据《杜阳杂编》载，唐宪宗时，来自女蛮国的舞女高髻金冠，璎珞被体。《唐音癸签·乐通》也记录着来自骠国的乐人饰以金冠、花鬘、双簪。白居易诗《骠国乐》写道：

> 玉螺一吹椎髻耸，铜鼓千击文身踊。
> 珠缨炫转星宿摇，花鬘斗薮龙蛇动。

别样的乐器，别样的旋律与节奏，别样的扮饰，别样的身姿动作，新颖的美感不断拓展着艺术原野的疆域，异域的服饰风貌增益了中华春节服饰的族群。这也是中华服饰不断拓展掘进的一种培养基。任何有生命力的文化都不可能保持自交系繁衍模式。当然，有来自异域的新奇歌舞，也少不了自家耳熟能详的宫廷歌舞。如白居易《霓裳羽衣舞歌》写舞姿之轻盈，写服饰之雅致：

> 飘然转旋回雪轻，嫣然纵送游龙惊。
> 小垂手后柳无力，斜曳裾时云欲生。
> 烟蛾敛略不胜态，风袖低昂如有情。

偌大的舞台，仿佛一道光束凝聚而来，裙袖旋舞成为观赏的中心与亮点，或似雪花轻盈飘荡，或似游龙纵送，或似柳丝依依，或似白云出岫。舞者那一低头的温柔，像一朵水莲花不胜凉风的娇羞，风袖高高扬起又低低飘逸,似花季雨季少女的情怀波澜起伏。大唐宽阔的文化空间自然容得下这异军突起的别致歌舞。这般柔美曼妙的歌舞的服饰也只是万国服饰中亮丽的一款,是朝廷春节服饰花丛中卓异的一支或一束。

宋元明清各代,元旦朝会依然是朝贺新年的大典。文武百官及诸蕃使臣、各国使者,为了这个一年一度的盛大节日而聚集一堂。宋神宗元丰元年(1078),宋敏求上《朝会仪》二篇,确定了元旦朝会的礼制。孟元老《东京梦华录·元旦朝会》有更为具体的记载,记述的各地使者新年上朝入贺的穿戴,如山阴道上美景纷至沓来,令人应接不暇。

辽国大使穿着紫色窄袍,头顶金冠,冠的后檐尖长,像大莲叶;副使腰裹金带,如同汉人服装。

夏国大使副使,均戴一种短小样制的金冠,穿红色窄袍。

回纥人长髯高鼻,以长帛缠头,散披其服。

于阗人皆着小金花毡笠、金丝战袍、束带等等。

而真腊、大理、大食等国使者亦穿戴异域服饰。

…………

如此异彩纷呈,令人向往。似天街好雨,百鸟争鸣;又似阳光初照,万花竞艳。天地之间,古往今来,倘若国际竞技只是元首们服饰炫美,歌舞展演,体育比赛……那人类的生活该是多么美好!

四

春节服饰,官方传统延续不断,民间传统更是源远流长。

大年是每一个人的大年。每年这个天地欢庆的日子来临的时候，不只是敬天礼地者要沐浴更衣，不只是傩舞者、秧歌者、腰鼓者要着意扮饰，每个人的着装都提到议事日程上来了。如民国年间上海流行的歌谣《新年十日歌》有句：

年初一，一寤觉来太阳照东窗，起身忙换新衣裳。

衣人合一，新的衣饰是为了更新形象，是为了祈福除灾。通过旧年阈限之后，人们借新衣而获得新生。穿上新衣，戴上新帽，象征着进入新的生命旅程。从市井到村镇，从江山到朔漠，春风清扫门前雪，谁人不换新颜？这是一个全民族的新衣盛会啊。帝王将相达官贵人自有制度保障，自有人帮助料理，平民百姓丰衣则都需要自己动手。在男耕女织的家庭分工背景下，全家人的新装都在女主人的两只手上。一盏青油灯，窗影动刀尺。慈母手中线，全家新年衣。多少个不眠之夜，一针针，一线线，凝聚着期待的眼神，也伴随着原生态的歌谣。

南朝梁宗懔《荆楚岁时记》记录民间春节习俗冰山之一角："鸡鸣而起，先于庭前爆竹，以辟山臊恶鬼。……长幼悉正衣冠，以次拜贺。"在这里，作为刷新自身形象的原型意象，民间服饰虽无定制，却也有约定俗成的模式。虽款式随意，色彩随意，材质尽其财力的可能而定，但也同样呈现在春节这个中华文化的时间原点与空间原点上。个个新衣穿戴在身，即便平常幽默嬉闹者，此时此刻也庄严敬肃，周旋揖让。因为，这是一个双重的起点：在宇宙天地间，是起点与起源，一个新鲜的开始；对人而言，亦是起点，是活泼鲜嫩的生命，是美好未来的开始与萌生。地球绕太阳转一圈，一年了，又要开始新的旋转，这在人们看来，是带有宗教意味的。它让人们在四季的轮回中，象征性地回到可以重新开始的原初，汲取新的生命能量，从而获得生命内存与外貌全盘刷新式的变化。艾利亚德在《神话与现实》一书中说："很可能新年的神话礼仪在人类历史上具有这样重要的作用，因为通过宇宙更新的确认，新年提供了希望：初始的极乐世界是可以复兴的。"从这个观点来看，新年穿新确是一种神话礼仪活动，它在憧憬和建构着一个美好而神秘的意义世界。

刘禹锡《元日感怀》描述了唐代小儿新年着新衣的情景：

燎火委虚烬，儿童炫彩衣。

炫彩衣的心理，源于服饰之新是自身形象的刷新，是全新的服饰带来的自由与狂放的美感。生命的狂欢时刻需要服饰的辅助，有形式上的隆重仪典才能现出意念中的崇高。这是心情意绪的感性显现，仿佛重温童年的美梦，仿佛重返自我崇拜期与求偶期。天地间，四周的一切突然都变得那么新鲜，无美饰似乎与这个环境不大协调。随着节日的来临，生活的常规被打破了。为求温饱而遵循的衣食惯例，被引向另外一个世界。于是乎，强调以新年第一天的穿着来迎接新年就有了特别的价值。同时，新衣的鲜艳意味着每个人在天地初始时分，都是一个重要的、值得被关注与赞扬的角色，特别是幼小年轻者更有这样微妙的敏感。多少孩子在除夕之夜接过自己的新年之服，心中涌动着莫名的兴奋，反复比试之后，置于寝枕之侧，等待着窗纸微明元日来临，想象着新装为亲人为伙伴所关注所赞许的情景，而且，随之而来的走东串西大拜年更使新装大有用武之地。

再说，普天之下男女老少都如春叶春花一般簇新靓丽，相衬相映，旧装也会显得格格不入，服饰整合社会的功能于此可见一斑。确确实实，这新衣美饰就是节庆欢娱的仪式之一。一个新的世界展现在面前，新天新地新岁月，作为主体的形象能不焕然一新吗？

当然，从古至今，并非所有人的感受都那么同步，那么单纯，但作为新年的狂欢式的仪典，着新装却如同上天律令似的成为普遍遵从的规矩。前文提到苏轼在《和子由除夕元日省宿致斋》中说：

白发苍颜五十三，家人强遣试春衫。

逐渐老迈，慢慢有了无情岁月增中减的感觉，于是，新年的神圣氛围和新鲜感受渐渐让位于某种暗淡的心绪，而不像年幼时那么企盼换上新装，只能在被动中让家人换上春衫。似乎无奈，似乎被动，但这场景蕴藏的亲情又是多么温馨多么宽慰人心啊。

相对于官方，民间关于春节服饰的诗歌确实不多，但文献记载却不少。

宋代，"小民虽贫者，亦须新洁衣服，把酒相酬尔"（孟元老《东京梦华录》）。吴自牧《梦粱录》中描写了宋代正月初的习俗："士夫皆交相

诗语年节　元日衣冠样样新

〔明〕周臣　《闲看儿童捉柳花句意》

贺,细民男女亦皆鲜衣,往来拜节。"《嘉泰会稽志》载:"元旦男女夙兴,家主设酒果以奠,男女序拜,竣乃盛服……"

元代朝廷给官员赐拜年的新衣布料,"腊前分赐近臣袄材,谓之拜年段子"(柯九思《宫词一十五首》);而平民百姓呢,赵孟頫有《题耕织图》诗:

田家重元日,置酒会邻里。
小大易新衣,相戒未明起。

明代新年时,北京人头上要戴"闹嚷嚷",即用乌金纸做飞蛾、蝴蝶、蚂蚱形状之饰物,大如掌,小如钱。男女老幼头上各戴一枝,富贵者有插满

［五代］周文矩　《重屏会棋图》

头者，如同杜牧"尘世难逢开口笑，菊花须插满头归"（《九日齐山登高》）所写的境界。

清代穿新衣拜新年的民俗依旧。《清嘉录》载："鲜衣炫路，飞轿生风"。民国至今天的人们新年皆穿新衣。有一首北方民谣唱得好：

> 糖瓜祭灶，新年来到。
> 闺女要花，小子要炮，
> 老婆子要吃新年糕，
> 老头子要戴新呢帽。

民国《新乡县志》载人们元旦五更起，"无论贫富老幼皆更新衣"。以上海为例，每到除夕那天，鞋帽服饰店就会拥挤不堪直到半夜。1930年南京国民政府颁令废止春节，有的地方甚至查抄卖年货的商家。"文化大革命"期间，官方也曾想以废除年假来挤兑春节，可是千年积淀厚重，民俗难移，草民百姓该祭祖的仍在祭祖，该拜年的仍要拜年，该追节送灯的仍要追节送灯……想想看，贫困到极致的杨白劳，躲躲闪闪中，大年夜还给女儿扯了二尺红头绳呢！这浩浩荡荡的新年仪式着装潮流，谁又能抵挡得住呢？

辛亥革命毫不客气地革了传统服制的命。冠冕堂皇的情景从此成为悠远的记忆或影剧演出的扮饰。但将绵延数千年的服制断然弃掷，会不会带来群体的惶惑与茫然？今后选择什么来穿着？一个民族也需要借助服饰来确立自身的主体形象。事实上武昌起义之后，这样的困惑与探索就已普遍出现。据资料介绍，各地庆祝辛亥革命者所穿五花八门，或戏装，或功夫衫，或西服领带，或深衣冠冕……服饰的困惑成为整个时代的困惑。鲁迅先生甚至曾感叹到了无衣服可穿的时代。

  不难看出，民国服制的制定意在以一种建设的姿态，展示新的时代在服饰层面破旧立新的精神。容纳西服，具有国际视野；礼服所有男女公民都能穿，不再是地位层级的标识与象征，最起码在形式上与现代平等民主的精神相通。服饰以简洁短打为主，便于工作，实用，成为公民新形象的象征。新式的军服设计也出现了全新的格局。当然，大包容的思维也未能全然滤掉多样格局面前选择的茫然与困惑。因为现代化追求科学与民主意识的前提便是去魅，然而仪式中若天地人神不能并在，氛围中就会丧失一种神圣感。这种着装的神圣庄严氛围渐渐淡化到无，以至于1949年后我们一直没有正规的礼服。虽然我们约定俗成地以20世纪80年代为界，前段以中山装为准礼服，此后又以西服为准礼服，但在心里又不认可这是我们的礼服，于是男女老少身穿西服却仍唱着这样的歌："洋装虽然穿在身，我心依然是中国心！"

  于是在春节等场面需要庄严地显示形象的时候，问题仍在，困惑依然，我们面对礼服还是无语。新时期以来，中山装淡去、旗袍热中有冷、唐装异军突起、汉服星火燎原等正是一种以服饰情结为原动力的文化现象。虽然自上而下的尝试与叩问仍在继续，结论却遥遥无期。事实上，春节仪式感和神圣性的缺失，正是现代人境遇的整体象征，而不仅仅是现代人在节日服饰层面上的两难之境。

画图今日来佳兆

诗说年画

图画以色彩和线条悠悠地诉说着人类的文明史。传统年画承载着古远的文化记忆。

万家欢庆的年节文化空间因门神、灶神等超自然意象而净化、崇高,也因世俗百态的年画而优美、丰润……

时过境迁。

在我们的集体记忆中,年画真的是过去式吗?

> 残腊初雪霁。梅白飘香蕊。依前又还是，迎春时候，大家都备。灶马门神，酒酌酴酥，桃符尽书吉利。

读晁补之《失调名》一词，可知自古逢年过节，城乡人家是有年画的。年画有神仙谱系的绘画，也有世俗百态的绘画。前者如灶马门神桃符，常贴于大门两侧，或厨间神龛，或仓库，或其他固定场所，而后者则大多张贴于卧室。林林总总，这里择其要者，只说门神与世俗年画。

一

中国与古罗马都有门神。古罗马门神是唯一的，即司光明之神雅努斯；而中国门神却多得可以排列成队。"门神"二字，最早见于《礼记·丧服大记》郑玄注："释菜，礼门神也。"但门神姓甚名谁，来自哪山哪水，穿什么衣服拿什么物件有什么法宝，这里没有表述。

民众心中，说起门神，首先会想到神荼、郁垒。

因为神荼、郁垒二位威武森煞，是古代传说中的捉鬼神将。传说这二位是兄弟，家住度朔山一棵大桃树下。这棵大桃树盘曲三千里，蓊蓊郁郁，神秘幽深。树上有一只美丽的金鸡。每天刚被第一缕阳光唤醒，金鸡迅即放声歌唱起来。天下群鸡也就随之唱和，向越来越广阔的地方传递黎明的消息。这桃树的枝叶东北有一大门，是万鬼出入必经之地。神荼、郁垒是万鬼统领者，若发现恶害之鬼，便执苇索，送到桃树下饲虎。这也就是神荼、郁垒往往被画上桃符，门神亦称桃符的缘由。[1]因为神奇的传说,神荼、郁垒被请到寻常百姓家,保障千门万户的住行安全。一家画了,家家模仿;一代画了,代代相传。《三教源流搜神大全》中有二神的肖像图:二神位于桃树下,袒胸露乳,黑髯虬须,眉发耸立,头生两角,手执桃木剑与苇索。如此威武狞厉,鬼魅岂能不怕?居家首重大门,如此勇猛神灵,新春伊始便莅临守卫,不就是打心底可以依赖的屏障吗?于是乎,后世诗人每每受此触动,发而为诗,如"屠苏醴酒盈金斝,郁垒神荼卫紫关"(晏殊《元日》)。

姜夔的《鹧鸪天·丁巳元日》更是写出了神荼、郁垒作为门神这一年俗的普遍性:

柏绿椒红事事新,隔篱灯影贺年人。三茅钟动西窗晓,诗鬓无端又一春。 慵对客,缓开门,梅花闲伴老来身。娇儿学作人间字,郁垒神荼写未真。

历史延续,门神依然。到了清代,孙枝蔚《题王幼华明府所藏钱贡钟馗嫁妹图》写的仍然是这般景象:"神荼郁垒门前望"。当然还有别致出格的,如陈维崧《满江红·乙巳除夕立春》词句:"郁垒欹斜头上帽,神荼脱落腰间杖。"是门神本身松弛懈怠而衣冠不整呢,还是诗人有意以嘲讽的口吻把门神写得如此歪

---

[1] 此类文献颇多,《山海经》《风俗通义》《重修纬书集成》《三教源流搜神大全》等书都有记载。如《论衡·订鬼篇》引《山海经》:"沧海之中,有度朔之山,上有大桃木,其屈蟠三千里,其枝间东北曰鬼门,万鬼所出入也。上有二神人,一曰神荼,一曰郁垒,主阅领万鬼。恶害之鬼,执以苇索而以食虎。于是黄帝乃作礼,以时驱之。立大桃人,门户画神荼、郁垒与虎,悬苇索,以御凶魅。"

诗语年节　画图今日来佳兆

29

《神荼郁垒》年画

曲变形？神气似荡然无存，市井之味扑面而来，真有点脱腔走调别致越轨的样儿。或许别有寄托，或许审美疲劳，似有质疑，出以如此口吻，自然没有了虔诚与恭敬。或许因思想专制，天下颇多思想侏儒，文字狱血腥恐怖，人们彼此嗫嚅相对或道路以目，无法与现实对谈，不敢向强者横眉，只好借门神这无户籍无职位无级别的神灵来开涮。这在清代颇为普遍。清代戴璐《藤阴杂记》说："新年例贴门神，查他山、唐实君作传诵已久。近赵瓯北翼作，更欲突过前人。"赵翼所作《查初白集中有门神诗，戏效其体》其二云：

剑笏森森谨护呵，东西相向俨谁何？
满身锦绣形空好，一纸功名价几多。
辟鬼漫同钟进士，序神还让寇阎罗。
欲稽故实惭荒陋，或仿黄金四目傩。

庄户人家多坐南朝北（天下衙门才朝南开，顺民百姓自然处于弱势的方位），门神俨然东西相对，武剑文笏，威武森煞，很像一回事儿。赵翼所处的时代理性精神早已高涨，有思想者不甘众人以低姿态埋首在故纸堆里，却又不敢直接挑战皇权，只好对着和尚骂秃子，假借门神这无主无权的神明权贵来挖苦嘲讽一番：别看你披挂锦绣武装到头发梢上，别看你声名大震人人皆知，那也只不过是虚有空壳，一纸画像而已，若要追本溯源，你这门神的出处实在荒陋不堪，我真惭愧找寻不到信仰质的落脚处，兴许就是模仿大傩逐疫的方相氏吧!

赵翼的质疑自难撼动民众新年祈福驱邪的信仰，但他的猜测可以把人们的思绪引向辽远的时空。方相为远古神话中形象狞厉的逐傩者。[2]他掌蒙熊皮，黄金四目，玄衣朱裳，执戈扬盾，统帅百千人众而逐傩驱疫。据《论语》载，孔子出门倘若遇见乡人傩，便如临大宾，急急换上朝服，庄严肃穆地立于阼阶。[3]可以想见，如此旌旗高扬、锣鼓喧天、热烈而庄严的场面，方相氏无论是前呼后拥行进在队伍中，还是守望于家园大门，都有一股威严的镇恶辟邪之气势。后世无论说方相属嫫母之后，还是说他与弟方弼同为商朝殷纣王的镇殿将军，都是将神话变为历史，想为门神安顿一个位置。《搜神记》里记载了一个神奇诡异的故事：临川郡陈臣家很富裕。永初元年（107），陈臣坐在书房中，宅内有一畦筋竹。白天忽见一人，身高丈余，似驱疫辟邪的门神方相氏，走出筋竹林，径直对陈臣说："我待在你家多年，你一直不知道；今天离去，应让你知道。"此后月余，大火突烧陈家，奴婢尽毙。不到一年，陈家凋败。

类似的故事蒲松龄也写过一个，只不过主角不是方相而已。这是一个短篇《鹰虎神》。说的是济南府东岳庙大门左右侍立的神，俗名鹰虎神，高约丈余，狰狞可畏。某天一小偷潜入道士室内盗钱三百，仓皇出城，刚要上山，忽然迎面一巨丈夫自山上而来，左臂苍鹰，面铜青色，似乎是庙门所见的东岳庙鹰虎神。那小偷吓得面白身瘫跪将下去。巨神喝道："偷了钱往哪里去？"

---

[2]《周礼·夏官·司马·方相氏》："方相氏掌蒙熊皮，黄金四目，玄衣朱裳，执戈扬盾，帅百隶而时傩，以索室驱疫。"

[3]《论语·乡党》："乡人傩，朝服而立于阼阶。"

那蟊贼魂魄出窍之际,乖乖将钱全部交了出来。可见这位门神真是敬业,受人之托,忠人之事,为门神就坚持守护墙院之责。一片澄明与清纯,眼底容不得沙子,世间容不得盗贼。天下事便是自己的事,疾恶如仇,不推脱,不回避,有担当,盗贼面前敢横眉,该出手时就出手!何等境界,何等威风!

门神不仅把守门户,不仅驱除邪魅,而且还解危济难。河北获鹿一带所贴门神,便是三国那位执青龙偃月刀的关云长。传说一家孤儿寡母生计艰难,借债度日。儿子在外谋生计,渐近年关,便张罗着还乡更还钱。可大年三十,债务如山横在面前,让人迈不开步子。在家的母亲只有哭泣抹泪寻上吊的份儿了。而此时奔波焦虑的儿子长亭更短亭中却迷了路,还不知何处是归程呢。说时迟,那时快,只见眼前红光一闪,那红脸将军骑着大红马从天而降,拉他上马,腾云驾雾,只听耳边风声呼呼,瞬间便到了家门前。叩开

大门回头再看，那将军大马杳无影踪。听儿子诉说这一神奇的回家经历后，惊喜的母亲便对着门神一拜再拜。拜过再看，那关公的大马身上还有亮晶晶的汗珠子呢！

看来古今中外凡是通地气的神灵，无一不是救助弱势群体于困窘荒寒之际，从而获得绵绵不绝的虔诚敬畏。

二

出现于唐代的门神首先是秦琼、敬德。

这与贞观天子李世民有关。或说是因斩了冒犯天条的泾河龙王，或说是发动玄武门事变斩了兄与弟……总之，李世民心绪被闹得很坏，六神不安，白日没精神，夜晚睡不着，只听得卧房外风声呼呼，树枝撅折，似有人抛砖掷瓦，鬼魅烦冤不已，哭泣幽幽。这位千古一帝惊恐不已，将此情形告诉臣

〔宋〕龚开 《中山出游图》

下。秦琼挺身而出说道："臣戎马一生，杀敌如切瓜，收尸犹聚蚁，何惧鬼魅？臣愿同敬德披坚执锐，把守宫门。"有这样忠勇的臣子，李世民欣然应允，当夜果然睡得香甜，没有恣扰。自此以后，二将夜夜守卫便成惯例。但长此以往似也不太方便，崇拜天子的人说李世民仁慈，不忍二人辛苦，便命画工绘二人守卫时的全身像悬挂在门口，邪祟从此便绝迹了。上有所好，下必甚焉，于是秦琼、敬德就传到了民间。至今在关中城乡甚至更大区域的人家大门上，仍可以看到秦琼、敬德大义凛然的形象。

　　唐代还为我们贡献了一位声名颇为响亮的门神，这就是钟馗。

　　钟馗豹头环眼，铁面虬髯，相貌奇异。世人也许误解他是个四肢发达、头脑简单的起趄武夫，其实他是个才华横溢、满腹经纶、学富五车、才高八斗的人物。或许是生顶冷噌偃的秦人在他这里升华为神格。不同于前几位神祇的身份单一，钟馗是身兼数职，无所不能。春节是门神，端午时是斩五毒的天师，又是道教诸神中唯一的万应之神，哪里有不平哪里有钟馗！要福得福，要财得财，有求必应。

　　说起英雄的能耐虽辉煌，若探其出身和来路却颇为悲凉。据《唐逸史》《补笔谈》记载，唐玄宗有次生病夜梦，忽见一小鬼偷了贵妃的紫香囊和自己心爱的玉笛，围绕着宫殿奔跑而去。即使不是天子也是男儿，岂能让盗贼猖狂？玄宗大怒，欲呼武士，忽见一大鬼，胡髯黑面，头系角带，破帽蓝袍，皮革裹足，袒露一臂，插笏执剑，剜出小鬼眼珠，撕裂肢体而一口吞嚼下去。玄宗吓坏了，惊问是什么人。对方回答说，是终南举子钟馗，因应试不第，羞归故里，触殿阶而死。死后被皇帝赐为进士，蒙以绿袍安葬。于是感恩发誓,愿为皇帝除天下之妖孽!言毕即告退。玄宗忽然一觉醒来,奇妙的是病就好了。

这真是祥瑞的兆头啊!唐玄宗便令画家吴道子按其梦中所见画钟馗。画鬼容易画人难,即便是丹青大师吴道子。《钟馗捉鬼图》画成,奉旨镂板印刷,广颁天下,让天下鬼魅丧胆,让世人知晓钟馗的神威。查阅唐时文献,张说有《谢赐钟馗画表》,刘禹锡有《代杜相公及李中丞谢赐钟馗历日表》,可见不仅玄宗,唐朝几代皇帝都像接力赛一样,将钟馗像作为祥瑞礼品赐赠臣下。自此,钟馗列位门神已成新的风气。另外,人们还在敦煌遗书中发现了唐写本《除夕钟馗驱傩文》,可见钟馗在门神的原型队伍中,有时还会后来居上,扮演一号主角。据《新五代史·吴越世家》、沈括《补笔谈》记载,每年除夕,都有画钟馗、贴钟馗、赐钟馗的惯例。

据清代《坚瓠集》,祝枝山去拜客,茶罢叙礼而退。主人送到门口,祝枝山见门神画得精彩,一个劲地称赞,并应主人的请求,留下一首《门神赞》:

手持板斧面朝天,随你新鲜中一年。
厉鬼邪魔俱敛迹,岂容小丑倚门边。

"随你新鲜中一年",说得多么好啊!与清代蒋士铨《门神》诗句"面目随年改"一样,都是年年更替,一年一度换贴新门神的风俗写照。此即王安石《元日》诗句"总把新桃换旧符"所写的情形。特意录出,意在说明过年贴新门神是惯例。自唐宋而至元明清，如同长江后浪推前浪，且有着历时性的传承。即便是着意为善惩恶，也要重搭台子另唱戏，年年更新才是啊。不能以为自己永远展示正义的姿态，永远吐露真理的声音，从而阻断后来接替者的路径。这样才有活力，才有生气，不会僵化为千古一系的体制而垄断此门。

门神虽未道出名姓，但手持板斧，如此威猛，且在任职的一年中如此尽责，震慑群魔，看其形象，似应是钟馗吧。事实上，唐宋而后，人们又将钟馗像绘于门上、中堂，成为门神系列中重要的一员。明人凌云翰《题钟馗图》诗中，神荼、郁垒这二位前辈，竟然成为钟馗的部下了：

> 终南进士倔然起，带束蓝袍靴露趾。
> 手掣硬黄书一纸，若曰上帝锡尔祉。
> 猬磔于思含老齿，颐指守门荼与垒，肯放狐狸摇九尾。

清李福《钟馗图》诗云：

> 面目狰狞胆气粗，榴红蒲碧座悬图。
> 仗君扫荡幺魔技，免使人间鬼画符。

相对于其他门神，后代文人似乎更喜爱钟馗。关于钟馗的诗文图像文本不断，连连出新：在收入《孤本元明杂剧》的《庆丰年五鬼闹钟馗》

〔清〕原济 《钟馗图》

中，钟馗被封为"天下都判官领袖";图像似较其他门神丰富,并不只是持械守门;题诗也青出于蓝,异彩纷呈;戏曲故事多样,波澜横生。如明代茅维短剧《闹门神》中,新旧交替之际,新门神上场,而旧门神不愿退位。早早晋升中堂的钟馗,境界超然,以自身的经历劝旧门神急流勇退,欣然接受后来者的登场。此剧开场,扮新门神者与扮桃符神者一同上场:"自家是太平巷第一家新门神,明年该轮俺把门管事。只今小年夜,满巷灯火爆竹,好不热闹!桃符神,你跟咱到任去来。"新门神扬扬得意:"谁将俺画张纸装的五彩?冷面皮意气雄赳,竖剑眉阔口髟髟。手擎着加冠进爵,刀斧彭排。奇哉,刚买就遍街人惊骇。尽道俺庞儿古怪,满腹精神,倜傥胸怀。桃符神,你去瞧来,怎那旧门神见俺,只佯不睬,并不见他抬身哩。"踌躇满志的新门神上任来了,却不见旧门神挪动。于是,描写新门神眼里的旧门神:"那戴头盔将军忒呆,只你几年上都剥落了颜色,甚滋味全无退悔?"旧门神出场了:"俺把门管事六七年,这门内人那个不畏惧我?他是何等人物,怎便一朝思抢夺俺座头?他不见俺雪白髭须,都为数年把门辛苦上来的哩!"相持不下,新门神令桃符神去请宅内的钟馗出来评判。钟馗规劝旧门神:"这小年夜,少不得新旧交代,只俺把守门内,也早晚望着替身哩!"

以钟馗为主角的门神戏,还有《钟馗嫁妹》。虽说钟馗降鬼是高手,却偏好役使小鬼为奴仆。时间长了,仆人眼中自然无伟人。朝夕相处,三餐一眠,柴米油盐酱醋茶,饱嗝饥屁冷尿热瞌睡,很难总是正气凛然的模样。作为身边的随从,小鬼也就敢灌醉他,戏弄他,与他没大没小地混闹。人啊,

诗语年节　画图今日来佳兆

〔明〕许俊　《钟馗嫁妹图》

既能造神又能役神。

明代朱见深画钟馗手持如意，携一小鬼，小鬼双手举盘子，盘内有柏叶与柿子，以寓百事如意。所题诗歌云："一脉春回暖气随，风云万里值明时。画图今日来佳兆，如意年年百事宜。"可以看出，传统的门神辟邪似已让位于祈祥。清代罗聘画醉钟馗，纪昀题诗曰："一梦荒唐事有无，吴生粉本几临摹。纷纷画手多新样，又道先生是酒徒。"可见在后世里，钟馗成为艺术家们不断翻新艺术想象的原型与意象。清代钱慧安画钟馗骑驴图，题诗曰："终南进士学宏深，呼鬼随行担剑琴。因是无人听古调，跨驴何处觅知音。"这里的钟馗，大有细雨骑驴入剑门的苦吟诗人的味道。儒生模样，满腹诗书，一无用处，趣味高远，世无知音，寂寞探寻，独行于天高地阔的苍茫之间。亲切，如清晨的露滴清新可喜，如旋律优美的轻音乐触及人们心灵的柔软处，但，断岸千尺的神圣性，云缠雾绕的神秘感，生死之兆在前的震慑感却渐次消隐于现实的茫茫雨雾之中了。

想起20世纪60年代，听锣鼓响弦索起，舞台上除夕之夜的喜儿姑娘步履轻盈地唱着"门神门神骑红马，贴在门上守住家。门神门神扛大刀，大鬼小鬼进不来"。那时"文化大革命"，海洋一片红彤彤，传统的门神早已荡然无存，家家户户连同学校教室的门窗玻璃上却没有空白，都用红漆喷上剪纸形大头贴。耳熟能详的颂歌与其相呼应，不小心弄脏什么的会给一个家族带来灾难，会招来大帽子戴上头，批斗会山呼海啸来侍候，从此便是任人践踏的异类，几辈子人前抬不起头来。好在那个时代过去了。传统门神方相啊，神荼郁垒啊，秦琼敬德啊，钟馗啊，都恢复了。

笔者早年在凤翔师范任教。在这周秦故地，逢年过节，街头散步，见家家门口都有神荼、郁垒，秦琼、敬德威武雄壮地持刀持笏分立两边，也见过柳丝依依之侧，柔波之上，楼桥旁苗条女子风姿绰约，相对宁静而立，名曰鱼乐图。当时不解，请教，回答是家有女儿便贴这样的图替代门神。朋友告诉我，在四川等地，家有女儿者，门神就是英武的穆桂英。而在陕西佳县，门神还是两盆如意炉中熊熊燃烧的火焰呢⋯⋯

三

与庄严神圣的门神、灶神及诸路神仙的画图相比，年画自然平易亲切得多。蒲寿宬《题纯阳洞》中"烟郭多年画"的诗句似也说明这一情况。清道光年间李光庭《乡言解颐》中"新年十事"里就有年画一说："扫舍之后，便贴年画，稚子之戏耳。然如《孝顺图》《庄稼忙》，令小儿看之，为之解说，未尝非养正之一端也。"并附诗一首：

依旧葫芦样，春从画里归。
手无寒具碍，心与卧游违。
赚得儿童喜，能生蓬荜辉。
耕桑图最好，仿佛一家肥。

年画中的耕桑图多是田园诗意化的表现，是劳动创造的赞歌，甚至还有疏离朝廷独立隐逸的意味。如韩愈《卢郎中云夫寄示送盘谷子诗两章歌以和之》："行抽手版付丞相，不待弹劾还耕桑。"清陈梦雷《寄答李厚庵百韵》："对人说忠孝，努力事耕桑。"

年节总是应时而来，年画也是应景的、模式化的，却不会引发审美疲劳。与诸神画像的狞厉之美不同，更多年画因世俗叙事使生活有了文本式的呼应而显得新鲜、亲切、温馨，因为那是接地气的生活写照，那浓浓的年味儿仿佛从画中弥漫而出，新年的步子似乎就从年画中轻轻迈出。而且，它能给儿童带来狂欢般的乐趣，小心灵中的憧憬会像爆竹一样响彻天空，朦胧中的祖先与神灵会在袅袅盘旋而升的香烟中给平淡的家庭染上光彩。可以说年画是过年一项不可或缺的内容。

旧时农村过了腊八，天天是集市，南方叫场，都有卖年画的。城市也一样。北京各庙会上都有年画摊子。年画有独幅，也有多幅条屏。独幅有"招财进宝"——画个胖娃娃抱个大元宝，有"吉庆有鱼"——画个胖娃娃抱个大鲤鱼，还有画耕织图的"男十忙"与"女十忙"，写世态的"小人图"，取自戏文的"水漫金山""西湖借伞""三娘教子"，等等。多幅条屏一般四幅一组，关中方言叫四叠儿或四吊儿。最常见的是分格的故事画，如三国故事、二十四孝、《封神榜》故事等等。北方有名的年画产地是天津杨柳青、河南朱仙镇、陕西凤翔和汉中、山东潍坊、河北武强等地。大张精美的西湖十景、雄鹰镇宅等年画，一般都有报纸那么大。现存最早的木版年画是宋版的《随朝窈窕呈倾国之芳容》，画着王昭君、赵飞燕、班姬和绿珠四位古代美人，习称《四美图》。中国民间流传最广的年画是《老鼠娶亲》，这幅年画描绘了老鼠依照人间的风俗迎娶新娘的有趣场面，构图生动

诗语年节　画图今日来佳兆

43

《隋朝窈窕呈倾国之芳容》
木版年画

活泼，场面欢乐热闹。民间流传除夕之夜是老鼠娶亲的良辰吉日，人们要放一些食物在床下、灶间，作为送给老鼠的结婚礼物，以祈求来年风调雨顺，五谷丰登。而流传颇为广泛的儿歌《老鼠娶亲》，则更多地以跌宕起伏的悲喜剧来呈现童趣：

> 八只老鼠抬花轿呀抬花轿，
> 四只老鼠来吹号呀来吹号，
> 两只老鼠放鞭炮呀放鞭炮，
> 噼里啪啦、噼里啪啦、嘣啪。
> 老猫听了来贺喜，"恭喜！恭喜！"
> 一口一个全吃掉呀全吃掉。

清末民初，除却传统的木版印刷，彩色石印也已不少。邓云乡在《黄叶谭风》中回忆小时候过年逛画摊，买年画，算是过年的一大节目。它不只是居室的一种装饰，也是幼儿的启蒙读物。他自己的济公故事就是这样"自学"而来的：买来四条屏济公传，一条四格，十六格就是济公的连环画故事，贴在墙上按次序一格格地细看，过完正月，济公的故事就烂熟于胸了。这就使人们想起20世纪80年代流行全国的《济公歌》来：

> 鞋儿破，帽儿破，身上的袈裟破。
> 你笑我，他笑我，一把扇儿破。

南无阿弥陀佛，南无阿弥陀佛，

南无阿弥陀佛，南无阿弥陀佛。

哎嘿哎嘿哎嘿，

无烦无恼无忧愁，世态炎凉皆看破。

走啊走，乐呀乐，

哪里有不平哪有我，哪里有不平哪有我。

从远古而近代而现代、当代，年画如滔滔江河随波逐流，有宏阔，有细流，有波澜，有冰封，有解冻，有涛声，有遗痕……一直到20世纪五六十年代，年画虽有变异，却仍兴盛不衰。在农村、学校等各地，在机关同事之间、师生之间、亲戚邻里之间、朋友之间，互赠年画贺年蔚然成风。那年画当然并非传统的门神灶社仓神五路财神等等类型，而是现代技术彩印的鲜艳画张。事实上，随着"破四旧"等运动的推行，神仙谱系的传统年画渐次消隐。但新内容、新境界的画张何以也在"文化大革命"中式微风化了呢？也许曾经的画张内容形式与当时氛围格格不入；也许印制版画的模板早已被没收，艺人被列入另类不敢创作与印制。而时兴的画张很单调，若是一家子一下子接那么多画张，贴了中堂贴炕围，满房子满墙也贴不完，于是就作难了，贴也不是，扔也不是。或许正是这种种细微的缘由，当代转型期的年画便风吹云散了。好在新时期开端一切负数归零，许多文化事象归于原点重新起步，传统神仙谱系的年画也在毁灭性的打击过后逐渐恢复。中国年画是高高立于望夫石做千里之眺呢，还是沿着起伏的峰谷坎坎坷坷地走出一条新的道儿来？

总把新桃换旧符

诗说春联

春联萌生于远古的桃符，那是神秘而崇高的源头。

如果说春节是波澜壮阔的画卷，春联就是神圣的命意点题。文献中凿凿有据，在我国，至迟到唐代就有春联。而稍晚的孟昶春联之所以雄踞源头之尊，是因为它直接而完整地呈现了联语文学的立体品格，即文学性与仪式性融合为一。

文学性的联语讲究复调意趣，文辞华赡；而仪式性的联语则倾向于畅想未来，寄语祥瑞。春联年年贴上千门万户，岁岁激情不减鲜艳如斯。只有从这个角度切入，才可真正品味出春联的悠长滋味。

当年大学毕业,初到凤翔师范任教的时候,秋冬季节常见那里的村镇古风犹存,家家户户墨香袭人。随处可见的春联无不严整密实,虽天长日久,风吹日晒雨淋雪染,红纸黑字色彩稍微浅淡了些,但仍清清爽爽,丝毫无损,仿佛大门的忠实卫士,守望着庄户人家一年的春夏秋冬、衣食住行,即便是除夕最后一班岗,也要俨妆出迎替代自己的新春联。每每在这样的时刻,便自然会想起王安石那首耳熟能详的《元日》:

爆竹声中一岁除,春风送暖入屠苏。
千门万户曈曈日,总把新桃换旧符。

这个时候,孩子们蹦跳着,欢闹着,不时响起的爆竹声热烈地辞别旧岁,喜迎新年;这个时候,家家户户团圆聚餐,举杯斟满美酒亦斟满春风;这个时候,人们在经过除尘与祭祀仪式净化一新的宅院前面,端板凳扶椅子在自家大门前张贴门神与春联……这个时候,是怎样让心灵熨帖得像羽毛轻拂一样的一个时刻?此时此刻,在那一个个新春联取代旧春联的瞬间,人们的内心是否一派澄明,泛起热望,也有一种全然刷新的感觉呢?

一

2015年春节前,刚参加东方卫视节目《绝对中国元宵夜》回来,又收到编导短信:"麻烦问下,第一副春联到底是谁所撰写,辛寅逊还是孟昶?"

诗说中国　民俗卷

[清] 佚名　《十二月令图轴·正月》

这还真是一个问题。说来话长。

如前所述，贴门神是春节惯例，但门神年年更替，画起来也不那么容易。为简便起见，魏晋南北朝时期，人们便在两块桃木板上分别写上神荼、郁垒或其他门神的名字，却也自然成对。据黄休复《茅亭客话》载，五代时后蜀，每至除夕，诸宫门各悬桃符一对，一般都题上"元贞利亨"四字，以图吉利。门神不只从形象演绎到文字，而且从超自然意象的名词转化为直抒胸臆表达祈愿了。这自是实用理性思维拓展之果。往事如流水，何处记波痕？张唐英《蜀梼杌》记载了后蜀国题写春联的故事。后蜀主孟昶命学士辛寅逊拟联，却不满意其相对拘谨的拟稿："天垂余庆，地接长春"，遂自撰一联：

新年纳余庆
嘉节号长春

后蜀虽属边缘小国，但那也是孟皇帝所题写的春联啊！若有人歌颂起来，那也是如春风化雨般温暖人心啊！此联横空出世、大笔如椽，把同类作品都从书架上扫落下去了。清人认为这就是天下第一春联，并获得了更多人的认可。我的回答是，如果要在辛寅逊和孟昶二者之中分出伯仲来，那当然是孟昶了。春联是创作情境的完整叙述。辛寅逊撰拟的文本只是一个半成品。春联不是纯文学，仅一个文本远远不能成立。它既要有文学文本，还需要多层环节与一个完成的仪式，即用特别讲究色彩的纸张，配以书法，在特定的时间，张贴在预定的神圣位置上。它几乎是一个立体的多媒体结构，而不只是一个平面阅读的文本。

联语起源甚早，依据我的看法，最晚西晋就有了口头应对，如陆云与荀隐在张华家共语所说的话："云间陆士龙，日下荀鸣鹤。"[1]门联也在六朝就有了。如刘孝绰、刘令娴兄妹所题的门联。[2]有人因兄妹所题有可能凑成一绝句而否定其为联语。即使真是绝句，从中摘句为联贴在门上又有何妨呢？时人又从敦煌文献中发现春联，即敦煌遗书斯坦因0610卷联句：

> 岁日：三阳始布，四序初开。
> 　　　福庆初新，寿禄延长。
> 又：三阳□始，四序来祥，
> 　　　福延新日，庆寿无疆。
> ……………
> 　　　门神护卫，厉鬼藏埋。
> 　　　书门左右，吾傥康哉。[3]

这显然是春联的一个案头本，既标示了节日归属（引文中删节部分为立春日门联），又明确说明其"书门左右"，且与门神相辅相成。这就将其仪式性与文学性的特征全部表现出来了。文化史上的创造往往都

---

[1] 参见张志春：《联语起源说略》，载1988年8月11日《陕西日报》。

[2] 参见张志春：《古今作家名联选》，三秦出版社1988年版。

[3] 参见谭蝉雪：《我国最早的楹联》，载《文史知识》1991年第4期。

是先实而后名的,这里如此清晰地标识,说明这显然不是最早的楹联,但却是迄今为止所发现的最早的春联。它如此凿凿有据地出现在唐代,似可以立论,更早的有待发现。

到了宋代,人们便开始在桃木板上写对联,一则不失桃木镇邪的意义,二则表达自己美好的心愿,三则装饰门户,以求美观。如王安石《元日》诗所写的桃符,既有门神,又有春联。此后,除夕题写春联遂成为习俗,且向大门之内的寝门拓展。《宋史·五行志》说得很清楚:"每岁除日,命翰林为词题桃符,正旦置寝门左右。"

王沂公诗歌《皇帝阁立春帖子》云:

北陆凝阴尽,千门淑气新。
年年金殿里,宝字帖宜春。

立春帖子,亦即春联,当然也包括了春条。年年换贴,既是循环,也为出新,自然相沿成俗。"宝字"是说所写多祝福之语。《皇朝岁时杂记》说得更为具体:"桃符之制,以薄木板长二三尺,大四五寸,上画神像狻猊、白泽之属,下书左郁垒右神荼,或写春词,或书祝祷之语,岁旦则更之。"

纸写联语似于明清开始普及。清人陈尚古《簪云楼杂说》记载,朱元璋虽出自寒门,却特别喜欢春联。定都金陵后,除夕前,传旨天下:"公卿士庶家门上须加春联一副。"降旨后,朱元璋还微服出行,亲自查看最高旨意是否真的落实到了家家户户的大门上。忽见一家没有春联遂问为什么。原来这家主人是一阉匠,不识字且未来得及请人撰写。明太祖兴致来了,既撰且书一联:"双手劈开生死路,一刀割下是非根。"随后,心机多端的朱元璋过了几天又去查看,却发现那副皇恩浩荡的春联仍未悬挂出来。这还了得?不知天地厚,敢负天子恩!谁知那挑猪阉羊的知道是天子手笔,将对联高悬中堂,全家男女老少三拜九叩插香燃烛地把它当作献岁之瑞呢。朱元璋心里那个滋润哟,好像三伏天浴身清泉之中,闲卧浓荫之下。又是一番赏赐不在话下。

天子提倡,政令督导,又是祈福献瑞,何乐而不为之?于是春联上至宫廷官府,下至市井村舍,渐次普及。每到大年,家家户户门口无不春联红彤彤。在这里,中国文学通过与岁时节庆结合而刷新自身,建构了诗意栖居接地气的新样式。《燕京岁时记》说:"春联者,即桃符也。自入腊以后,即有文人墨客,在市肆檐下书写春联,以图润笔。祭灶之后,则渐次粘挂,千门万户,焕然一新。"这一切不只有当时人们的理性叙说,更有诗性的歌唱。例如,明人刘侗等的《帝京景物略》中为元旦所作诗句:"东风剪剪拂人低,巧撰春联户户齐。"再如,田泰斗《竹枝词》也唱出了年年岁岁联相似的味道:"岁月匆匆又一年,家家户户贴春联。"

某种文化样式一旦普及家家户户,就如同花儿朵儿叶儿果儿一样,自然成为村舍院落的景致。一年一度模式化的春联,渐渐成为时尚,成为社会热点,吸引更多的人参与其中。于是乎时兴的春联便滋生了商机,便有了拥挤的市场、让人眼热心跳的利润空间,也使得更多的年轻人在文才显示、书法炫耀的氛围中争先恐后地欣然加入。谁愿意让自家春联缺席而与众人格格不入，成为另类呢？想来书圣王羲之的墨宝也没有掀起过这样的热卖浪潮吧！清诗人周宗泰《姑苏竹枝词》写到这一情景：

> 学书儿童弄笔勤，春联幅幅卖斯文。
> 人来问价增三倍，不使鹅群笼右军。

二

春联作为一种仪式自然是慢慢形成的。而我们一般看到的文献，一再强调春联所写须吉言美语。这似乎成为一种定式。如李光庭《乡言解颐》直说书写春联时，当如春风温煦暖人心，选择雅致高远的吉言，须知吉言如同礼节一样，再多人也不会责怪弹嫌的：

> 欲写宜春帖，东风入砚坳。
> 选言谁独雅，吉语不嫌勦。

勦，即引用别人言论以为己说。《礼记·曲礼上》说："毋勦说，毋雷同。" 郑玄注："勦，犹揽也，谓取人之说，以为己说。"而春联在这里却颠覆了勦说与雷同的境遇。仪式的神圣性淡化了文学的审美性。认真说来，不幸的境遇固然各有各的不幸，但人们对幸福的期盼却大多是相似的。因而，书写憧憬的吉祥语词，自然要取普世认同的公约数观念，哪能一家一个样儿，只顾强调个性而各呈异端呢？清初钮玉樵《觚賸续编》说："吴俗每逢改岁，必更易红笺，以吉语书门。"岂止吴俗？年年岁岁联相似，总把新桃换旧符，上到宫廷下到市井，凡有人烟处无不贴春联，这是千百年来北国南疆四处皆然的年俗啊。

顾禄所著《清嘉录》卷十二载："居人更换春帖，曰春联。先除夕一二十日，塾师与学书儿书写以卖，榜于门曰'春联处'。多写千金百顺、宜春迪吉、一财二喜及家声世泽等语为门联。或集《葩经》吉语、唐宋人诗句为楹帖。"门联，门户之联。楹帖，楹柱之联。二者同类而稍有区别。

光绪《德安府志》云，除夕"家家大门贴神荼、郁垒，曰门神，并以红笺书吉语，曰春联"。

台湾《彰化县志稿》说春联"文字吉祥，尤富诗情雅意，最能象征新春气象"。

袁景澜《吴郡岁华纪丽》卷十二载，春联创作中又有集句，如"物华天宝，人杰地灵""天恩春浩荡，文治日光华""向阳门第春常在，积善人家庆有余"等。这样求吉祈祥的联语是"岁岁用之，比屋皆然"。

这些足以说明遍及各地的春联的格局与气势了。从桃符到春联，仿佛以石击水，波纹一圈圈扩散开去，覆盖面广了，变化也就多样起来。形变神亦变，桃符重驱邪，春联重求吉。然而早期春联并非规规矩矩的，因为拓荒者往往是自由者，是左奔右突求变化求发展者。例如苏东坡就很随意地写过一副春联。东坡被贬黄州时，于东坡筑室垦荒。友人王文甫寓居武昌东湖。临近除夕的一天，苏轼像往常一样叩访王家，见其正忙门神春联之事，兴之所至，戏题一联：

门大要容千骑入
堂深不觉百男欢

显然，苏轼此联仍多幽默趣味，仍是文人雅士独特个性的体现，而不是一般所期待的中规中矩的祝词。普通民众一般在除夕黄昏以前，祖茔祭奠之后，即将祖先及邀请的天上诸神请回家过年后，就要将门神、春联贴起来，以示封门。这样，外姓旁人不能随便进入，上门讨账者亦见之而退避三舍。世俗所谓"有钱没钱，回家过年"便是这一习俗换个角度的说法。而文化精英则可能突破常规，颠覆仪式，营造的趣味更多，获得的快感更多。世间的规矩是让人遵守的，也是让人打破的。或许春联在初始阶段并非那么庄严肃穆，容得下多样化的拓展。陆游曾在诗歌《除夜雪》中说自己痴迷于撰书春联而忘却杯盏的情境：

半盏屠苏犹未举，灯前小草写桃符。

对于陆游来说，春联的仪式性就不是那么强烈，似乎只是一种创作意念的呈现，一种心情意绪的宣泄。夜晚降临，窗外雪花纷纷，别人家的春联可能早就张贴出去了，而自己半杯美酒一直在侧，几乎忘了品尝，只沉浸在联语意境的酝酿斟酌之中。灯光闪射，诗兴如潮涌动不已，似成句在胸又似茫然无着，展纸挥笔，趁着夜色小草疾书。这是辞旧迎新的时刻啊，谁的思绪能不激扬地飞驰？谁的笔端能不饱蘸情感而尽情书写？

与普通民众的春联逐渐仪式化不同，文人的春联仍在一定程度上保有文人趣味。李诩《戒庵老人漫笔》卷一载，明朝吏部夏愈官低身微，清贫度日。除夕，邀集同乡学士钱溥和朋友沈粲于家中小聚，照例要作一副春联，求沈粲书写。沈粲刚吟上联："座上无毡，且喜身安心内乐。"话音未落，夏愈即对出下联："门前有粟，谁怜眼饱肚中饥。"因夏家正对粮仓而居。钱溥闻此言后默然无语，在新正三日送来六十石米，以济夏愈无米之炊。在我看来，虽说结局不无温暖，但仍与春联的仪式感与吉祥味有一段距离，其中的荒寒之音、困窘之调，与人们步入春节时常态的幸福憧憬格格不入。

类似的例子还有一个。南宋周密著作《癸辛杂识》举了一个"桃符获罪"的真实例子："盐官县学教谕黄谦之，永嘉人，甲午岁题桃符云：'宜入新年怎生呵，百事大吉那般者。'为人告之官，遂罢去。"

何以如此？作为县衙官员，这个黄谦之或许不堪忍受永远正确也永远不管用的常数般的春联话语模式，故着意出奇，或许生活工作中许多荒谬现象令他不满，便以发牢骚说怪话的模式抒情表意。而打小报告者与处置者则一致认为，敢于对神圣的春联如此放肆，说明他对此时此地的社会制度、意识形态、秩序不满，是庄严话语体系中的异己分子。而更愿陶醉在新年仪式中的普通百姓，可能也会觉得他这样的腔调打破了新年之中说破荒话的禁忌，一个神圣吉

诗语年节　总把新桃换旧符

開韶慶佳節,合宅樂團圓。
夫婦同堂洽,兒孫繞膝妍。
華燈燦樓表,吉爆響階前。
瓊斝南枝報春,光宇宙延。

御題姚文瀚歲朝歡慶圖
臣董誥敬書

[清] 姚文瀚 《岁朝欢庆图》

祥的文化时空怎能说怪话撇凉腔呢？因而不只是管控意识形态的官员，就是草根平民也看着不顺眼，听着不舒服。它只能在偶然的语言狂欢中以笑谈出现，成为越轨的叙述、规律中的例外。

陆游在《己酉元日》写道：

夜雨解残雪，朝阳开积阴。
桃符呵笔写，椒酒过花斟。

细雨融冰雪，朝阳驱阴冷。在这样的日子里，撰写春联的陆游即便有久久郁积的烦闷，有壮志难酬的惆怅，泛上心头的也是温暖，浮现脑海的也是清新。辞旧迎新，把酒写联，自是惬意与温馨。

春联以贺年为旨，这就从根本上规范了它的总体走向与风致。传统春节讲究的是祥和温馨、红火喜庆的氛围。一般说来，春节是新年的开端，而在民间观念中，伴随着过大年的，不只是团圆的一家老少，还有应时而来的神圣的各路神仙、除夕时请回家的历代祖先。因而大年期间一切言行都须谨慎，不说破茬话，不打碟子不摔碗，不随意训斥孩子，等等。总之要营造如同神仙一般的生活情境，融融乐乐，和谐美满，在敬祖礼神的氛围中更有崇高意味。为营造这一境界，作为这一喜庆氛围的门帘儿，春联的话语自然乐观吉祥，向着神祇祈愿，向着理想诉说，甚至会偏侧而模式化，如某种吉庆联为千家万户所用，年年用而不会觉得审美疲劳。古今春联因此形成了乐观的颂歌模式。它从某个层面彰示人们祈福扬善、珍爱人生的心情意绪。这或许是来源于农耕文明年而复始播种希望的生产生活模式,或受惠于《周易》"天行健,君子以自强不息"的奋斗精神,或浸润于儒家"知其不可而为之"的乐观态度,或……。知道了这些,便知春联中多无凝重反思、石破天惊式的作品,自古而今,人们没有这样的创作传统与欣赏准备。春节家家要贴春联,讲究的就是寓意吉祥。试举几例:

  一元复始
  万象更新

  三阳开泰
  五福临门

  忠厚传家久
  诗书继世长

  家吉征祥瑞
  居安享太平

  春风春雨春常在
  宜室宜家宜放怀

门朝东海迎旭日
屋面南天沐恺风

日月铭心,今夜偏知春气暖
河山在念,谁人不起故园情

两千年村落经唐历汉而今追步复兴梦
八百里秦川五雨十风自古钟情厚道人

大道朝阳,村舍连云,务粮务果迈新步
家园祈福,田畴献瑞,迎岁迎宾乘恺风

除了两两相对的春联,春联族群中还有春笺、春牌、春条等前呼后拥者。

春笺以彩纸镂空如旗帜贴挂门脑,往往有阳文或阴文的"新年好"或"新春快乐"等字样。

春牌是斗方红纸,斜贴为菱形,一般只书一"福"字。看似简单,出处却不简单。文献中,《尚书·洪范》载:"五福:一曰寿,二曰富,三曰康宁,四曰攸好德,五曰考终命。"一个"福"字,含着无尽的吉祥,贴"福"字,成为重要的年俗。人们对福的渴望太迫切了,以至门上的"福"要倒着贴,以谐音"福到了"。传说朱元璋上元夜微行时,见猜谜场有一画谜，是一位赤脚怀抱西瓜的女子。此画影射如此明显，刚一挂出便引起一片哗然。朱元璋极为尴尬恼怒，想大脚马皇后就是淮西人，怀抱西瓜，不是嘲讽自己小和尚时代的光光头吗？如此明目张胆地挑衅挖苦岂能容忍！于是让人将"福"字悄悄贴在安分守己者之家，第二天召集军士杀戮无"福"字者。此境中贴"福"字不仅是超自然的护佑符，更是世俗人生的保护伞。到了清代，按朝廷惯例，有皇帝向臣下遍赐"福"字的年俗……

春条是小型的红纸条，上面写着各种各样的吉祥话，贴在墙壁、树身、门侧或照壁，有兴致者往往会贴满家里各个角落：

  大门：出入平安、大家恭喜
  院落：开门见喜、满院春光
  树身：树大根深、根深叶茂、福荫天下
  米缸：五谷丰收
  厨房：山珍海味
  石磨：白虎大吉
  石碾：青龙大吉
  大车：日行千里
  粮囤：米麦满仓
  桌子：日进斗金
  衣柜：衣服满箱
  床头：身体平安

家畜圈舍：六畜兴旺

记得2006年春，笔者在陕北采风时，在米脂姜氏庄园隔壁，看到一家院里枣树上贴着"年年结枣"的祷祝语，话语如此平实而富有越轨的韵致，让人眼前一亮。"出门见喜"是说出门会遇见喜神，因而不仅仅贴在迎门处。旧俗大年初一清晨，若出门向着喜神所在的方向散步，会一年康宁。这成为一种仪式，北京叫"走喜神方"，上海叫"兜喜神方"，其他地方还有"出行""出方""出天方"等说法。山西吕梁地区走得更远，元日出行郊外，叫作"迎喜神"。据1917年《临县志》中一首《竹枝词》所写，人们似乎等不及天亮就快步出门，满怀愉悦提着灯盏迎接喜神的降临了：

粘户红笺墨色新，衣冠揖让蔼然亲。
香灯提出明如海，都向村前接喜神。

从这些都可以清楚地看到，春联自有其疏放率性的一面。传统的生存模式下人们多言行内敛，深沉低调，上下左右关系如蛛网般纠缠不清，一句话说出去不知会冲撞到谁；而且再美好的打算也是未定之局，人生不如意事常八九，有好的向往也不敢宣示，恐说破了难以实现会被人嘲笑。因此，中国人平素说话低调谦和，对自己所处环境以及生活状态多贬抑甚至矫饰，或许是怕引起羡慕嫉妒恨的负面效应。而春联是一个仪式，它突破世俗，挺身而出，以欢乐颂的形式消除拘谨，直写美好的希冀，一派烂漫天真，掀开了基层民众心灵世界的冰山一角。撰书悬贴者抒怀以庆佳日，管理者以此察览民风，交往者以此满足亲和需求，欣赏者以此品味文意书道画趣，真可谓"联门深深深似海"，可涵容天地，可润泽人心。

于是乎，那说到心坎上的祈福春联，仿佛标准化的格式在私人宅第前年年显现而不曾消失：

　　天增岁月人增寿
　　春满乾坤福满门

2006年春，笔者在贵州安顺屯堡人的门前，看到了一副春联：

　　儿童院落玩游戏
　　老者室内话家常

接地气的大实话里有着老庄风度的坦然，有着"不知秦汉，无论魏晋"的亲切随意与自主从容。商家呢，贴的是百年来不变的典型的祈盼发财之联：

　　生意兴隆通四海
　　财源茂盛达三江

新年贺寿联则多是：

福如东海长流水
寿比南山不老松

此际的联语庄严而神圣。倘以《诗经》为喻,它不是"乐而不淫,哀而不伤"的国风,也不是怨而不悱的大小雅,而更像天地间人神同时在场的颂歌。此际的联语创作是理性的、阳光的,向着希望一路展开,没有内心纠结的直白诉说,没有生活窘迫的直面写照,也没有意识流式的朦胧样式。于是虽说年年如此,但还是心仪如初。它不是纯文学纯艺术性的,而有着神圣命运的祈祷、宣示与展演功能。至于如前述夏愈借联哭穷,以及民间传说中一些贫寒者带调侃意味的春联,如"咦,哪里放炮?噢,他们过年"或"说什么新春旧岁,也不过昨夜今朝——又是一年"等等,只不过是平时一些边缘化的传说而已,很难真正在春节之际登堂入室,即便偶尔有之,也不会相衍成俗,难以成为新的潮流与景观。

作为仪式的春联大有讲究。

除却上述主旨不容改易外,题写的联板或联纸的颜色也是模式化的。常规是什么色彩呢?红色!这是两三万年前山顶洞人为祖先祝祷在尸骨周围撒红粉的悠远遗痕,是西周四方崇拜瞩望南天感恩太阳的象征性标志,是孔子"吾从周"誓言之下中华文化吉祥乐观的集体记忆。于是乎,我们看到了后世春联展示中虔诚的红艳艳的色彩,如胡复斋诗说"满写红笺字",如清初钮玉樵《觚剩续编》说"吴俗每逢改岁，必更易红笺，以吉语书门"，如光绪《德安府志》说除夕"家家大门……以红笺书吉语，曰春联"，如《燕京岁时记》说"千门万户，焕然一新，或用朱笺，或用红纸……"

有规律必有例外。福建云霄除红春联外，还有一种白头春联，即在红联顶端留出长二三寸的白纸额头。据说这与闽人抗清的历史有关。

一般人家，倘若无法求得写字的春联，也要贴出表示吉祥的红纸。春联是重要的形式，甚至是唯一的仪式。而一旦进入仪式层面，形式往往具有大过内容的重要性。不会写字，画圈画十字都行，关键是贴出红春联的样儿来。20世纪40年代，陕西《宜川县志》载："乡民如不能写字，则画一'十'字代之。"20世纪60年代，笔者曾在关中村镇多次见过以碗底抹油沾锅底灰扣圈代字的春联。

人有悲欢离合，生活会出现种种情景，春联色彩也会随之改变。台湾《彰化县志稿》记载："丧家未满三年，旧俗丧男者须贴青纸联，死女者须贴黄纸联示之。"在周秦故地的关中，倘有新丧，春节即是白春联，二周年蓝春联，三周年时蓝联换红联。据《燕京岁时记》载，在春联一片赤红的氛围下，"惟内廷及宗室王公等，例用白纸，缘以红边蓝边，非宗室不得擅用"。联意讲究吉祥，形式也格外计较。汉族自周以来以赤红为吉祥，而满族则传统尚白，这便有了特殊的强调与区别。

春联红色的吉祥味会多方位延伸开去。1925年广东肇庆《四会县志》记载了一种"偷红"习俗："元夜，妇女步月至人家，撷菜少许，曰偷青；或撕取人家门前春联，曰偷红；或到神庙摘灯带怀，归置床箦下，云宜男。"而关中有的地方则有撕红旧俗，小孩往往撕红纸片抹脸蛋涂嘴唇。大年过后春联被撕得絮絮络络的，人们反而赞许默认，认为这是子孙兴旺发达的表现。看来，人在幸福乐观的情境下，相对要宽容得多。而近年来有的城市官员不懂传统与民俗，以为春联残损影响市容，破五刚过就强令撕去。真是遗憾！

春联的位置也不可互换。清代李光庭《乡言解颐》曾记载"乡人不识字，有以'人口平安'与'肥猪满圈'互易者"的逸闻趣事。据传一革命先辈幼年时家人不识字，求春联时遭人戏弄嘲笑，将写给牲口圈舍的拿来让贴于大门上。后其愤而读书参加革命，此或是动因之一。

对联也讲文学性，但有仪式限定。文学是超越时间与空间的，似也不在乎刻在石头木板上还是写在红纸白纸上，而对联偏要较真。这便是对联的可与其文学性相提并论的特点，即仪式性。不了解这一点，就可能误解或曲解对联这一文体，或者以审美疲劳的视角将年年如斯的模式化春联贬损得一文不值，而难以理解民众何以兴致勃勃乐此不疲。小说可以捧在被窝里读，可以拿到茅厕里读，可以读一半放置一段时间再去光顾，种种类似的阅读行为甚至成为古今文坛的佳话，如欧阳修标榜的"三上"阅读。而对联却不能如此随便任性：门联不能贴在厨房；婚联、乔迁联时间不能轻易前后挪动；春联不能随意更换联纸的颜色；不能只贴上联或下联，过一段时间再补上；连上下联的位置都不能轻率更易，否则会被人视为外行而自贬形象……

再说，春联还有张贴的规矩。

传统的文字书写是自上而下竖排,行列自右而左。倘贴联语,从观看者的视角看,右为上联,左为下联,横批自右而左,是顺理成章的布局,如下例:

华之棣棠

天	人
下	间
兄	岁
弟	月
老	闲
更	难
亲	得

新文化运动之后,汉字改为从左到右的横行书写,行列则是自上而下。老规矩与新模式相遇于只容一身的窄胡同,却无人疏导引路。这就引发了竖行联语与横行额子并举时如何张贴的困惑。现实中,上联或门左或门右,下联亦然,横批自左而右和自右而左都有,一锅糨子糊涂账。倘是长联,仍按传统的龙门对模式来张贴,如笔者2015年为西安城墙朱雀门所撰的春联:

长安引前程九州追梦

新岁兆前程九州追梦

朱雀鸣春

天街多好雨百鸟颂春

　　贴春联的时间也有讲究。一般在腊月祭灶之后，春联开始张贴。而在周秦故地的关中地区，则是除夕下午，祭拜祖茔之后，迎接列祖列宗回家一同过年，贴门神春联，鸣鞭放炮，告知天地人神，并示以封神封门：我们要一起回家过年了！倘换个角度看，这些，何尝不是将美丽崇高的文字抒写在诗意栖居的大地上呢？

万户千门看　无人不送穷

诗说破五

破五是春节一个重要转折的节点。

在这个天地人神俱在的文化时空中,这一日,千村万户虽有迎财神、送穷神、享美餐之种种活动,但除夕迎来的历代祖先要回归祖茔,诸神此时此刻也纷纷辞别。这就意味着破五成为一个由圣归俗的节点。

在破五的文化平台上,活跃着形而上的超自然神灵,也活跃着形而下的餐饮美味。或许这构成了一种象征:人生应有云朵飘逸的天空,也要有坚实厚重的大地。

大年初一之后，初五是个重要的日子。从远古到今天，初一和初五像括号一样把庄严神圣的拜年定于这一神圣时段。初一之前，人们尚能急不可耐地说"拜个早年"，若是初五之后还要周旋揖让，那就只能满含抱歉地说"拜个晚年"了。而且，新年几天的诸多禁忌从此便可破除，这可能是初五被称作"破五"的缘故吧。

家庭祭祖的供桌、神祇图像都会在这天收起，日子因此隐隐凸显出由圣转俗的过渡性质。走亲戚活动由晚辈拜年转为长辈追节，特别讲究的是父母为已出嫁的女儿、舅舅为外甥追节送灯笼。北方农村，倘若春节前有去世的亲人，晚辈们便自大年初一居家祭祀不出门，直至破五，叫作"守服"。

破五这天的习俗，主要是送穷、迎财神和特殊饮食等。

一

一般说来，破五之俗首先是送穷。送穷这一现象至迟在南北朝时期就已经出现了，至唐代已成为官民无不遵从的普世习俗。唐人姚合《晦日送穷》其一曰：

年年到此日，沥酒拜街中。
万户千门看，无人不送穷。

或许人们以为，除夕下午到祖茔接祖先回家过年时，可能有些穷鬼、饿鬼、无家可归的孤魂野鬼闻风而动，随之而来，虽有门神护卫，有春联、门笺、拦门棍诸多防备，但仍可能有疏忽的地方，难免让这些不速之客进得门来，混吃混喝。吃喝一些，多一双筷子多一个碗倒也罢了，可要是给人带来七灾八难就麻烦了。因此过了初五，要送祖先回茔，送除夕来造访的天地诸神归位，顺便将随之而来的一些孤魂野鬼送走，也在情理之中。而这时，送穷之名似乎只强调特殊对象，而忘却了常规的事项与仪式。之所以聚焦于此，其中内在的逻辑似乎是，各路神仙是公正慈善的，祖先自然是亲切护佑的，他们的迎送安全，似可在一定意义上忽略不计，好像最亲切的亲友无须礼仪客套。而打上门来的刁蛮者则要提到议事日程上来，虽然打心底一千个一万个不愿意，也要多赔笑脸多说好话，给予特别重视，念念不忘如何如何去对付，进而有点喧宾夺主，将边缘状态晋升为焦点，将这一点升格到正式命名的地步了。

  年年如此，家家如此，人人如此。大街小巷，洒酒奠送，不只是神秘的观念，更有成套的仪式。那么，穷神到底是谁呢？

  其一说送姜太公之妻。民间传说姜太公助武王伐纣，功高天下，有斩将封神之威。他虽有绝对的权力却并不近水楼台先得月，仅封自己为守土安居的稳神，屈居于农舍屋脊二梁之上。在封其妻为穷神时，却又出于不忍之心，怕这位喜欢串门子的老妻出于好奇，有意无意会给贫寒人家带来困境，便令她走着看看，长点眼色，"见破即归"。人们爱戴信仰姜子牙，可谁也不愿意让穷神来到自家呀，为了避开穷神，于是把这天称为破五。看来，这一说法不只有了所送的穷神，似乎连破五的命名缘由也涵盖进去了。

诗语年节　万户千门看　无人不送穷

75

〔明〕戴进　《渭滨垂钓图》

其二为送颛顼之子。[1] 三皇五帝时代，其贵为北方大帝之子，想来待遇差不到哪儿去吧。前呼后拥会有吧，山珍海味会有吧，博衣大袖很多吧，可谁也不能理解的是，他却性喜穿戴破衣烂衫，仿佛新鲜浑全与他不共戴天似的。倘若生在后世，如此超脱潇洒，扮酷嗜贫，作为弄潮儿，掀起一波又一波时尚之浪是没问题的。只可惜生不逢时，被歧视为穷鬼，成为憎恶生命顺达的象征，人人拒之千里。

其三是送穷土。即将屋内所有垃圾清出门外。这不只使破五有了可操作的仪式，而且将神圣的祈祷与实用的打扫融为一体。腊月二十四除尘这一净化仪式之后，一直到初五这一段时间，每家庭院内都有了神圣的氛围。一般不能打扫，屋内打扫的垃圾都成为财富的象征而不能随意倒掉，只能堆积于角落。《和顺县志》明确记载道："初五日，各家扫尘土，于五日更爆竹送门外，俗云'送穷土'。"

其四是送五穷。文起八代之衰的韩愈曾写《送穷文》记述自己送穷的经历与感受。在他看来，所谓五穷即"智穷、学穷、文穷、命穷、交穷"，这当然带着这位大作家的个人色彩。凡此五鬼，实属心腹大患，故撰文祈祷而送之。经过一番张罗，为穷鬼结柳作车，缚草作船，引帆上樯，还带足了足够的干粮呢。也许平民百姓心中的五穷鬼或与此同质异构，也带着他们自己生命的烙印。至于五穷是高是矮是胖是瘦是黑是白是男是女，大约都朦胧含糊，影影绰绰，自是付诸想象的产物。总之都是影响了他们生存与发展的种种恶鬼吧。凡事须治本，面对衣食住行层

---

[1] 据宋人陈元靓《岁时广记》引《文宗备问》记载："颛顼高辛时，宫中生一子，不着完衣，宫中号称穷子。其后正月晦死，宫中葬之，相谓曰：'今日送穷子。'"

面的局促不济，先在精神层面将穷神驱逐出境才是关键之所在。于是便在这一日郑重其事，挥动扫帚以驱赶，燃响爆竹以震慑。

平民送穷，大多是送了也就送了，当时郑重其事，过后风吹云散不再思量。而文人雅士则不然，当时送其神，过后述其事，字斟句酌，反复回味，要的就是这个劲儿。宋人陈元靓所撰《岁时广记》一书就录入一首有趣的送穷词，说宋太学有一读书人巴谈性多滑稽，别出心裁创制芭蕉船并念念有词以送穷。时隔数百年后，清代学者俞樾仍激赏不已，在其《茶香室三钞》卷一"正月晦送穷故事"条里引述了这一作品：

> 正月月尽夕，芭蕉船一只。
> 灯盏两只明辉辉，内里更有筵席。
> 奉劝郎君小娘子，饱吃莫形迹。
> 每年只有今日日，愿我做来称意。
> 奉劝郎君小娘子，空去送穷鬼。

殷勤侍候，佐以美餐。月隐在天，芭蕉船在岸。招待不可谓不热情，话语不可谓不温煦，愿穷鬼饭饱酒足之后快快上路吧。没有狞厉恐怖的色彩，有的是亲切而坚决的态度。

其五是送穷媳妇。值得注意的是，不少地方的穷神都以女性形象出现，是男尊女卑观念形成的集体无意识的恶果呢，还是受姜子牙封老妻为穷神传说的印痕呢？但无疑这一超自然意象的选定有着家族本位的潜意识。媳妇是外娶进门而不是自生自长的，于是以此命穷神，是血缘亲情对于婚恋爱情的羡慕嫉妒恨吗？命名为穷媳妇岂不蔓延到穷阿家了吗？那不要紧，媳妇要熬成阿家，至少还有三十年的路程要走呢。这就显得特别有滋味。不同地域的志书名正言顺地这样记录着，不知能否读出国人心灵的秘史来？

  五日，俗称"破五"。以彩纸剪作裙衫，装女子形，于更送之街头，曰"送穷媳妇出门"。

《马邑县志》

  五日，晨起担水入瓮，谓之"填穷"。剪纸作五穷妇送之，谓之"送穷"。

《寿阳县志》

  正月初五日，俗谓之破五。各家用纸制造妇人，身背纸袋，将屋内秽土扫置袋内，送门外燃炮炸之，俗谓"送五穷"。

《张北县志》

二

  人的思维往往两极摆荡。破五有送自然也有迎，来而不往非礼也。送的是穷鬼，迎的自然就是财神了。生活在这个世界上，富了还想富，越穷越怕穷,这是人心之常态。这种心态在温饱不济的漫长时间段里蕴积着,在破五这一节俗中集中凸现了出来。如南宋魏了翁诗歌《二月二日遂宁北郭迎富》说的就是这一普世心态:

才过结柳送贫日,又见簪花迎富时。
谁为贫驱竟难逐,素为富逼岂容辞?
贫如易去人所欲,富若可求我亦为。
里俗相传今已久,漫随人意看儿嬉。

结柳送穷,簪花迎富,看似相对的仪式,其实就是人心向背的展演。传承既久的习俗一条道儿走下去,或许会引发某一瞬刻的倦怠,但儿童们的狂欢仍能引发新的情致,增益观赏的趣味。富裕是人人想达到的从容生存状态,但作为一种信仰还须有偶像,这样仪式才好展开,情感亦能移植投射。于是财神就成为富裕的神灵意象出现了,而且源远流长,香火旺盛。

十里不同俗。亦有俗信以正月初五为财神的生日。过了年初一,接下来最重要的活动就是接财神——在财神生日到来的前一天晚上,各家备办酒席,为其贺生辰。商家尤为郑重其事,选择是日开市,良好的开端就是成功的一半,有财神陪伴还不会赚个盆溢钵满?财神有许多化身,有文财神、武财神、五路财神、青龙财神等等。

文财神一说是商朝的比干。他是位忠臣,因直谏被暴虐无道的纣王剖心,后因吃姜子牙送的灵丹妙药而存活人间。他因无心而不偏不倚,办事公道，广散钱财，受人敬重。在《封神演义》中，被封为北斗七星之一，后幻形人世，成为文财神。

文财神另一说是范蠡。这位经商高手，三次聚财，三次散财。其致富天才与重义品质格外醒目。特别是在西施女的问题上，敢于牺牲也敢于负责。"君问穷通理，渔歌入浦深。"（王维《酬张少府》）范蠡家财万贯而能归隐江湖，荡舟于烟波浩渺深处，青山隐隐，云朵飘逸，不为世俗所累而保持尊严与自由，从而赢得爱戴而升格为财神。

武财神是关公。这位灯下读《春秋》红脸美髯执青龙偃月刀的三国将领，因忠义勇武被历代帝王不断加封，到明清时代甚至登基坐殿，君临天下，为儒道释三教所钟爱。笔者曾撰写一联悬挂在楼观台道教文化区关公庙：

诚信如斯，一身延誉儒释道
时空在此，万贯护持归去来

民间受宗教或《三国演义》影响，将关公视为忠义的化身，并进一步视为行业保护神与财神。关公成为财神的思想土壤和逻辑线索是"君子爱财取之有道"的理念吗？或许财富堆积起来便令人心悬悬的，它易被贼偷，又常被贼惦记着。而群居与独处都不变其本的忠勇者，易被众人推举为保护神，关公荣膺此选。

财神中居位最高者是赵公明。据道教传说，据《封神演义》所载，赵公明本为终南山人，长期隐居深山。空山新雨，清泉石上，能助人精修至道。

功成之后，玉皇大帝封他为正一玄坛元帅，简称赵玄坛。旧时各地供奉的财神赵公明乌面浓须，怒睁圆眼，头戴铁冠，黑虎坐骑，一手执铁鞭，一手捧元宝，故又有黑虎玄坛之称。姜子牙斩将封神时，封其为金龙如意正一龙虎玄坛真君之神，专管迎福纳祥之事。传说这位赵公元帅能耐非常，不只散财天下，而且除瘟剪虐，驱病禳灾，大凡有冤抑难伸难见天日者，遇他而能清

〔明〕商喜　《关羽擒将图》

风明月,云开雾散,大有哪里有不平哪里就有赵公元帅之美誉!再说这黑虎玄坛看似威猛激越,却是一个性格散淡者,不愿轻易扰民。一年仅在正月初五这天离开玄坛一次,而且随意自在,漫无目的,不知要到哪里去,不知要进谁的家。于是大家都在此日凌晨早早起来,出门焚香献牲,鸣放鞭炮,抢上前头去迎接。返家之时,一般摘柏一枝,象征财神居于其中,捧持而插于神龛之上,每日香烛膜拜。清人顾禄《清嘉录》引用蔡云的一首竹枝词,描写这种情景:

五日财神五日求,一年心愿一时酬。
提防别处迎神早,隔夜匆匆抢路头。

此时此地此境,积郁一年三百六十五天的心愿,要在这一仪式中得以实现,敢不虔诚敬勉,能不抢迎在先?要是让别家早早迎走,这一年的祈盼岂不是又要等到遥遥的下一年?岂不是给这新一年三百六十五天的天空蒙上浓厚的雾霾了?

民间还传说,财神即为五路神。所谓五路者,指东西南北中五方。意为遍地是黄金,出门五路皆可得财。这也许是人生经验之暗示,钱财本在四面八方,须多路出迎辛苦奔波才能获得。经商也如做学问,也是要读万卷书行万里路的。若安坐家中,财富岂能如雨从天而降,如风吹进门来?就是家财万贯,那也会坐吃山空的。

清顾禄《清嘉录》云:"五日,为路头神诞辰。金锣爆竹,牲醴毕陈,以争先为利市。必早起迎之，谓之接路头。……予谓今之路头，是五祀中之行神。所谓五路，当是东西南北中耳。"迎神须早起，是仪式之所要求，也是"天行健，君子以自强不息"精神的培养与陶冶。因为一人之早起，一人之生气；全家之早起，全家之生气。目的为全家衣食住行之从容而拼搏，如此生气勃勃者，岂有不成功者！

三

送穷鬼也好，迎财神也罢，破五的节俗仪式最后还要落实在饮食上来。节日的狂欢，美餐是其表现形式之一。破五的餐饮一般是特别讲究的。清末民初，冯文洵《丙寅天津竹枝词》中写道：

> 新正妇女忌偏多，生米连朝不下锅。
> 杯碗捧持须谨慎，小心破五未曾过。

这首诗从一个侧面说明除夕到破五禁忌很多。在家庭主妇心里，过去早已习惯的清晨生米熬粥的程序都变动了，仿佛有至高无上的律令提醒着她们，杯盘捧持都要小心翼翼，别磕磕碰碰地弄出个什么破绽来。破五本身像年关一样，也是一个须特别小心谨慎的日子。别让自己小小的过失如一点墨汁溅上漂亮的新衣衫，把美好的景致抹杀了。

破五吃饺子，自然承载着人们期盼吉利、幸福的寓意。可这里仍如新年一般，不是果腹的常规餐饮，而是庄严的仪式。于是乎每一个细节和每道程序都赋予了人生的意义。按讲究，这天的饺子馅一定要自己剁，象征把一切不顺的东西都剁掉，预示这年一切都顺顺利利。清晨家家户户放鞭炮，那噼噼啪啪的声音，仍沿着送穷祈福的辙儿。

但千里不同风，十里不同俗。同样破五吃饺子，各地巧妙不同。天津人菜板要剁得咚咚响，让天地人神皆知这是在剁小人呢。据说，大年三十人们请神时，把脏神给忘了，他气不过，找弥勒佛闹事。弥勒满脸堆笑，就是不搭腔。这脏神气得捶胸顿足，七窍生烟。眼看事情要闹大了，弥勒才开口说：这样吧，到了初五，让人们再给你放几个炮，包一次饺子，破费一次吧。天津人说，这就是破五的来历，也饶有趣味。不管此说能否为世人认可，最起码为破五增添了新的趣味。

将吃饺子与小人联系起来的地区还有很多。最有意思的是陕西凤翔县，这里是秦人的发祥地。破五这天，也早起，也大扫除放鞭炮，但吃饺子不叫吃饺子，叫"煮角儿"，仍是古代雅言的余绪。妙在包饺子时，须点一支香，星火荧荧，在那盛饺子馅的盆上绕来绕去，然后才拿来包饺子。为什么呢？凤翔人说，这是赶五穷，再包将进去，煮熟了吃掉！秦人豪迈，狠透铁[2]的性格，一餐之中仍可见出风采。

上海破五餐饮则细腻雅致多了，如同这个百年新兴城市男女老少服装的讲究劲儿。初五接财神，有人挑担叫卖鲤鱼，称为"送元宝鱼"；晚上喧闹喝酒，叫"喝财神酒"；若初四夜高祭接路头神，酬神酒倒得满满，叫"满满十分财"；初五晨吃面或糕，称之为"路头面"或"路头糕"；等等。与财神名分相关之物

---

[2] 狠透铁：作家柳青小说《狠透铁》中的主人公，为人憨厚，执拗。

此刻皆以其命名，仿佛神仙的手指触到任何地方都会变成黄金。

当然了，并非所有的人所有的年月都能吃上饺子、面或者米糕。于是破五也有着吃粗茶淡饭的时候，也形成了新的讲究。即使生活富裕起来了，规矩依然，人们仍会坚持可贵的文化记忆。旧俗陕西陇县人这天吃搅团。搅团，即作家峭石在小说《管饭》里所说西北流行的"用玉米面做的像糨糊一样的饭食"，说是要把一切不如意的东西粘住粘掉。陕西彬县即《诗经·七月》所描述的古代豳地，在初五这一天也吃搅团，说是"吃穷饭，除穷根。糊穷坑，填穷坑"。地处渭北高原的淳化县也吃搅团，除填穷坑的观念外，这天还不能串亲戚，说是不能让亲戚沾了穷气，好像贫穷像病菌一样会一连串地传染下去……

看来，破五的节日里，活跃着形而上的超自然神灵，也呈现着形而下的餐饮美味。如同这宽阔的世界，有高渺空阔的天空，有飘逸自在的云彩，有坚实厚重的大地。

颜与梅花俱自新
——诗说人日

源自中国造人神话的正月初七，作为一个文化节点，在不少地方，甚至享有与大年相提并论的尊位。它是人的节日，人类的节日。

从宫廷到市井，人日戴胜是普遍的美饰，人日春盘是必备的美味。这种覆盖全面的节日民俗，其实质的外饰内补恰是人获得尊严的重要仪式。

而不同地域的人日民俗，或选"皇后"，或拜草堂，或游花地，或踏碛，则成为散落在不同地域的文化记忆碎片。也许逐渐淡远消隐，也许将成为新民俗的生长点。

正月初七，俗称人日或人七，原以为没有多少内容，倘要写的话，在别章顺手捎带两笔就行了。可是，在不断地文献阅读和田野作业中，看到纷纭的情景描述，看着民间敬重如斯，渐渐觉得这还真是一个绕不过去的日子。

一

某年春节前，一位研究民俗近半个世纪的长者说当地风俗，初七竟然比初一还重要，不知何故。说当地人若在外地，三十赶不回来不要紧，初一赶不回来也不要紧，但是初六之前一定要赶回来。初七为什么这么重要？他为此一直困惑。我当时虽有些感觉，可也莫能应对。现在当然知道了。读了东方朔《占书》中的中国创世纪神话："一日鸡，二日犬，三日豕，四日羊，五日牛，六日马，七日人。"倘联想到后世《三字经》中"马牛羊，鸡犬豕，此六畜，人所饲"，岂不是说六畜之后，人类名列第七而拥有掌控前者的殿后之威？这岂不明确点示出人在生物链中居于主宰万物的最高权位？再联想到西方神话，上帝造万物之后第七天造人……这正月第七日可了不得啊！这是人七的圣洁之日。人日，一个绕不过去的隆重节日，是给人过年呢。

2008年，因春节后要陪同韩国学者考察民俗，年前赴陕北事先联系的时候，渐渐感觉到了正月初七这个日子的重要性。预约内容是节后考察洛川秧歌、安塞腰鼓等。当地大大小小的官员都很高兴，乐意把当地的非物质文化遗产推荐到全世界去，可是一听约定的时间是正月初六、初七，他们就犯难了。他们说初七人过年呢，机关都放假，农村也找不到人，只要过了初七，

什么时间都行啊。洛川县文化馆馆长还念了当地的一段民谣:

> 六不出,七不入,
> 初八回来变成猪。

如此命令的口吻,甚至诅咒的话语,借以强调人们正月初七必须在家的重要性。并说中华人民共和国成立几十年,春节放假都是初八才收假的。后来,在理发馆听见铜川一位80后年轻朋友说:初一是给神过年,初七才是给人过年呢。笔者大为震惊,原以为这样的话语只会出自白发苍苍的老者口中。

在这样的氛围中,神追古人,阅读隋人薛道衡的《人日思归》才能品出滋味:

> 入春才七日,离家已二年。
> 人归落雁后,思发在花前。

据《隋唐嘉话》记载,这首诗是薛道衡出使陈国时在江南所作。人日竟重要到这种地步,它在诗人心目中跨越春节而成为苦恋故乡的焦点,两年异地宦游的痛苦使他心绪极度敏感而脆弱,总是急切切想与花比拼谁能先绽放紧裹的心结,而又悲哀自己不如大雁那样年年飞回故乡。诗人由人类的生日涌起的是返乡团圆的渴望。人日的意蕴与魅力,于此可见一斑。这首诗引发了唐代诗人李商隐的共鸣,他写《人日即事》诗云:

文王喻复今朝是，子晋吹笙此日同。
舜格有苗句太远，周称流火月难穷。
镂金作胜传荆俗，剪彩为人起晋风。
独想道衡诗思苦，离家恨得二年中。

　　从隋入唐一直到中唐时期，这其中的痛苦穿越时空，仍能深深地打动李商隐的心扉而诉诸歌吟。现实中李商隐有种种难言之隐，故多以历史人物事件来暗示比附，以期有心人理解其苦衷。诗中诉说道衡数年离家之苦味，李义山本人何尝不是一生都奔波在孤寂的路上呢？人日之时，在外的人儿想家乡，而在家的亲人则祝安康。可见人日在中国人心中沉重的分量。对于特别讲究生命长度的中国人来说，更是这样。

　　额头点饰梅花妆是传统女子人日必修的功课。梅花妆传说始于南朝。宋武帝时，寿阳公主人日这天睡卧含章殿，突然，房檐下的一片梅花飘落额上，美艳别致，遂定格成装饰。公主创意，宫女纷纷仿效，宫内便流行这种以红点额的梅花妆。这一习俗波衍至唐宋，点额的梅花妆派生出多样的扮饰，如斜红啊、面靥啊，如春园的花卉开放得万紫千红。

　　唐时梅花妆还有另一种传说。据说女皇武则天的文官上官婉儿才情具旺，胆识超群。谁知她竟会借近水楼台之便，偷偷与女皇面首耕云播雨。更没料想到恰恰又被这位老女人撞见了，当即一刀刺向上官婉儿的发髻，前额遂伤见血红。为了巧于掩饰，上官婉儿遂于伤疤处纹一朵红梅。谁料想，因窘迫而生的掩饰在粉丝的眼中成为新颖的造型。如此红梅妆点，又引发了自宫内点向街头、从市井向村镇的胭脂抹额时尚潮。当然，民间传说毕竟只是传说。更多的考古发现与文献典籍告诉我们，女子脸上点画的传统至少可追溯到春秋战国时期，如长沙出土的楚国女俑脸上就清清楚楚地画着圆点。

作为一个全国性的节日，人日最主要的节俗活动是做人胜，或戴在发间，或贴在屏风、床帐，或用来馈赠。《荆楚岁时记》云："正月七日为人日，以七种菜为羹。剪彩为人，或镂金箔为人，以贴屏风，亦戴之头鬓。又造华胜以相遗。登高赋诗。"胜本是源自西王母的一种女性首饰。它有多种形式，如人胜、宝胜、花胜、果胜、春胜等，到了宋代以方胜抽象菱形相叠

的样儿占了上风,人们便以方胜概括其全部。美的仪态需要精致的意象来叠加。看一个翠翘翘的人儿,轻盈的脚步,妙曼的姿容,在人类扮饰之潮中不断掀起新的浪花。

人日多用人胜和花胜。人胜即剪如人影。女性喜欢将其戴于鬓边或用来赠人。花胜近似时下的花结。《后汉书·舆服志》:"太皇太后,皇太后入庙服……,簪以玳瑁为擿,长一尺,端为华胜,上为凤凰爵,以翡翠为毛羽,下有白珠,垂黄金镊。"如温庭筠词《菩萨蛮》中所写:

藕丝秋色浅,人胜参差剪。双鬓隔香红,玉钗头上风。

〔唐〕周昉 《簪花仕女图》(局部)

宝胜即剪彩为胜，饰以金玉，美不胜收，宜以诗词吟诵。这方面的例子很多。唐崔日用《奉和人日重宴大明宫恩赐彩缕人胜应制》："金屋瑶筐开宝胜，花笺彩笔颂春椒。"宋杨万里《秀州嘉兴馆拜赐春幡胜》："彩幡耐夏宜春字，宝胜连环曲水纹。"元萨都剌《汉宫早春曲》："金环宝胜晓翠浓，梅花飞入寿阳宫。"等等。

　　春胜，原为立春日剪彩成方胜为戏或为妇女首饰。古人生活中常见，诗词中亦常见。如苏东坡《章钱二君见和复次韵答之》其二："分无纤手裁春胜，况有新诗点蜀酥。"如陈维崧《眉妩·壬子除夕》："算今夜，笑语香街沸，有春胜双飐。"

　　如上所述，当时的人们制作精美的胜，扮饰并提升着自身的生活情境或主体形象，无论是贴于屏风、床帐，佩于鬓发，馈赠亲友，还是受赐于最高权势者，都会带来生命高峰体验般的欢乐。《荆楚岁时记》云："'人胜者，或剪彩，或镂金箔为之，贴于屏风上，亦戴之，像人入新年，形容改从新也。'华胜起于晋代，见贾充《李夫人典戒》，云'像瑞图金胜之形，又取像西王母正月七日戴胜见武帝于承华殿也'。"果然，我们在《山海经·西山经》里看到了西王母"蓬发戴胜"的记录。

　　前引李商隐"镂金作胜传荆俗，剪彩为人起晋风"的诗句，以互文的形式将人日剪彩做胜遍及南北的盛况写得极为传神，且有追本溯源的意味。唐徐延寿《人日剪彩》写得更为具体传神：

　　　　闺妇持刀坐，自怜裁剪新。

>叶催情缀色,花寄手成春。
>帖燕留妆户,黏鸡待饷人。
>擎来问夫婿,何处不如真?

怜者,欣赏也。自己珍惜欣赏还不够,希望相亲相悦者也能珍爱。女为悦己者容,此时此刻是女为悦己者剪。知音如不赏,岂不是剪彩空劳忙了吗?这位女子创作剪贴种种,为节庆的人日,也是庆祝自己的生日。诗歌最后定格在一个富有生活情趣的细节之中:她郑重其事而轻轻举起巧夺天工之作,含情脉脉地问夫婿,哪个地方不像真的?中国人欣赏河山风景,每每希望其如画,而时时评判艺术创造,却又渴盼其逼真。这在艺术美学层面不见得是高超的目光,但在场者的心情意绪,却非如此不能贴切地表达出来。那鲜花嫩叶,青翠欲滴;雄鸡飞燕,高唱轻舞。在夫妻心心相印两相欢之时,都成为欢乐的意象了。

从民俗学的观点来看,胜是一种特殊头饰,它的原始意义具有宗教性,属于信仰民俗范畴。人日剪彩人、彩燕,或贴于室内,或妆于头饰。剪彩人的目的,在于表达人们的一种精神更新的观念。人日剪彩人张贴,事实上表达了人们节日祈求人口繁衍的意愿,其基于中国古代社会对生命的看法。古人认为,人是有灵魂的,这种灵魂是要不断地更新的。更新的手段则是利用巫术性的祓褉与偶人换身的形式,人日剪彩为人或镂金箔为人都有这样的原始意义在。

〔唐〕佚名《宫乐图》

二

在《圣经》的叙述中，人是上帝按照自身的形象创造出来的。人的形象本身就有着上帝的崇高与美丽。中国七日造人的神话虽未标示创生神的名姓，但民间却有着人日选"皇后"的习俗。

半个多世纪前，广州地区人日这天青年男女结伴郊游，评选人日皇后，中选者主持一天的活动。感谢作家欧阳山，他的长篇小说《三家巷》难能可贵地记载了南国这一传承既久的习俗：

> 姑娘们继续拨开山光和云彩往前走。路旁的柳树摇摆着腰肢，紫荆花抬起明亮的笑脸，欢迎她们。陈文婷感到胜利的骄傲，就像黄莺似地唱起区家姊妹完全不能领会的英文歌来。走了好一会儿，到快要爬山的时候，前面的男子们停住了。李民魁一面掏出手帕来擦汗，一面兴高采烈地对姑娘们宣布道："我们六个人一致投票，选出了今天最美丽的姑娘做'人日皇后'，她就是区桃！你们赞成不赞成？"周炳问："皇后要做些什么事？"陈文婷插嘴道："还没选定呢。你看你急的！" 李民魁解释道："今天的皇后专管游山。到哪里，待多久，食物怎样分配，都归她管。"陈文婷唧唧咕咕地自言自语道："好大一个皇后，怎么不把婚姻也管上！"她越想越生气，就抢先说道："我一个人，投一万张赞成票。论人才，除了桃表姐还有谁呢？咱们省城的大街小巷，哪一个不认得'美人儿'？光论相貌鼻子嘴，我倒认真赞成工农兵学商的排班

次序呢！"说完，她就不理别人，一个劲儿往凤凰台山顶上冲上去了。她那心灵，刚才不久才叫胜利的喜悦滋润过，如今却又叫突然的失败给扯碎了。她淌着汗，又淌着眼泪。她掏出手帕来，既擦汗又擦眼泪。下面，大家伙儿又愉快又兴奋地往上爬着，享受着这个春节的假日。

需要说明的是，长篇小说虽是创作，但大凡写实风格的，无论古今中外，情节可以设想，而细节则有所本。这里所写的年轻人自己即兴推选人日皇后，正是作家将这一民俗编织进艺术建构中的亮点。这让我想起了唐代诗人卢仝诗歌《人日立春》：

  春度春归无限春，今朝方始觉成人。
  从今克己应犹及，颜与梅花俱自新。

如果说广州人日推选皇后与人的自觉意识觉醒有关，那么成都人日游草堂这一习俗则与崇拜诗圣有关。杜甫当年漫游时，曾与李白、高适两位在洛阳相遇。他们白日携手畅游梁宋，观山则情满于山，观水则意溢于水；夜晚同观星垂平野，静听窗外树声，卧谈诗酒，结下终生友谊。杜甫流寓成都时，高适恰在蜀州刺史任上。唐肃宗上元二年（761），高适写《人日寄杜二拾遗》，以表达对朋友的思念：

  人日题诗寄草堂，遥怜故人思故乡。

杜甫接到诗后自然欣慰，但读了也就放置一边，不意间诗稿散轶在遗忘的角落了。几年之后，漂泊江湖的杜甫一日偶翻书轶，又见这首诗，而高适却已亡故。时过境迁，物是人非，重新读过，字里行间内蕴仿佛酵母萌发，陡然增大膨胀起来。朋友的笑容仿佛就在眼前，那或轻或重的话语，似乎仍在耳边，一切的一切都好像发生在昨天，而今却只能成为悠远的回忆了。真是别有一番滋味在心头！杜甫遂写下《追酬故高蜀州人日见寄》：

自蒙蜀州人日作，不意清诗久零落。
今晨散帙眼忽开，迸泪幽吟事如昨。

检点诗函，追忆往昔，情随泪迸，幽幽吟哦。这般酬唱，泛起只为知者道难为他人言的万般滋味。吟者自吟哦，听者何渺茫！窗前人独立，高山流水长。这是超越生死两界的高情厚谊，这是融人日与身世之感的真情诉说。从此，高杜人日唱和的故事便传为佳话。

近乎千年之后，清咸丰四年（1854），时任四川学政的何绍基在果州主考竣事，返成都途中留下一副联语：

锦水春风公占却
草堂人日我归来

何绍基何等人物？诗人，联语家，还是书法大家。虽说迟到千年，他当然熟知有唐一代两位诗人的动人唱和。出于对诗圣先哲的敬畏，抵蓉后拜谒草堂不敢草率，他特意住宿于郊外。一直待到初七人日这天，才毕恭毕敬拜谒草堂，敬献此联。

这副联语至今仍挂在杜甫草堂大殿之外。"我归来"的表达，使得任何一位草堂在场者都会对号入座，成为潜在的联语抒情主人公，成为与诗圣对话的后来者。这会带来本能的美感体验和冲动。先是骚人墨客悠然会心，竞相效仿，每个人日云集草堂，挥毫吟诗，凭吊诗圣。继而民众纷至沓来，渐演成俗。于是每年正月初七，成都人或携妻将子，或呼朋引伴，乐滋滋前往西郊杜甫草堂，似百川汇海，形成了一年一度的民俗活动——人日游草堂。

而在距成都不远的三峡，则是另一番别致的情景。陆游诗歌《蹋碛》，写的则是这里人日蹋碛的传统习俗：

鬼门关外逢人日，蹋碛千家万家出。
竹枝惨戚云不动，剑器联翩日将夕。

在正月初七这个特殊的日子里，鬼门关外的夔州，万户空巷，成群结队在城外的沙石滩上散步，时称蹋碛。碛，即沙石堆积的浅滩。当年诸葛亮曾在这里的沙滩上摆八卦阵取胜。于是后世人们便在人日这天纷纷来此蹋碛。本州高官亦旗帜高张，设宴碛上，添彩助兴。散步时，女子拾一些可以穿彩绳的小石头，挂上发髻，既垂悬以为美饰，亦作祥物以祈祷一岁之祥。与民同乐的诗人陆游是善良敏感的,他所听到的歌谣是那么忧伤,以致愁云惨淡万里凝滞的样儿。而男子则应和着这旋律应节按剑,在沙滩上歌舞翩跹,一直延续到日落西山。既有追忆的悲凉清唱,似江流来自遥远,又悠悠地向远方飘逸而去;又有现世舞蹈的生命狂欢,手应曲,心应鼓,一舞剑器震四方。热血为之奔腾,星月为之浩叹!人七啊,这个日子,既是每个人的生日,又是人类的生日。每个人都是社会的生物,每个人都有自己的悲欢离合。人们于此应该尝试着给人下定义。非此悲不足以悟其深邃,非此乐不足以舒其浩气!

同是人日这天,远在广州,人们则会成群结队地去花地赏花。俗称"游花地"。而人日所游花地,据考证,就是今天的芳村花地湾。清光绪二十二年(1896),康有为在广州办万木草堂,人日那天带着母亲、妻子和女儿,全家坐船游花地,并写下《人日游花埭》:

烟雨井边春最闹,素馨田畔棹方徊。
千年花埭花犹盛,前度刘郎今可回。

康诗用传统节庆之框架,写沉浸花海流连不已之情境,又继以刘禹锡再游玄都观昂然不屈之意绪叠加,凸显出诗人社会改良之抱负。而人日观花,似在着意营造诗意栖居的氛围。对于志在千里忧患天下的康有为来说,人日赏花而写诗,亦是面对天地、面对未来的大声发言。

据介绍,早在明清时代,广州花地已很繁荣,当时讴歌花地的诗文已有不少。清中叶后，花地先后兴起大小造园三十多处，造园如何？听那一个个恋诗醉画的名字，便有了联想的方向，能想象其轮廓：留香、醉观、纫香、群芳、翠林、余午圃等等。康有为、张维屏等都曾居家于此。独乐乐不如众乐乐，分享原本是酿就幸福感的最佳酵母。在这个时候，各个名园自是摆设花局，招邀众人游览欣赏。更有园主邀集文人学士，吟诗联句以助雅兴，不在话下。

游花地可能是戴胜活动的延伸拓展。花胜、宝胜、金胜、鸟胜、人胜和方胜，都是对自然美丽物象的模拟拷贝，都是浓缩环境叠加于人自身的扮饰。你可以在桥上看风景，看风景的人也可以在楼上看你。看似人群涌动，彼此都在观赏风景。其实人也是风景，而且是最重要最美的风景。

三

人日饮食也颇具特色和意味，值得一说。

先说春饼与春盘。春饼原本是立春日的节令食品。杜甫《立春》诗有"春日春盘细生菜"之句。辛弃疾《汉宫春·立春日》更写出一幅绝美的画面：

> 春已归来，看美人头上，袅袅春幡。……浑未办、黄柑荐酒，更传青韭堆盘。

或许日期相近彼此影响的缘故，在岁月的推移中，立春日的经典饮食不知不觉晋升为人日食品。这一演变的历史也相当久远。蔡襄《人日立春舟行寄福州燕二司封》诗歌便写到了这样的格局：

春盘食菜思三九，人日书幡诵百千。

明代刘若愚《酌中志》的记述就相当明确了："初七日，人日，吃春饼和菜。"和菜就是春盘，素菜有生萝卜、白菜心、绿豆芽、焯菠菜，荤腥有酱鸡丝、白鸡丝、肚丝、酱肉丝、咸肉丝和蛋皮丝等，林林总总聚于盘，排列组合，融而为一，呈现出和为贵的意蕴，故曰和菜。

邓云乡《云乡话食》曾深情忆及早年食用春饼，随和亲切，具体详尽且津津有味。他说："春饼就是薄饼，即全聚德吃烤鸭时的那种薄饼，又名荷叶饼。不过家中做的比店中好，面粉和的软些，和好过一会儿再做。用两小块水面，揉一揉，按按扁，中间抹些油，用擀面杖擀成薄饼，在平底锅子上烙，时间不长，两面对翻之后，即发出饼香，熟了。拿在手中，轻轻一拍，因中间有油，自动分开，又可掀成两张。抹一点酱，把盘中的生、熟菜丝卷入饼中，便可大快朵颐了。家中吃时，春饼可以一边烙、一边吃，饼又热、又软、又香，不要说吃，就是这样说说，也口角生津了。"

吃过春饼，意味着严冬已过，春天又来了。几十年在外的邓云乡某次回故乡过年，下车之日恰是人日，便作一《浣溪沙》以抒怀：

稍怯余寒刺面酸，试灯期近政堪怜，西山如梦月依弦。　　喜得归车人日酒，犹思剪韭荐春盘，凤城赋饼记团圆。

人日，故乡，春饼，春盘，美酒，是儿时如梦的幻影，是窗前依然属望的明月，那么多渗透灵魂的记忆，此时此刻都一瞬间激活了，如电影中一幅幅蒙太奇镜头般地涌来。特别是幼年适应家乡美味而潜藏许久的消化酶，在时空挪移的一瞬间，在身体内部陡然苏醒了，膨胀起来了！春饼春盘的美味，如笼山的云彩，如罩花的浓雾，弥漫开来，久久不散。

江浙两广台湾等地的人，以及新加坡一带的华人，在人日讲究吃面线。欣赏面条如线，与北方人全然一致。关中民谣说巧媳妇擀面条是："擀成纸，切成线，下到锅里莲花转。"

这一食俗源于汉武帝与东方朔趣说面长则寿长的典故。

话说汉武大帝一日说起，人的人中如果长一寸，就可以活到一百岁。如此话语让东方朔听不下去了，捂着嘴偷偷地笑了起来。

武帝问，何以如此？

答曰，圣上英明，我只是笑彭祖脸太长了。你想，人中长面长则寿长，而彭祖享年八百多岁，那他老人家的脸该有多么长啊！

这个故事在寥廓的时空中传播，不知从哪儿拐了个弯，君臣插科打诨的趣说，全然转化为抚慰人心的正能量。长城内外大河上下东西南北中男女老少的生日都要吃长面啊，汉武帝说了，面长则寿长嘛！长寿面啊，每个人的生日要吃，人日这个普世隆重的日子岂能不吃？吃长寿面祝愿长寿百岁，幸福无疆。而面条的修长光滑顺溜在这里都有了象征人生的意味。美味唤来美感，更兼以神秘色彩，自然也会被诗人们付诸歌咏。如苏轼《过土山寨》诗句："汤饼一杯银线乱，萎蒿如箸玉簪横。"朱敦儒《朝中措》诗句："肥葱细点，香油慢炒，汤饼如丝。"

汤饼，就是面条诉诸文献的最早称谓。

清末陈德商《温陵岁时记》记载这天"亦有熟煮面线，合家团食，若寿日。俗以是日为人生日云"。这一天清早，家庭主妇要比平时更早起床，为家人煮好一锅美味可口的面线，掺入节前备好的丸子、炸排骨、香菇等等。晋江地区还得给每人准备煮熟剥壳的鸡蛋鸭蛋，讲究"一鸡一鸭，吃到一百"。而在春节等节庆的文化平台上，鸡蛋鸭蛋本身就有咬破混沌开创新天地的神话底蕴。如此众多的吉祥意象叠加在一起，祝福众人也是祝福自己。

人生的道路漫长悠远，谁不希望阳光暖心，白云在天，有人陪伴，畅达无碍？人日，这一个生日可以让萍水相逢的你我他共享，与天地人神相通，难得啊！

东风夜放花千树

诗说元宵节

如果说大年是太阳的节日,那么元宵节便是月亮的节日,新春降临时第一个圆月的节日。

元宵节原是汉代兴起的中外合璧敬神礼佛的节日。因隋炀帝的铺张扬厉,此节方显出世俗"闹"的特色。唐宋以降,灯笼、汤圆、焰火等逐渐成熟的欢乐元素,以及更多的故事与诗词渲染着这一节日里官民同乐的祥和氛围。

如果说大年闭门守家,重团聚仪式与祭祀仪式,是娱神,那么,元宵节则是走向广场,倾向狂欢仪式,是娱人。

自古以来，国人总觉得和月亮特别有缘。于是，夏历虽以太阳时间确定年制，却以月相裁定每年的十二个月份。人们着意在月亮的每个盈缩期之内安排相应的生活与生产。诗人们也为月亮写出了宁静清爽的诗歌。"露从今夜白，月是故乡明。"（《月夜忆舍弟》）杜甫的诗句道出了我们内心最温馨最柔软的感觉。月亮盈缩有期，永远悬挂在故乡的夜空，永远徘徊在每个人的窗前。在传承久远的中国八大年节中，至少有两个节日就是月亮的节日，而第一个就是元宵节了。

一

元宵节由来已久矣！在汉代，它原是敬神礼佛的节日。到了隋炀帝时代，便开娱人行乐之端。这位自我感觉良好、着意展开大场面娱乐的万岁皇帝曾赋诗一首，题为《元夕于通衢建灯夜升南楼》：

法轮天上转，梵声天上来。
灯树千光照，花焰七枝开。
月影疑流水，春风含夜梅。
幡动黄金地，钟发琉璃台。

对于隋炀帝后世恶评不少，但他的诗才不错。超自然力的法轮梵声等意象为元宵节笼罩上了浓郁的宗教色彩和崇高意味。灯树成林晶莹耀眼，焰火如花怒放如潮，月影清静春风含香，有着触动人心灵最柔软之处的温馨。此时此地此情此景，别人怎么看且不去说它，这位气魄宏大而贪玩的天子感受到的自然是太平盛世气象。他发出圣旨制定神圣国策，来统一天下士庶在这一节日的感受。一个不甘寂寞的天子，不惜倾中华之国力，年年岁岁来一场旷日持久的国际大联欢。据《隋书·音乐志》载："每岁正月，万国来朝，留至十五日，于端门外建国门内，绵亘八里，列为戏场。百官起棚夹路，从昏达旦，以纵观之，至晦（正月卅日）而罢。伎人皆衣锦绣缯彩。其歌舞者，多为妇人服，鸣环佩，饰以花毦者，殆三万人。"后世所谓元宵节之"闹"，大约始于此时吧。

这新年第一个月圆之夜，亦是由圣入俗的世俗狂欢之夜。

想想看，春节之前，五豆节祭祀后稷；腊八节庆丰收祭众神，佛教因素介入后，更融入新异崇高的氛围；腊月二十三祭灶；大年三十坟茔祭祖，邀请祖先及各路神灵回家过年，并迎灶神；大年初一拜神祭祖；破五送神送祖；初七又是人日，为神过罢年又为人自身过年……而这一切，庄严肃穆神圣神秘，都弥漫在居家的亲人与亲戚之间，固定在一个相对封闭的环境中。其中潜隐的拘囿等负面因素渐次泛出，人们难免有走出家庭寻觅自由的欲望，难免有节日狂欢招邀众人同乐并与朋友分享的念头，难免有走向社区交朋会友的冲动。

古今中外，大凡内因成熟之事，无论是谁提倡的，都会一呼而百应，形成群体认可的习俗。于是乎，元宵节的文化平台就这样搭建了起来。相对熟悉的社区，有了宏大的场面，汹涌的人流，就难免发生传奇的故事。小朋友沉浸在打灯游玩的欢乐之中，而成人则难免感受丰富、浮想联翩了。中国历史悠久，黄土层积淀也厚。享受这一传统的人们,特别是文人韵士自然每逢佳节倍思古,思接千载,穿越时空。笔者自己也不能免俗,曾在正月十五夜晚伫立中庭,想象古人在此时做了些什么,有哪些逸趣佳话。南朝徐德言一首流传千古的诗就叙说了一个和元宵节相关的故事:

> 镜去人俱去,镜归人未归。
> 无复嫦娥影,空留明月辉。

这首诗说的是南朝太子舍人徐德言,娶得才貌双全的南陈后主妹妹乐昌公主为妻。徐身为朝廷官员,熟知历史,参透现实,早看出南陈腐败没落,灭亡在即,便对公主说:"以君之貌,亡国后必入权门之家,到那时若姻缘未绝,如何相见呢?"夫妻二人是否执手相看泪眼无语凝咽也未可知,只知道他们此时相约打破一面铜镜,各执一半,以为日后重见的凭证。一旦亡国离散,

〔明〕佚名《千秋绝艳图·乐昌公主》(局部)

他日正月十五街市叫卖破镜,彼此寻访。

不久,隋灭陈。乐昌公主落入越国公杨素之家,且以其绝世才貌为杨素所宠爱。而徐德言却流离颠沛,千里寻妻到京城。这时乐昌公主也践履前约,正月十五日派人借卖镜而寻找丈夫。两个残破的铜镜能在如此乱世之中重逢吗?然而奇迹真的发生了!在背静处拼接,严丝合缝,破镜重圆,徐德言如碎五味瓶,别有一番滋味涌上心头。随即题诗传递,一字字一句句,看似清浅平朴,实则深挚哀怨,字里行间弥漫着沧桑之感与苦恋之思。公主得诗后,连日涕泣不食。杨素问清缘由后,竟怆然改容。召来徐德言,让他们夫妻团圆而归。这就是记录于唐代孟棨《本事诗》中著名的破镜重圆的故事[1]。

二

到了唐代,元宵夜盛况空前。崔液诗《上元夜》其一咏叹道:

玉漏铜壶且莫催,铁关金锁彻夜开。
谁家见月能闲坐,何处闻灯不看来。

是啊,欢乐时光往往就会突然加速度运行,不像痛苦寂寞时光凝冻不流的样儿让人难熬过去。一般说来,欢娱嫌夜短是相对论视域中的正常感受,更何况平常视为禁区的地方,今夜却铁关金锁彻夜

---

[1] 唐孟棨《本事诗·情感》载:南朝陈太子舍人徐德言与妻乐昌公主,恐国破后两人不能相保,因破一铜镜,各执其半,约于他年正月望日卖破镜于都市,冀得相见。后陈亡,公主没入越国公杨素家。德言依期至京,见有苍头卖半镜,出其半相合。德言题诗云:"镜与人俱去,镜归人不归。无复嫦娥影,空留明月辉。"公主得诗,悲泣不食。素知之,即召德言,以公主还之。偕归江南终老。

开放。一年三百六十多天里夜晚出行为禁忌为罪过,今夜却一反常态地开放了,每个人都可以名正言顺随意自在地走出去,看天上的圆月——新年后的第一个圆月,遍地的花灯,造型别致,音乐似大珠小珠落玉盘,舞蹈如云之君兮纷纷而来下……黑格尔曾说艺术是苦难人生的盛大节日,那么节日不就是苦难人生的伟大艺术吗?甚至人能在其中升华超脱得如同神仙一般自由。啊,难得今宵的自由,难忘今宵的狂欢与奔放。今夜无人入睡!

此夜盛景恰似张祜《正月十五夜灯》中的描述:

千门开锁万灯明,正月中旬动帝京。
三百内人连袖舞,一时天上著词声。

如此圆满清净高远的月亮,如此朦胧温柔红火的灯光,星月灯烛,交相辉映,歌舞笙乐,神灯佛火,云车火树,珠翠管弦……谁能闷坐家中固守寂寞,而不去享受生命的欢乐与自由呢?千门万户,空城而出,看着那活跃的身姿,那洋溢着喜气的笑脸,听着那远远近近高高低低的笑语,也会情不自禁地受到感染,感到自身生命的快乐。于是乎上自天子王侯,下到平民百姓,无不听从美的召唤,从宫廷官署殿堂走出来,从自家院落里走出来,从柴米油盐酱醋茶中走出来,从世俗事务的烦杂中走出来,走向广场街头,踩着音乐的节奏如神仙般潇洒,新衣美饰让彼此的心态为之一新。正如顾况《上元夜忆长安》描写的:"处处逢珠翠,家家听管弦。云车龙阙下,火树凤楼前。"

不只有乘兴而来,尽兴而归者,更有在月微灯稀的拂晓时光,余兴未尽不忍离去的人呢，如崔液《上元夜》其六所述：

星移汉转月将微，露洒烟飘灯渐稀。
犹惜路旁歌舞处，踟蹰相顾不能归。

宋代的元宵节更有故事。富有艺术家气质的宋徽宗曾在元宵夜亲上宣德楼观灯并赐酒。平民百姓在楼下能仰窥圣颜者，都能获得御酒一杯。据《宣和遗事》记载：当时一对夫妻同游观灯，在人流中走散。这位妻子到端门，适逢徽宗赐酒。谁知她饮酒过后，竟乘机藏匿起一盏赐酒的金杯。这确乎是一个大煞风景的事情。然而更不幸的是，她被卫士们发现了，执送御前盘问。谁知这位女子聪颖异常，急中生智，绝地反击地吟诵一阙《鹧鸪天》词来：

月满蓬壶灿烂灯，与郎携手至端门。贪看鹤阵笙歌举，不觉鸳鸯失却群。　天渐晓，感皇恩，传宣赐酒饮杯巡。归家恐被翁姑责，窃取金杯作照凭。

啊呀呀，真是一个令人心往神追的文风灿烂的时代，如此一个名不见经传的女子，在窘迫之中竟能信手拈来，出口成章，左右逢源，合辙押韵，既描述了元宵盛景，又委婉道出事件缘由。最难能可贵的是，她巧妙地为自己的贪杯之举找出了最大理由：与丈夫走失的女性无端满身酒气，回家之后，可能会遭遇风化之论的猜测和惩罚。也许身为书画艺术家的宋徽宗正在兴头上；也许身为皇帝却很接地气，自知风化之论对一个女性致命的杀伤力；也许他着意浪漫，欣赏这位女子的机智与诗才；也许深知这是特殊的官民同乐的文化空间，任何惩罚处置都大煞风景，断送狂欢氛围；也许人在愉悦的心境中会有出乎预料的宽容……听罢这位女子的申辩之辞后，他不仅没有惩罚，反而潇洒地赐以金杯。

在那个整体封闭而突然开放的有限时空里，在那个充满艺术美感和狂欢氛围的广场之中，在那个男男女女摩肩接踵人声鼎沸的场合，是最容易触发生命的高峰体验而滋生浪漫恋情的。因为这不是除夕和元日，不是在家庭和家族空间中，而是在月光下，在社区广场中，在烟花灯火之境，在灯影戏棚之侧，人人皆可呼朋引类，结识新交。许多美丽的爱情故事就在这类环境中发生。节日狂欢也是在这个空间里沸腾。以至今日，不少将东方传统与西方节日相提并论者每每以元宵节拟为东方的情人节。在我看来，朱淑真的《生查子·元夕》绝望中有期待，甜蜜中有苦涩，发酵着、蒸腾着人生的多重滋味，是元宵节中可能发生的爱情故事再合适不过的注脚。

> 去年元夜时，花市灯如昼。月上柳梢头，人约黄昏后。 今年元夜时，月与灯依旧。不见去年人，泪湿春衫袖。

如果说朱淑真的词写出了元宵夜泪湿衫袖的苦恋甚至是遥遥无望的悲剧，那么，辛弃疾的词《青玉案·元夕》则写尽元宵夜的美丽温馨与浪漫雅

[宋]赵佶 《听琴图》

致。虽不无踏破铁鞋无觅处的焦灼与茫然，但最终却有着得来全不费功夫的惊喜，柳暗花明又一村的释然：

东风夜放花千树，更吹落，星如雨。宝马雕车香满路。凤箫声动，玉壶光转，一夜鱼龙舞。　蛾儿雪柳黄金缕，笑语盈盈暗香去。众里寻他千百度，蓦然回首，那人却在，灯火阑珊处。

焰火如繁花千树，焰火如星落如雨，瞬间千变万化，欢乐感染传递，但在普遍的喜悦之中，谁没有自己具体的期待与梦境呢？而期盼的可人儿恰就在这仙境一般的地方突然出现，岂不叫人大喜过望吗？

三

我们知道，在春节的系列节点中，更多的是人神交流，庄严而崇高。如除夕元日的核心就是礼神、敬祖、敬老与团圆。鞭炮声声，烘托出神圣神秘的境界。唯元宵节"闹"，张灯观灯赛灯叫"闹花灯"，芯子竹马柳木腿等叫"闹社火"，等等，一言以蔽之：人取代神而成为主体，娱人的世俗表演现于广场，就是正月十五闹元宵。闹元宵并非我们后来者的归纳总结，这个节日在古人的体验里就一再被提及"闹"字。如元好问《京都元夕》写美服之随处可见，儿童灯火之嬉闹，更有老夫聊发少年狂之乐：

袨服华妆着处逢，六街灯火闹儿童。

长衫我亦何为者，也在游人笑语中。

此情可待成追忆，只是当时已惘然。元好问不知是当时糊涂呢，还是事后竟也好奇惊怪：沉着理智的自己能莫名其妙地聊发少年狂，裹挟在游人中兴致勃勃地观赏儿童闹花灯。岂不知美是能够感染的，欢乐也有着强大的感染力。不知元好问所写的当年儿童玩灯火之闹，是否就这么一条道儿传承下来，像我们幼年时仍做的那样，从房间走向院落，走向巷道，走到积水盈盈的涔池畔，走到村口的大槐树下，走入左邻右舍小朋友的灯笼群中——元宵节出门打灯笼还轻掂脚步，小心翼翼地生怕烧着了。刚过了一天，到了正月十六就豪放起来，见了任意一个打灯的伙伴就摔灯碰将过去，将彼此的灯笼碰破，碰得彼此都燃烧起来才罢休。大人们欣赏着鼓励着，儿童们则大呼小叫，自在得意，这不就是闹吗？闹是生命的高峰体验，闹是超越世俗利害的潇洒狂欢。

而唐寅的《元宵》则写出另一番纯美的景致：

有灯无月不娱人，有月无灯不算春。
春到人间人似玉，灯烧月下月如银。
满街珠翠游村女，沸地笙歌赛社神。
不展芳尊开口笑，如何消得此良辰？

灯月相映，才能构建出众人参与围观的人文空间。歌舞婆娑，才能助燃迎春的激情。锣鼓喧腾，音乐婉转，佩玉戴翠，男女相随，拥挤笑闹……置

诗语年节　东风夜放花千树

〔明〕仇英　《竹院品古》

身于良辰美景之中，人们恍如神仙一般。这是人世间生命力的一种释放与欢腾。清人范来宗《锣鼓》更是强化了这种"闹"的热烈感受：

轰连爆竹近还遥，到处喧阗破寂寥。
听去有声兼有节，闹来元旦过元宵。

那锣鼓在春节也会响起来，在村口的槐荫下，在街道的十字路口，在庙宇的台檐下。但那往往是一村一镇独立自足的敲击，此起彼伏，悠远稀疏。而元宵节则是各个村社锣鼓大聚集大汇合大比赛大炫耀，光天化日之下，众目睽睽之中，千杆旗帜举起来，千人万众舞起来，千面锣鼓响起来，咚咚锵，咚咚锵，咚咚锵锵咚咚锵……这是天地之间豪气的大释放大渲染！锣鼓之闹，在欢乐的敲击中不只有如雷如闪的声韵，更有着每个生命自母腹孕育期就已熟稔的母亲心脏跳动的节奏！那节奏轻悄，安全而宁静，能够催眠；那节奏激越，使人兴奋与冲动，能够振作；那节奏清纯，仿佛悠远的伊甸令人追忆；那节奏熟稔，似乎亲切的家园召唤！

就是今天的那山西锣鼓、安塞腰鼓、洛川蹩鼓、兰州太平鼓、咸阳牛拉鼓、韩城行鼓、合阳上锣鼓等，都是将生命的节奏感以腾跃之姿呈为声浪，我们听着，感受到的是山呼海啸般的震撼，雷声隆隆般的激励。听那激昂起落的鼓槌，仿佛敲击在人们敏感的心灵深处，让人的根根筋筋都得到抚慰而舒坦起来。

煎饼箭石补天穿

— 诗说补天节

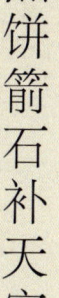

补天节是女娲补天神话的世俗演绎。

食用地域颇为广泛的煎饼，是这一节日的美食，更是这一神话的象征性符号。

而人们稍觉陌生的射箭与摸石仪式，则是遗落在某些历史角落的碎片式记忆。理性精神颇强的古代诗人哲人淡化了这一造人补天神话。在北方，村童们槐荫下玩泥巴，看似笑闹游戏，却与这一神话遥相印证……

补天节,又名天穿节、穿天节、女王节、娲婆节等等。一听名字,便知因女娲补天而起。女娲补天的神话,最初载于刘安的《淮南子》[1]。话说远古时代,擎天大柱倾倒,九州大地裂毁,天不覆盖大地,地难承载万物,大火熊熊不熄,洪水滔滔不止,猛兽吞噬百姓,猛禽爪袭老幼,值此危难之际,女娲毅然炼五彩石以补苍天之漏,砍鳌足撑起四方天柱,杀黑龙救冀州,积芦灰阻洪水……这是怎样的情景,这是怎样的魄力,这是怎样的业绩!这个日子便成为补天节,成为后世一再追念的日子。随着时间流逝,种种相关的习俗便如春草萌生,如泉水涌出,漫成一道绚丽的风景。

一

首先是煎饼。

别看它是简简单单、圆圆薄薄一张面饼,但在写出《聊斋》的蒲松龄笔下的《煎饼赋》中姿态纷出,色香异常:"圆如望月,大如铜钲,薄似剡溪之纸,色似黄鹤之翎"。优美固然优美,但它与庄重的补天节,一个传统节日有内在的联系吗?答案是肯定的,有宋代李觏诗为证:

> 娲皇没后几多年,夏伏冬愆任自然。
> 只有人间闲妇女,一枚煎饼补天穿。
>
> 《正月二十日,俗号天穿日,以煎饼置之屋上,谓之补天,感而为诗》

[1] 《淮南子·览冥训》记载:"往古之时,四极废,九州裂,天不兼覆,地不周载,火爁炎而不灭,水浩洋而不息,猛兽食颛民,鸷鸟攫老弱,于是女娲炼五色石以补苍天,断鳌足以立四极。杀黑龙以济冀州,积芦灰以止淫水。"

诗说中国　民俗卷

124

〔唐〕佚名　《伏羲女娲图》

此诗标题更像一个小序,既有时间,又有节日缘起,更有核心事件。这就为诗句的解读提供了一个文化空间。煎饼出现于何时呢?今人见不到古时的煎饼,但古时传承下来的煎饼仍能主味今天的一日三餐。若以河南青台遗址发现的五千年前熏得乌黑的陶鏊看来,生息于这一方土地上的先民,早早就会制作煎饼了。

　　这历史就久长了,后起的文献只能是追述与印证而已。东晋王嘉《拾遗记》:"江东俗称正月二十日为天穿日,以红缕系煎饼置屋上,曰补天穿。相传女娲氏以是日补天故也。"过去是这样,今天依然。陕西骊山一带农村每年正月二十这一天,家家烙饼蒸饼。在饼未熟时,向房上抛一张,这就叫补天;再撂在地上一张,就叫补地。村民们说,骊山东绣岭石瓮寺后面的山石仍是红的,那就是女娲补天炼石遗留到今天的痕迹。

　　补天何以用煎饼呢?

　　细细究来,这实际上是模仿型的巫术行为。

　　煎饼之圆,以应天之圆;炼石以火与烙煎饼以火相吻;炼就之石成五彩,而烙成的煎饼亦是微黄到褐如烧炼之五彩。于是乎,补天的神话便寄植于煎饼这一食品之中,从而历经数千年而传承下去。而将煎饼做成后置于屋顶之上,以示补天之实践,更有交感巫术的神秘。补天之破漏,遂化为天上亮丽的星星。如果那个陶鏊就曾烙过煎饼,那么,人们容易将它与大致诞生于同时的女娲神话联系起来。补天之物,重要的是要食之裹腹。这与图腾原理相同。一方面崇拜图腾之物,另一方面仍要食用它,以求与图腾同体,获得自身的神圣性。若一定要进一步解读,或可以说外补宇宙之残破,内补形体之完善。

再说古代吃煎饼也比较普遍。

南北朝时期,就有笔记叙述了北齐君臣戏说煎饼的故事。[2]话说齐高祖一天宴请近臣说:"我作了一个谜语,你们都猜射吧:卒律葛答。"有的说是箭,高祖说不是。石动筩说我猜着了。问是什么?答是煎饼。高祖笑曰你猜得对,又说:"你们试试给我制一个谜,让我也猜猜吧。"

看似游戏,这可是一个难题。谁都知道,伴君如伴虎啊!哪个臣子敢居高临下,竟然在君王面前制谜来耍智慧、卖关子?太深了,猜不出来,你竟然比天子还聪明?太浅了,岂不是把君王当猴耍啊?真是深浅不得,但君命又不可违。大家都只好磨磨蹭蹭、装模作样地作不出来。

石动筩却浑然不怕。他作出来了,说是:"卒律葛答。"

高祖左猜右猜猜不着,只好请求亮谜底:"到底是什么啊?"

答曰:"煎饼啊!"

高祖不解:"我刚作的就是煎饼谜,你为什么要再重复一遍呢?"

石动筩笑道:"趁大家锅热着呢,我再摊一个呀!"

高祖大笑……

"卒律葛答"也成为后世一再言说的煎饼的典故。而在那个时代,煎饼能够成为随意笑谈的幽默话题,可见是人人熟稔的饮食。有趣的是,北齐所在区域,恰是黄河中下游今日煎饼盛行的区域。

也正因为历史太久远太久远了,记忆如断线珍珠般散乱。在九州方圆不同的地方,补天节有正月

2 详见宋代李昉等著《太平广记·诙谐·石动筩》转引隋代侯白《启颜录》。

初十、二十、二十三和二十五等几种说法，一般为正月二十或二十三。补天的日期不一，说明这一神话在传播过程中出现了异化文本，十里不同俗嘛。位于周秦故地的陕西则有包容的胸襟，各种日期同时并举，彼此相安。谁也不会为争正统而将别个打入另册，或更进一步再踩上一只脚，叫它永世不得翻身。

民国年间修的陕西《安塞县志》记载："二十日，家家吃煎饼，名曰'补天'。二十三日夜，家家院内打火，又淋搌布水于火上，谓之'炼干'。"搌布（即抹布）水淋到火上，其神话学与民俗学意义非同小可，应该是模拟补天的一个重要环节。熊熊烈火炼出灼热滚烫的五彩石以补天之漏，自然会以水刺激使之凝固而与天体融而为一。虽然与将煎饼放在屋顶上象征补天方法不同，但异曲同工，目的是相同的。"炼干"之俗属于女娲"炼五色石以补苍天"的交感巫术行为。炼干，炼即锻炼，修补；干，即天，天干地支系统中就是以干代天的，意即补天也。

明代还有禁米的习俗呢。

正德年间修陕西《朝邑县志·风俗》说："正月二十三日，置煎饼屋上补天，是日仍不得食米。"想来也是，神圣的事体自然会有净化与禁忌各种仪式。禁食米或许是巫术的缘由，天破损而星辰如米粒般泄漏，岂能吞食而一任青天残破呢？从神话学与民俗学的层面来说，禁食米粒的内在依据或许就在这里。

有宋以来，政治文化中心东移南下。补天节日期随着时间与空间的变换多有改变，而在周秦故地，在这黄土层积淀厚重的地方，如咸阳、朝邑、凤翔，仍守望家园，呵护着民族集体的文化记忆，仍以正月二十三这天为补天节。

二

射箭与摸石也是补天节的重要仪式。

明代杨慎在《词品》中说宋人葛胜仲的作品《蓦山溪》，其"词不甚工而事奇"。其写的是补天节郊外的射箭活动：

> 春风野外，卵色天如水。鱼戏舞绡纹，似出听、新声北里。追风骏足，千骑卷高门，一箭过，万人呼，雁落寒空里。　天穿过了，此日名穿地。横石俯清波，竟追随、新年乐事。谁怜老子，使得纵遨游，争捧手，乍凭肩，夹路游人醉。

倘若细细斟酌的话，就会发现，民俗节日推衍的逻辑好天真好可爱哟！你想想，既然坚固之蓝天有可能洞穿需要修补，那么，相对松软的大地岂能不残破，岂能坐视不管呢？再说日理万机的女娲哪有空闲来补地呢？明李东阳《长江行》诗句就明确说道："女娲补天不补地。"既然意识到了，我们不做，谁做？我们不干，谁干呢？

于是乎，乍暖还寒的季节，春天的郊野，天色青碧，旌旗飘扬，人头攒动，补天补地仪式在此热烈地进行。一箭射出，引来万马奔腾，万众欢呼。射箭，是遥继女娲杀黑龙断鳌足的余绪吧；摸石，则是上承补天之勇、下启求子之愿了。孙悟空生于石腹固然是想象与演义,据说夏第一位天子启也是明晃晃地从石头里蹦出来的。射箭,显现武艺,也有撑起庇护众人的苍穹的意味。浅滩摸到一颗颗可心的石子,那妙处只可意会不可言传,是牵涉子孙万代根系繁荣的大事啊!

或许以绳穿石而佩的细节太绝妙太迷人了,以致范仲淹写给晏殊的诗歌中径直将这补天节称为穿石节了:"彩丝穿石节,罗袜踏青期。"(《献百花洲图上陈州晏相公》)

一群少男少女少妇,罗袜春衫,从四面八方汇聚在春草泛绿的原野,个个天真烂漫,带着群聚赛美嬉闹玩乐的期盼而来,带着一辈子从未历经红尘似的满脸阳光而来,带着对未来朦胧温馨的想象而来。彩丝是预备好的,所穿之石则是众里寻它千百度才获得的。诗人在"彩丝穿石节"句后特意作注:"襄邓间旧俗,正月二十二日,士女游河,取小石通中者,用彩丝穿之,带以为祥。"娱神的根本还是娱人。原本是补苍天之石,渐渐变为助益人生的吉祥物。而这神奇的石头,不只会修补漏洞镶嵌在天上,不只会神奇美妙于传说中,而就在现实的大地上,就在身边这河滩上,随时可能蹦到自己的眼前,趟进水中就可以觅得,伸出手去便可实实在在把握住。此时此地,此情此景,谁能不打心底好奇,谁能不涌动着投身其中的激情呢?

黄庭坚也写出了类似的风土人情:

黔中士女游晴昼,花信轻寒罗袖透。争寻穿石道宜男,更买江鱼双贯柳。　　竹枝歌好移船就,依倚风光垂翠袖。满倾芦酒指摩围,相守与郎如许寿。

《木兰花令》

说明彼时彼地贵州民间也有摸穿心石以祈子的习俗。

而柳条贯鱼更是生殖祈祷的又一仪式。

是呀,女娲也是先造人后补天的。人自身的再生产,希望子孙繁荣昌盛,对于推崇多福多寿多男子的民族来说,是期待,更是渴盼。而葛胜仲《蓦山溪·天穿节和朱刑掾》其一仍流连于民情风韵:

望云门外。油壁如流水,空巷逐朱幡,步春风、香河七里。冶容炫服,摸石道宜男,穿翠霭,度飞桥,影在清漪里。　　秦头楚尾。千古风流地。试问汉江边,有解佩、行云旧事。主人是客,一笑强颂春,烧灯后,赏花前,遥忆年年醉。

诗歌呈现出了补天节规模宏大的情景:香车陆陆续续行进在路上。传递信息的飞马不时穿梭来去。高高的朱幡风中招展,追随的人流浩浩荡荡。补天节的襄阳城可谓万人空巷。十里汉江一派欢乐气象。精心扮饰炫耀华服的女子,不时俯身轻波摸寻可以用红丝绳穿起来佩戴的石头,那将是生男子的吉兆啊!

在母以子贵的时代,倘不能生养一半个男子,对于嫁于夫家的女子来说，岂不是天塌地陷的灾难吗？从这种心理感受上来说，摸石本身，也是另一个层面上的补天。宋代庄绰《鸡肋编》中也明确地说："妇女于滩中求小白石有孔可穿者，以色丝贯之，悬插于首，以为得子之祥。"

从水中寻摸来宝贝蛋似的有孔之石佩戴于身，对于未婚女子来说，寄寓着新的期待：渴望有人来索求——求爱——解佩呀！

解佩典故源于汉代发生在这里的传说。汉代有个才子郑交甫到襄阳时，漫游到襄阳城西十里汉江一个沙洲上。不意间邂逅两位美丽的仙女，姿容妙曼，青春靓丽，硕大的宝珠佩戴胸前。郑氏一见钟情，忙献殷勤乞求宝珠。仙女解下宝珠含情相赠。然而云腾雾绕转瞬之间，那两位仙姑便消失了，留下了多情的憧憬与美丽的遐想。这就是解佩渚的故事。后人遂郑重其事，将这一沙洲命名为解佩渚。每年天穿节这天，全城男女老幼来江边沙洲拾穿心石与奇石，以红丝线系佩于首，或悬垂于颈，以为命运之吉兆。这种与补天节看似稍有疏离的活动，其实是其精神的延伸与衍生，其核心意象——石头、仙女，与婚姻祈子等美好祈愿相通相融，为传统的补天节增益了新的意蕴，新的仪式，这个节日因此更亲切更神秘更重要了。

求爱求子的热望，人人都可参与的活动，和每个人的未来命运都挂上了钩，谁也不愿置身其外，谁也不甘超脱出来。于是乎，每年补天节，襄阳的年轻人结伴登渚，寻觅带孔的奇石，以彩丝穿之系于项颈，期待着在命运的途中邂逅一位心仪的解佩人……

这种情境，明代詹同在其诗歌《送蔚教授归襄阳分题得解佩渚郑交甫遇神女之所》中写得如电影特写镜头一样清晰：

襄阳城外西南河，秋风江渚生白波。
渚宫神女老龙子，手把瑶华双踏歌。
双踏歌，醉晴日，娇比春花红欲滴。
紫绡衣袂青霞裳，绿鬟如云高一尺。
珮环解下明月珠，五色虹光照秋碧。
郑生所遇天下奇，乐莫乐于新相知。

三

  上述射箭啊，摸石啊，都是补天节地域性的表现。

  在民间，如果这样的节日人气愈旺，氛围愈浓，且有人人可以介入操作的意念与仪式，就会聚拢更多的民众，使其在越发广阔的时空中延续下来。

  但在社会精英层的诗人那里传说的演绎就不同了。

  补天的神话那么遥远缥缈，天破地裂的情境又不能复现，女娲勇炼五彩石的情境与细节也很难为诗人们所想象，除了想象力奇特的李贺能沉浸其中，写出"石破天惊逗秋雨"这样美妙的句子，一般的诗思似只能在世俗的大地上翻腾，而不能攀升高空与蓝天白云相伴。于是乎，我们读到的一些关于补天的诗歌似乎清清淡淡，和民众的热烈痴迷截然两样。

女娲补天夜夜雨。
黄庭坚《了观师绣观音赞》

女娲补天愁天破。
胡仲弓《晋安城东温泉》

女娲补天伴天哭。
李新《予宿承德日夜苦霪雨拟金筌赋六韵呈陈居中》

共工触天补女娲。
徐祯卿《平陵东行》

更为有趣的是，辛弃疾的《归朝欢·题赵晋臣敷文积翠岩》竟有这样的诗句："补天又笑女娲忙"！也许诗人别有所寄，但无疑他是质疑的、嘲笑的，甚至是不以为然的。神话的神秘感与神圣味道没有了。或许是自孔子以来实践理性的渗透，或许还有别的什么原因，总之，补天节在漫长的时间长河中虽未在精英阶层里彻底消失，却也渐渐随着风吹雨打淡化褪色，而更大范围内守望这一个节日的，似乎只剩下煎饼了。记录下抛煎饼以补天这一民俗的诗人，以明显不屑的口吻说这不过是人间闲妇女的所为……

然而文化是有记忆的。

集体记忆尤为神奇。一般说来，年岁稍小且出生于农村者，大都有槐荫下玩泥巴的亲切记忆。这种混沌中的泥巴游戏竟是补天节世俗化、游戏化的节缩版，让人惊叹或许它就是集体无意识中关于补天的记忆。

幼小的时候，我们这些半坡子民的后裔，三五成群，经常聚拢在村口的大槐树下，抟黄土为泥巴，或在涝池岸抠下一大块，合、揉、摔、拍、踩、捏、塑，不自觉地演绎着女娲造人补天的神圣仪式：我们以不知疲劳的双手捏制出一排排男女站立在对面；我们互相以泥巴捏造出穹庐状的青天，摔出爆炸般的声响与窟窿，让对方以泥巴揉成圆丹或压成圆片来弥补苍天之残破；最后，我们将所有泥巴堆成一团，踩成煎饼的样儿，如唐姚合《天竺寺殿前立石》诗句所写"补天残片女娲抛"那样，掷向天空，希冀经由修补后的老天浑全健行，五雨十风，赐福给下界的子民。

我们愉快地忙碌着，混混沌沌地笑闹着。这一帮小朋友都是伊甸园人，不知人间何处；我们也是桃花源人，不知周秦汉唐无论元明清。或许，那数百年的老槐树能参透个中消息：这些看似玩耍笑闹的儿童泥巴游戏，或许就是半坡人或许更古老的祖先充满激情的补天仪式。当时年幼的我们不知其然更不知其所以然，只是按照世世代代传承下来的，甚至是拖腔走板的样儿重复着。远古祖先的心音经由我们这些幼稚的嘴唇喊出，此起彼伏地祈祷着："天咃天咃，我给你吃馍馍，你给我下雨啊！"而这样的仪式，一直伴随着我们的童年。只要有空闲，就在村口的大槐树下乐此不疲地演出。那情景清晰如昨，那余音悠长悠长，仿佛至今仍响在耳边。

何处春深好?

诗说清明服饰

清明节是上巳、寒食与清明三位一体的联合体，是一个有着巨大包容性的春天节日。

清明服饰，则是洞窥这一丰富节日的特殊窗口：扫墓有素衣情景；踏青则秋千丽服，原野裙帷，戴荠，戴甘遂；而戴柳之俗则有着可意会而难以言传的文化密码；至于湔裳仪式，更有着青年男女上巳浪漫相会的温馨氛围……

每到清明，特别是春雨绵绵的清明，我们的思绪就会徘徊在诗满大唐的道路上，与乍暖还寒的杜牧诗句相陪伴："清明时节雨纷纷，路上行人欲断魂。"(《清明》)多年来，碰到好多朋友，都说这两句诗仿佛不是出自杜牧之手，它们如泉水一般从自己内心深处涌出。读作品就是读自己，每个人内心清清楚楚，诗中所谓的路上行人就是自己啊。蒙蒙雨雾之中，田野绿得鲜亮晶莹，积郁了一个漫长冬季的植物攒足了劲，蓬蓬勃勃，能伸枝的伸枝，能吐芽的吐芽，能展瓣开花的展瓣开花，到处充满着生机，一切预示着未来，在这绿意初透烟雨蒙蒙的原野，自己的心灵怎么就没有个着落处呢？

人生没有单行道，清明节也不是一个单一的节日。它是上巳、寒食与清明三位一体的联合体。这三个节日原在仲春鼎足而立，时间相近，或前后稍稍错位，或彼此相叠，渐渐地三者合而为一，成为一个有着巨大包容性的春天节日。在这样的节日里，谁的内心深处没有寒食、清明、上巳叠加的种种仪式翻腾呢？似乎眼前所见耳中所闻都成为敲击心灵柔软处的刺激物，似乎哪一个都是引发内心激荡的敏感点。仅取一个层面，就说说服饰吧，那也是可圈可点，不能随意忽略的。

一

提起清明服饰，人们第一个想到的可能是庄严素衣。因为在人们的印象中，清明的主要仪式似乎是扫墓。服饰随人，谁能超脱这个局限呢？

倘若追根溯源，就会发现，上坟扫墓的习俗并不属于清明节气，而属于上巳和寒食。寒食上坟扫墓的习俗可追溯到春秋时代,据《旧唐书》载,在唐玄宗时形成定制[1],至此寒食上坟扫墓成为古代国家法定的节日活动。于是乎,唐代寒食节大为盛行,上坟扫墓的习俗也一直传承下来。此外,上巳节也有招魂续魄的习俗。这一天,人们会不约而同眺望野外或守望水边,以特有的仪式召唤亲人亡魂。直至今日,在其他节庆活动式微、消逝的境遇下,上坟扫墓仍是清明节最重要的活动。祭扫仪式者,着装自然也有一番讲究。唐代于渍《寒食》诗句所述之境中,我们看到了那素衣女子泣亡灵余音悠长的悲哀意象:"素娥哭新冢,樵柯鸣柔桑。"朱熹《通礼》一书中,扫墓仪式叙述详备,素服也是其中强调的一项。唯如此,才能与此时此地此情此境相吻合:

拜扫无过骨肉亲,一年唯此两三辰。

熊孺登《寒食野望》

风光烟火清明日,歌哭悲欢城市间。

白居易《清明日登老君阁望洛城,赠韩道士》

故里欲清明,临风堪恸哭。

韩偓《出官经硖石县》

清明上坟表达对先人的哀思,着装上相应要求庄

[1] 《旧唐书·玄宗本纪》记载唐玄宗规定:"五月癸卯,寒食上墓,宜编入五礼,永为恒式。"《许士庶寒食上墓诏》又有详细规定:"寒食上墓,礼经无文,近代相传,浸以成俗。士庶有不合庙享。何以用展孝思?宜许上墓拜扫,申礼于茔。南门外奠祭,撤馔讫,泣辞,食馔仍于他处,不得作乐。仍编入五礼,永为常式。"

严肃穆。《清史稿》记载:"向例清明、中元、岁暮、国忌皆朝服行礼毕,素服举哀,唯冬至不更素服。帝以梓宫未葬,且在服内,允礼臣请。承祭执事各官不缀冠缨,仍用素服。"这里特别强调的"素服"是指本色或白色的衣服。自周代在服色上褒赤贬白而后,数千年以降,白服色一直与丧葬、悲凉贴身相靠。直到近现代欧风美雨洒落中土,白服色脱胎换骨,才在另一层面上升到礼服之色而登临大雅之堂。

《礼记·郊特牲》中规定:"皮弁素服而祭。素服,以送终也。"

宋代《东京梦华录》中也清清楚楚地记载着,清明节日里"都城人出郊。……亦分遣诣诸陵坟享祀,从人皆紫衫白绢三角子青行缠,皆系官给"。紫衫、白绢、三角子青行缠等服饰,色彩单一素净,也可算作素服,庄严雅致,与祠堂祭礼和上坟扫墓的氛围比较协调。看来,为了维护礼服的严肃性、服色的纯正性,官方不惜成本统一制作并将其纳入预算。

朝廷如此重视,民间自然会向上看齐。虽不那么排场,但也统一。周密《武林旧事》记述了这一场景:"而人家上冢者,……南北两山之间,车马纷然,而野祭者尤多。……妇人泪妆素衣,提携儿女,酒壶肴垒。"在追思逝去的亲人之际,天地人神同时到位,时间空间为神圣神秘的气氛所笼罩,需要泪妆素衣这一特殊的人文空筐结构[2]。生者何寂寞,死者长已矣。非素衣何以呈其悲,非长哭何以诉其情?的确,倘若是华衣一袭彩裙飘飘哭拜于墓前,似乎也不像一回事儿。

2 空筐结构:由形象的多义性建构起来的、能让读者展开想象的艺术空间。

二

　　一般节日的服饰,赤橙黄绿青蓝紫,棉麻丝绸裙袍衫,如万花筒般多种多样,但主调却相对单纯。而清明节的原型并不那么单一。其间的服饰,或因追思故人,或因踏青迎春,或喜或悲或艳或素而全然不同。仿佛一架钢琴,涵盖着从最低音到最高音的全部音域。

　　春天是时间的原点,是生命的起点。原始先民通过观察四季的周而复始,形成了死而复生的循环宇宙观。而春天正是最激动人心的"复活"时刻。经历漫长的寒冬,天气转暖,春风和煦,荒原解冻,一批具有生命力的事物应时而生,新的轮回又开始了。热爱生命是人类的本能,因此人们也热爱象征生命开端的春天。

　　正是基于这一点,清明节的扫墓后郊游与上巳节的踏青宴饮,因同处郊外,时间相近,便渐渐合而为一。东汉张衡《南都赋》:"暮春之禊,元巳之辰。……男女姣服,骆驿缤纷。"梅尧臣《湖州寒食陪太守南园宴》诗述:"游人春服靓妆出,笑踏俚歌相与嘲。"范成大《寒食郊行书事》其一诗句:"媪引浓妆女,儿扶烂醉翁。深村时节好,应为去年丰。"

　　不同的朝代,不同的地域,扮饰却有着最大公约数:不是庄严肃穆地思故,而是春妆靓服地迎新。

　　上巳节如此这般的郊游踏青之举,渐渐整合到清明节习俗之中。在春水之滨,完成祓除修禊,人们踏着新绿,嬉笑玩乐,欢度春天的节日。于是我们在书卷中读到了王羲之《兰亭序》的"群贤毕至,少长咸集……引以为流觞曲水",读到了陈子昂《三月三日宴王明府山亭序（得人字）》中的"暮春嘉月,上巳芳辰。群公禊饮,于洛之滨",读到了明田汝成《西湖游览志》的"三月三日,男女皆戴荠菜花"。可见,自上巳节继承而来的踏青逐渐成了清明节的一项重要活动。

在这个充满生机与活力的节日里,人们满怀欢欣与希冀,在自然的春天里向往着人生的春天。且读杜甫的《丽人行》,你不能不由衷地感叹:那是怎样骨肉丰满的大唐风貌,是怎样与青春相伴的活泼与靓丽哟!

> 三月三日天气新,长安水边多丽人。
> 态浓意远淑且真,肌理细腻骨肉匀。
> 绣罗衣裳照暮春,蹙金孔雀银麒麟。
> 头上何所有?翠微㔩叶垂鬓唇,
> 背后何所见?珠压腰衱稳称身。
> 就中云幕椒房亲,赐名大国虢与秦。

不只是宫廷佳丽,还有诗人骚客社会精英,在清明节留下了他们的身影和声音。唐代偶然在王明府山亭所举行的一次上巳诗会,所作诗歌皆是四言古体诗,被《全唐诗》全部收录。高瑾《三月三日宴王明府山亭序（得哉字）》描写:

> 暮春元巳,春服初裁。

> 童冠八九，于洛之隈。

这几句诗歌，源自《论语·先进》所述的"暮春者，春服既成，冠者五六人，童子六七人，浴乎沂，风乎舞雩，咏而归"。这是学生曾点的理想，也是为师者孔子发自内心赞叹的天人合一的理想之境。置身郊外，春服在身，与童子相伴，与山水相依，或歌舞助兴，或啸傲驰情，日出而游，日落而归，那是怎样地逍遥自在！

而身处宫廷虽没有那样的寥廓天地，坐卧自在，却是另一种繁华热闹：酒筵连场，杯盏触碰，锣鼓管弦，歌舞婆娑。如王维诗歌《三月三日勤政楼侍宴应制》所述：

> 酒筵嫌落絮，舞袖怯春风。

王维也随着前呼后拥浩浩荡荡的人群到曲江游乐，别人游了也就游了，乐了也就乐了。可他还是诗人，还要写诗讨得君王的欢心，与同僚逗才赛艺，为历史留下盛况的剪影，供后人观瞻与玩赏呢。随之他又以诗歌《三月三日曲江侍宴应制》写出了君臣冠冕堂皇的曲江祓禊：

> 万乘亲斋祭，千官喜豫游。
> 奉迎从上苑，祓禊向中流。
> 草树连容卫，山河对冕旒。

画旗摇浦溆，春服满汀州。

文武之道，一张一弛。大唐君臣庄严地沉浸于一个节日的祭礼之中。所谓的曲江被禊，即每年的上巳日在水边举行祭礼，洗濯去垢，以消除不祥。既是祭祀仪式，君臣并在，人神并在；又是娱乐仪式，歌舞婆娑，杯盏欢宴，冕旒壮丽，士女如云，仿佛不如此就不足以展示春天盛景，不如此就不足以展示大唐服饰风貌。

其实对于普通人来说，盛世末世风景依然，生活在大自然中的人们，仍会遇冬溜冰，逢春赏花。宋陈三聘《西江月》云：

> 春事已浓多日，游人偏盛今年。梨花寒食雨余天。鸭绿含风浪浅。　　翠袖半黏飞粉，罗衣尚怯轻寒。不辞归路委香钿。门外东风如箭。

历代相沿，清明节似乎成为一个盛大的时装展演T台了。据宋《太平御览》引《夏仲御传》载：夏仲御诣洛，"到三月三日，洛中王公以下，莫不方轨连轸，并至南浮桥边禊，男则朱服耀路，女则锦绮粲烂。"帝王将相是社会羡慕与模仿的对象。上流社会衣饰翩翩，整个社会自然会美饰成风了。

宋代《武林旧事》记载："清明前后十日，城中士女艳妆饰，金翠琛缡，接踵联肩，翩翩游赏，画船箫鼓，终日不绝。"

明代《陶庵梦忆》中记载扬州清明日"自钞关、南门、古渡桥、天宁寺、平山堂一带，靓妆藻野，袨服缛川"。

清代《凤山县志》中有"清明……妇女盛服靓装，驾车同至墓所"。

显然展示有越来越过分的嫌疑，世俗的娱乐与美饰冲淡了曾有的祭仪的庄重。生活的当下欲求似乎能够让知识暂眠，让回忆消散。

到了现代，周作人在《山头的花木》一文中不愠不火地诉说："在旧时代里，上坟时节顶高兴的是女人，其次是小孩们。"清明一到，妇女儿童欢天喜地，穿得漂漂亮亮去上坟，无形中构成一道亮丽的风景。绍兴乡下儿歌："正月灯，二月鹞，三月上坟船里看姣姣。"

诗语年节　何处春深好？

　　千余年的漫长时间，长江、黄河流域广阔的空间里，古人出于集体记忆及传统惯例，挑选华美的服饰来映衬这个春天的节日，将清明时踏青的风俗传承下来。男女老少扫墓之后游春，兴高采烈地去野外一览春色，享受春天带来的一切美好。正如张择端《清明上河图》所描绘的汴京风俗画卷，行走在春天里的人们一派雀跃、一派祥和。

　　在节日里，各种娱乐活动蓬勃开展起来。其中荡秋千尤为受欢迎。南朝梁时《荆楚岁时记》记载："悬长绳于高木，士女袨服，坐立其上，推引之，名曰'秋千'。"其中的"袨服"即为艳服、盛装，并非平凡着装。《古今艺术图》对其源流做了自己的判断："秋千、本北方山戎之戏，以习

〔宋〕张择端　《清明上河图》（局部）

轻趫者。"唐王建《秋千词》所写的情景：

> 长长丝绳紫复碧，袅袅横枝高百尺。
> 少年儿女重秋千，盘巾结带分两边。
> 身轻裙薄易生力，双手向空如鸟翼。
> 下来立定重系衣，复畏斜风高不得。
> 傍人送上那足贵，终赌鸣珰斗自起。
> 回回若与高树齐，头上宝钗从堕地。
> 眼前争胜难为休，足踏平地看始愁。

不只是一般歌者，就是出尘脱俗的高僧，也会着迷于荡秋千的自由与超脱。请读宋代名僧惠洪的《秋千》诗句：

> 飘扬血色裙拖地，断送玉容人上天。
> 花板润沾红杏雨，彩绳斜挂绿杨烟。
> 下来闲处从容立，疑是蟾宫谪降仙。

荡秋千而着彩衣，一派青春活泼之气，身姿轻盈，裙裾张扬，疾如脱兔，展如飞鸟，来回摆荡，高与树齐。或者衣带松弛需要停下来重新系结，或者簪钗空中堕地引逗欢笑，这是青春的狂欢，这是自由的体验，这是生命的探险。飘逸摆荡，无拘无束，服饰在飞升与降落中展示出的样儿，不正是神仙的样儿吗？平素坐车坐轿不曾有过，静立窗前坐卧闺房不曾有过，庭院长廊或动或静的时候也不曾有过，服饰的多样性让人渐渐趋向自由的本质，自会带来恍如仙境一般的生命高峰体验。超尘脱俗的高僧痴迷激赏如斯，更不用说大千世界芸芸众生了。

据《开元天宝遗事》记载，唐玄宗李隆基为嫔妃在绿荫中衣袖飘抖荡秋千的场面而感叹，呼为"半仙之戏"。千百年来，人们乐此不疲，似也说明了这一点。就是在那时，清明专有的秋千服饰就已设计出来了。元代熊梦祥《析津志》中记载："清明寒食，宫廷于是节最为富丽。起立彩索秋千架，自有戏蹴秋千之服。"

三

敦煌曲子词《菩萨蛮》：

清明节近千山绿。轻盈士女腰如束。

或许，爱美饰是人的本能，谁不愿意自己颜如玉貌如花呢？谁不愿意自己形体、身段、线条、肤色成为美的感性显现呢？她们或许看重节日这难得的闲暇，因审美冲动，不断创造不断尝试，于是有了层出不穷的服饰新样儿来。

撑裙帷：清明节春光明媚，也正是游玩的好时候，赏春的女性群体，竟可以将众多裙裾撑起作为欢宴的帷幄。李嘉祐《春日淇上作》有诗句曰：

> 清明桑叶小，度雨杏花稀。
> ……………
> 相将踏青去，不解惜罗衣。

一群青春靓丽的女子，踏春而来，在绿意葱茏的原野上，解罗衣而布宴帷，大胆而自由，欢乐而舒展。这里并非伊甸园，也不是推崇裸态的雅典斯巴达城邦，但这确乎不是偶发奇想，更不是诗意夸张，而是唐长安时代相沿成俗的普遍情景。《开元天宝遗事》就说得更直接了，"长安士女游春野步，遇名花则设席藉草，以红裙递相插挂，以为宴幄"。一群一群的游春士女，聚帷欢宴，远看似一朵一朵绚丽的花朵，盛开在广袤的原野上，让当事人沉浸，让后来者企羡。

戴荠花：到了明代，上巳日流行头戴荠菜花。时尚的魅力不可抗拒，男女老少都兴致勃勃地卷入其中。田汝成《西湖游览志》："三月三日，男女皆戴荠菜花。谚云：'三春戴荠花，桃李羞繁华'。"其他各地也有类似的歌谣，如：

> 戴了荠菜红，一年头不痛。
> 三月三，荠菜花儿赛牡丹。

或许有人认为，女子戴荠花确实清秀可爱，而七尺男子头簪小小花儿朵儿的，成什么体统？其实，想想今日英雄无论男女都胸佩大红花的习俗，便能理解并接纳这一切。明代一些地方志中多提到戴荠菜花有丰年之兆。据说还能驱虫明目，小小的荠菜花还真不简单呢。嘉靖河南《永城县志》："男妇多出采荠花插之终日，俗云避眼疾。"顾禄《清嘉录》中记载："荠菜花，俗呼'野菜花'。因谚有'三月三，蚂蚁上灶山'之语，三日，人家皆以野菜花置灶陉上，以厌虫蚁。侵晨，村童叫卖不绝。或妇女簪髻上，以祈清目，俗号'眼亮花'。"不要以为这只是节日中的天真祈愿，科学著作里也对这种行为予以描述和肯定，如南唐陈士良的《食性本草》、李时珍的《本草纲目》等。

佩戴甘遂：甘遂是一种多年生肉质草本植物。在周秦故地的咸阳一带，人们习惯于三月三佩戴甘遂，以为这样可以不生疮。

戴柳：此境说来话长，容待后叙。

街头锦袖花衣：唐代还有一种清明时尚，虽刺目，却也是市井街头的别致景观。如皮日休《洛中寒食》其一：

千门万户掩斜晖，绣幰金衔晚未归。
击鞠王孙如锦地，斗鸡公子似花衣。

李山甫《寒食》其二也有这样的诗句：

绣袍驰马拾遗翠，锦袖斗鸡喧广场。

诗说中国　民俗卷

诗语年节　何处春深好？

151

〔唐〕张萱　《虢国夫人游春图》

不难想见，这些花衣锦袖的斗鸡者，因其玩有别趣歪打正着，或有皇上赏赐的天子招牌，或有都市表演的宽阔平台。虽无军功之伟，亦无文采之秀，却能日收千金，坐吹虹霓，气宇轩昂，成为千万人羡慕簇拥的明星腕儿。或许攀附权势的幸运者自有鸡犬升天的幸运，或许节日的狂欢本身就欢迎这种嬉闹的娱乐仪式。他们鲜艳醒目的服饰，定格在宽阔的朱雀大道上，闪亮在众目睽睽的长安广场上，与羽毛丰满扑腾不已的斗鸡相辉映。虽说声名显赫，仍不能遮掩尘土飞扬，一地鸡毛之窘态。

四

人们似乎早已淡忘了，清明节还有一个服饰仪式，即湔裳。

> 何处春深好，春深上巳家。
> 兰亭席上酒，曲洛岸边花。
> 弄水游童棹，湔裙小妇车。
> 齐桡争渡处，一匹锦标斜。
>
> 白居易《和春深》其十五

诗人所说的湔裙，即湔裳，又称湔衫或湔裙，就是士女在水边浣洗衣裙。[3] 是提前洗濯一新呢，还是节日狂欢展裙成帷随地坐卧需要浣洗而善始善终？

这源自上古的上巳节啊！

湔裳亦含水边沐浴。这水边沐浴、浣洗

---

3 杜台卿《玉烛宝典》载："元日至于月晦，民并为酺食渡水，士女悉湔裳，酹酒于水湄，以为度厄。"

诗语年节　何处春深好？

裙裳的简单仪式，却是青年男女相会相恋的难得机会。

自上古时期仲春之会以来，神圣的是祭祀主管爱情婚姻和生育的女神，那种为庄严的《周礼》所保护的男女淫奔不禁之俗，是多么浪漫！在女性身体为禁忌的漫长历史中，女子偏偏在这乍暖还寒的节日里脱裙解带洗衣裳。诗人笔下的湔裳仪式实为男女相会的一道亮丽风景。

清明与上巳界限已渐渐含混，正如宋穆修的诗句《清明连上巳》："改火清明度，湔衫上巳连。"或许又挪移在上巳前一天，如王季桥《上巳》诗句："曲水湔裙三月二。"

李商隐有一组《柳枝诗》，前有序言，道出自己一段以悲剧收场的与湔裳有关的初恋故事。

话说洛阳有个十七岁的姑娘叫柳枝，她出身富商人家，素不喜妆容，有音乐天赋。她或吹树叶柳笛，或弄管抚弦，或作天海风涛之曲，或演幽忆怨断之

〔清〕王愫　《湔裙图》

音。李商隐赴京应考途中，曾住在族兄弟李让山家，恰在柳枝姑娘隔壁。

有一天李让山吟诵李商隐新作《燕台诗》，对艺术颇为敏感的柳枝姑娘大为震惊，感叹道："谁有如此的才华？谁作出这么好的诗？"

让山说："这是我家门中一位兄弟写的呀！"

柳枝当即手断长带，让李让山为她乞诗。颇有粉丝崇拜偶像的痴迷与果敢。

翌日，两人骑马刚要出行，遇到柳枝姑娘盛装的丫鬟。她抱立马前，风障一袖，对着李商隐发出盛情邀请："这位就是那位家门中的兄弟吧？再过三天，你的邻居就会湔裙水上，焚香以待和你在一起。"

如此美女兼才女盛情相邀真乃千年难逢，李商隐禁不住脸热心跳，欣然应允。可谁知道，同去京师的伙伴有个搞恶作剧的，不仅提前上路，还把李商隐的行李偷偷带走了。诗人无可奈何，难以再等三日，只好爽约。

到了冬天，这位族兄弟告诉诗人，柳枝姑娘让一位官员娶走了！

风雪袭来天地寒，湔裙梦断续应难。此情可待成追忆，只是当时已惘然！柳枝姑娘当初的湔裙之约，是多么勇敢与纯洁！留给李商隐的，只有无尽的思念与悔恨、绵绵不绝的情思了。

据考证，古俗中湔裳还有生殖崇拜的意味，俗信无孕者湔裳便可助致孕，有孕者湔裳可助顺产。《北齐书·窦泰传》记载：

初，泰母梦风雷暴起，若有雨状，……遂有娠。期而不产，大惧。有巫曰："渡河湔裙，产子必易。"便向水所，忽见一人，曰："当生贵子，可徙而南。"泰母从之。俄而生泰。

《诗经·郑风·溱洧》一诗中也传神地描写出这一场景：

> 溱与洧，方涣涣兮。士与女，方秉蕳兮。女曰："观乎？"士曰："既且。""且往观乎！"洧之外，洵订且乐。维士与女，伊其相谑，赠之以勺药。

如果翻译成白话，就是这样的情景：溱水，洧河，微微荡春波。男男，女女，手持兰草。姑娘盛情邀请："去玩玩吧？"小伙欲擒故纵："刚刚去过。""请你再来陪陪我！"洧河那边呀，真自在，真快活。少男，少女，调笑且戏谑，互赠一支芍药。

这就是春嬉。青年男女到野外踏青嬉戏，水边多情的湘裳男女相戏相谑，自由欢快，并自由择偶或交合。倘了解这是《周礼》规定的上古习俗之沿袭，是上巳节融入清明的传统之俗，就会见怪不怪了。

五

如前所述，清明节的另一重要仪式即戴柳。

清明时节，柳条在春雨的滋润下，无声无息地默默抽芽，早早就绿成了鞭。人们折下这些天然的绿丝绦，将柳枝、柳叶、柳条编成的柳圈或者捋成的柳球戴在头上，挂在项间，佩戴在衣服上，带着新绿行走在春天里，成为清明节日里一道绿意盎然的风景线。唐代段成式在《酉阳杂俎》中记载：唐中宗时，三月三日赐侍臣细柳圈，戴之可免虿毒。元代大都人认为，三月三日可脱贫穷，居民以菽黍秸做成圆圈套头套脚，然后掷之水中，表示脱去穷晦，这有祓禊传统延伸的意味。戴柳外还有插柳，乾隆年间山西《武乡县志》说，三月三日"士人取柳枝遍插墙壁间，谓之驱毒蝎"。

宋代以来关于插柳的记载的古籍，琳琅满目而令人应接不暇。[4]宋代周密《武林旧事·祭扫》记载：

> 清明前三日为寒食节，都城人家皆插柳满檐，虽小坊幽曲，亦青青可爱，大家则加枣锢于柳上，然多取之湖堤。有诗云："莫把青青都折尽，明朝更有出城人。"

清人杨韫华《山塘棹歌·插柳枝》一诗既有远镜头的街头实景，又有特写镜头般的少女插柳意象：

> 清明一霎又今朝，听得沿街卖柳条。
> 相约比邻诸姊妹，一枝斜插绿云翘。

代代相续，家家必需，大量的需求使柳枝成为应季而生的商品。《芜湖古今》写清明的全镜头与细部："清晨，街市叫卖杨柳，家家折一枝绿柳蘸上清水，插上门楣。妇女是结杨柳球，戴在鬓边。"

---

4 例如，明代刘侗、于奕正合著的《帝京景物略》载："三月清明日，……是日簪柳"；明代田汝成《熙朝乐事》记载："清明前两日谓之寒食，人家插柳满檐，青蒨可爱，男女亦咸戴之，谚云：'清明不戴柳，红颜成皓首。'"；明代《温州府志·岁时》记载："清明，人家插柳扫墓而祭"。此类文献颇多。

安徽、苏州等地还盛行戴荠菜花、佩麦叶来代替戴柳枝。

《燕京岁时记》更是追本溯源，直追戴柳的缘起："万物生长此时，皆清净明洁，故谓之清明。至清明戴柳者，乃唐高宗三月三日祓禊于渭阳，赐群臣柳圈各一，谓戴之可免虿毒。今盖师其遗意也。"上行下效，帝王言行是会示范天下的。楚王好细腰，宫中饿断肠。高宗赐柳圈，虿虫难蜇伤。而宋代诗人赵鼎则认为是以柳纪年华，他的诗歌《寒食书事》便说"寂寞柴门村落里，也教插柳纪年华"。

柳树因成为社树而获得被簪戴的殊荣。似乎是由于隋炀帝赐柳姓杨，柳树成为社树。据载，运河修竣后，隋炀帝造大船五百只泛江沿淮而下。担心盛暑，翰林学士虞世基献计，请栽垂柳于汴梁渠两堤：树根可以护堤，牵舟之人可托荫，牵舟之羊可食叶。炀帝大喜，百姓有献柳者赏布四丈。随即隋炀帝自种一株，御笔写赐垂柳姓杨，叫作杨柳。其后明代冯梦龙在《醒世恒言》二十四卷，清初褚人获在《隋唐演义》四十回中又分别演绎了以上传说，这种说法得以广泛流传。

《三辅黄图》卷六记载："霸桥，在长安东。跨水作桥。汉人送客至此桥，折柳赠别。"于是，在唐诗中，折柳赠别成为送别时的"规定动作"。颇为奇怪的是，世人一再说灞桥折柳相别是汉代的习俗，但我们却未在彼时的文献中找到相应的记录。诉诸歌咏的大约都在隋唐以后，而且运用得颇为娴熟。《三辅黄图》一书，相传为六朝人撰写，作者姓名佚失。西北大学历史系陈直对此书做了校证，并提出此书为中唐以后人所作。笔者以为是说有道理。

事实也许是：隋炀帝的地位使柳树升格成了国家与家乡的象征符号。因而折柳相赠，在相别而异地的时候，便有了进而兼济天下，退而眷念乡梓的意味。隋炀帝的坏名声使后世文人有意回避并挪移了折柳相赠的缘起时间。但社会群体的迅速认同，使尊柳唱柳大量出现于诗词文赋。灞柳赠别因此成为中国文化中著名的人文景观。孝子的挂棍为柳木棍是关中民间相沿至今的民俗，且其最终要插在坟头，成活者便成为祖茔之树，仿佛国之社树一般。

时代的车轮不停歇地滚动，让我们与昨日匆匆作别。昔我往矣，杨柳依依，柳枝成为唤起离别记忆的契机。看到柳枝随风飘舞，便会想起离开家的那一刻，父母的眷恋不舍、恋人的欲说还休、朋友的后会有期……思念种种涌上心头。此时柳枝成为意象，蕴含的便是故国与故园，便是桑梓，便是不思量自难忘的家。于是我们在隋唐的书卷中读到了关于柳树的种种吟唱：

柳条折尽花飞尽，借问行人归不归？
佚名《送别诗》

杨柳东风树，青青夹御河。近来攀折苦，应为别离多。
王之涣《送别》

箫声咽，秦娥梦断秦楼月。秦楼月，年年柳色，灞陵伤别。
李白《忆秦娥》

夜听胡笳折杨柳，教人意气忆长安。

王翰《凉州词》其二

章台柳，章台柳！昔日青青今在否？纵使长条似旧垂，也应攀折他人手。

韩翃《章台柳》

朝朝送别泣花钿，折尽春风杨柳烟。

鱼玄机《折杨柳》

  折柳赠别，见柳思归，从阳春白雪到下里巴人的民众恒久传唱，他者的歌声逐渐同化为自己的心音，柳树带来一种归属感与文化认同，且代代相传。柳树因社树之身份而崇高，因乡愁而亲切。自古而今，柳条植根于清明节这一方特殊的土壤之中，超自然的神灵在上，列祖列宗在上，蓝天白云在上，山河田园在眼，大好春光在眼。作为清明服饰的一种，或可作为清明服饰的象征，对于柳条，亦算生而有价。

艾虎香包五彩绳

诗说端午服饰

选取服饰来展示端午节,意在摆脱大家熟知的复述,比如诸多缘起,比如粽子。

或许这一系列服饰现象出现在端午节本身就有典型意味,成为发生学意义上"恶月说"的重要文化例证。

龙舟竞渡者那整齐而帅气的扮装令人心神舒爽;穿五毒衣、戴艾虎、佩香包、系五彩丝等包含着神秘意味;朝廷自上而下、民间彼此平等地服饰馈赠则使节日氛围由凝重转为欢乐……

从远古走来的端午节，在民众中认知度高，参与性强，数千年的记忆积淀在这个特殊的日子里，让我们眼前一亮。铸造在这个辉煌节日的意象，有呼风唤雨的巨龙，有化涛殉国的良将，有呼唤父亲的女儿，有九死未悔的诗人，有可歌可泣的国殇……意蕴丰赡纷繁。端午风俗也厚重多样，菖蒲护卫在家家门口，粽子飘散着浓郁的香味，这些都是人们耳熟能详的了。端午民俗百花园中花开万朵，这里只表一枝：端午服饰。

一

> 黄头郎似鸟，青黛女如仙。
> 龙甲铺江丽，神装照水鲜。
>
> 袁中道《午日沙市看龙舟》其一

旭日与杨柳互衬成色彩亮丽的画面，倾城而出的人们簇拥在岸边，看荡舟竞渡的儿女扮饰得英俊。

端午服饰，首先让我们想到的就是龙舟竞渡者那整齐而帅气的装扮。

龙舟中头佩黄巾的两排年轻小伙似飞鸟一般，龙舟铺在江面一片绚丽。美似神仙的女子以螺黛涂眉，绣裙长衫如花映照水面一般光鲜。在这首诗中，诗人敏锐的目光不仅如镜头获取到宏大场面，还捕捉到一个服饰特写情景，那岸边观览的人群中，一个姿容妙曼穿着光鲜的女子情不自禁地站起来眺望，又转身登上了更高一层台阶：

> 何处妖娆女，靓妆又上台。
>
> 袁中道《午日沙市看龙舟》其二

唐代张建封在《竞渡歌》中也特写龙舟赛时两岸观众特别是女性的靓丽衣装：

> 两岸罗衣破晕香。

赛龙舟，或许是破解恶月之邪而演绎为锣鼓喧天万众一心的水上驱傩活动，或许是作为龙的子孙身着彩装扮演远古的民族图腾，或许是纪念屈

〔清〕王概《龙舟竞渡图》（局部）

原伍子胥而荡舟寻觅忠魂，或许是振奋精神的水军舟船训练的情景再现，或许是在全力以赴为那赴流救父孝女施以援手。而其时的表演类服饰，款式夸张多变，为便于行动而相对简洁，无不以中华民族古来所认定的祥端红黄二色为主体色彩。端午龙舟服饰，特别是龙舟竞渡的群体服饰让我们联想到许多东西，感悟到生命的激越、历史的意味等。

但随着节俗的推衍、文献的散失，人们可能会忽略其中曾有过的一个独特现象——杂技表演。清代王仲儒《端午竹枝词》写道：

飞云飞鸟扬风旗，端午从来竞水嬉。

金鼓忽喧人尽望，船梢倒挂小童儿。

清代厉惕斋《真州竹枝词·引》中较为详尽地描述了浪中船头儿童惊险的杂技表演："五月初一日，龙船下水，……有彩绳系短木于龙尾，七八岁小童，双丫髻，红衫绿裤，立短木上演其技，如童子拜观音、金鸡独立、倒挂鸟、鹞子翻身等名目，曰'吊梢'。观者骇然，演者晏若也。"厉惕斋《真州竹枝词》中的诗句直写这种"吊梢"服饰："双丫髻绾发低垂，绿裤红衫水上嬉。"

二

龙舟服饰着意于表演而张扬。端午节中的穿五毒衣、戴艾虎、佩香包、系五彩丝等包含着神秘意蕴。或许这一系列服饰现象出现在端午节本身就有典型意味，成为发生学意义上"恶月说"的重要文化例证。

先看五毒衣。清初庞垲《长安杂兴效竹枝体》写道：

天坛道士酬佳节，亲送真人五毒图。

因为有神秘的超自然意蕴积淀其中，宗教界人士介入其中顺理成章。其实这也只是历史的延续。刘若愚《明宫史》就记载了明代宫廷相应的习俗："五月初一日起，至十三日止，宫眷内臣，穿五毒、艾虎褂子蟒衣。"

所谓"五毒"，指人们心目中五种有毒或有害的动物。且不同时代、不同地区所指不同，诸说纷起。其中三种说法比较普遍：一是蝎子、蜈蚣、蛤蟆、蛇和壁虎，二是蝎子、蜈蚣、蛤蟆、蛇和蜘蛛，三是老虎、蝎子、蜈蚣、蛤蟆、蛇。

五毒图纹或刺绣于裹肚，或缀饰于背心，成为男女老幼或深藏于内或彰显于外的护身符。更有不少地方直接将小孩扮为老虎，穿虎纹衣裳，戴虎头帽，穿虎头鞋，沾雄黄酒在小脑门画"王"字，总之是把小孩扮成小老虎，虎虎生威的样子。在天津，四五岁以下的小孩子端午节都要穿黄色五毒衣、五毒鞋；山东临清的小孩，这天都要穿母亲亲手做的黄布鞋，鞋帮上用毛笔画上蝎子等五种毒虫，似乎墨的文化力量能给毒虫以震慑。而在民众的心中，五毒衣的超自然功能确乎也在这里。

再说戴艾虎。

每逢端午，人们不仅插艾蒿、菖蒲于门庭，而且戴诸人身，使其作为佩饰融入服饰。这方面的歌咏诗文层出不穷：

> **粽包分两髻，艾束著危冠。**
> 陆游《乙卯重五》

> **绿窗纤手，朱奁轻缕，争斗彩丝艾虎。**
> 晁补之《消息·端午》

> **符箓玉搔头，艾虎青丝鬓。**
> 史浩《卜算子·端午》

> **衫裁艾虎，更钗袅朱符，臂缠红缕。**
> 杨无咎《齐天乐·端午》

> **儿女纷纷夸结束，新样钗符艾虎。**
> 刘克庄《贺新郎·端午》

为什么众人纷纷佩戴艾虎呢？艾虎何以引起这么多诗人的关注而诉诸歌吟呢？

王沂公《端五帖子》一语中的："钗头艾虎辟群邪。"看来艾虎似乎成为生命的保护神，享受如此待遇也就理所当然。

艾虎如何制作呢？

宋陈元靓《岁时广记》引《岁时杂记》说宋代制作艾虎二法："端午以艾为虎形，至有如黑豆大者。或剪彩为小虎，粘艾叶以戴之。"无论是将艾叶剪成黑豆大小的虎形，还是剪成小虎粘在艾叶上，簪戴于鬓发之上，都是吉祥且出彩的。

明清时代用艾十分普遍，身上佩戴艾人、艾虎的习俗遍及全国。如安徽寿春妇女就鬓发插艾虎。当时都市多用布缝制艾虎；如南京人剪绒为虎，插在妇女鬓发之上。

民国时期河北地区，端午时节男女都兴戴艾。男人戴于耳边，女人戴于发髻。

这一切的一切，在今天看来颇多童趣，生意盎然，然而它却是远古图腾的遗痕。饰艾为虎，渊源有自，且大有意味。从实用层面看，每年的五月正是艾蒿成熟并且药性最好的时候；而从文化层面来看，艾叶原属道教"八宝"，其寓意祥瑞，避邪护生，因而深得喜爱。从春节门神的传统神话中可知，虎原是灭绝一切妖魔邪恶的超级力量，赫赫有威，它成为佩饰，恰是取其避邪功用。且不说那虎原是传统十二章纹中宗彝的意象之一，且不说虎可避邪食鬼而镇宅护生的传统观念，更不用说后来用与虎相伴的猴子来喻封侯的民俗心态，仅就形态来看，仿佛那神奇的脊兽驻守屋宇之上，就足以给人们以从容与安全感。

五彩绳是端午服饰又一代表性佩饰。

它覆盖面广而名称繁多，如长命缕、续命缕、长命索、避兵缯、朱索、避瘟绳、百岁索、百丝儿、长命丝等。覆盖地域广阔，且绵延历史悠长是命名不断衍生变异的主要原因。一个固守一隅且存在时间短促的物什的名称一般说来也丰富不到哪儿去。因其多用青、红、白、黑、黄五种颜色的丝线，系于手腕，故又称五彩绳、五色丝。《清嘉录》中讲："结五色丝为索，系小儿之臂，男左女右，谓之'长寿线'。"当时有谭大中作《长寿线》诗云：

从来造物最多情，修短还凭玉指衡。

五彩同心延百寿，一线缠臂订三生。

五色并举，聚为一束，这在中国文化中有着非常意味。

当传统的神话思维与五方崇拜结合起来时，五色就与五方大帝、五兽等产生了内在的关联；而在五德终始说（不同朝代各自拥有木、火、金、水与土等五德，并在相生相克的关系中轮回）的模式下，五色又与历史朝代的发展密切相关，构筑成意象纷繁的神秘世界。在这个世界里，天地人神并在，互渗互融，氛围确乎神圣庄严：

五行	木	火	土	金	水
五色	青	赤	黄	白	黑
五方	东	南	中	西	北
五帝	太昊	炎帝	黄帝	少昊	颛顼

五佐	句芒	祝融	后土	蓐收	玄冥
五时	春	夏	长夏	秋	冬
五星	岁星	荧惑	镇星	太白	辰星
五兽	苍龙	朱雀	黄龙	白虎	玄武

按照传统思维模式，如此可继续罗列到无限。虽然民间出于忌讳而将五行色中的白色予以置换，五彩绳五色并举仍是五色五方五行模式。因而五彩绳在端午就引人注目，为人重视，成为在端午节最为常见的诸灵物之一，也有一些地方将其与一些避邪灵物联系起来。五彩绳普及之广可谓披覆九州方圆，遍布大江南北。

看似简单的五彩绳，在古代引来络绎不绝的歌唱。五代时花蕊夫人《宫词》一诗记述宫娥彩女用五彩绳缕缀饰的情形：

端午生衣进御床，赭黄罗帕覆金箱。
美人捧入南薰殿，玉腕斜封彩缕长。

以五彩绳为核心意象构筑的诗歌，在不同的时间不同的地域，此起彼伏地被传唱着。看似简单重复的节奏与旋律中，不无神秘与深情。如苏轼在《浣溪沙·端午》中深情地唱叹："新丝那解系行人。"又在《端午游真如迟适远从子由在酒局》中弱弱地诉说："身随彩丝系，心与昌歜苦。"周紫芝的《永遇乐·五日》充满"此情可待成追忆，只是当时已惘然"的惆怅：

"到如今、前欢如梦，还对彩绦无语！"向子諲《减字木兰花》中亦有恍然如梦的回忆："去年端午。共结彩丝长命缕。"

上层社会如此，民间的重视亦千年传承根深蒂固。

须知宫廷的时尚每每源自民间，同时又成为时尚的策源地引发新一轮更大规模的潮流，久久传承而积淀为民族文化生命的DNA，千古不灭，历久弥新。

民间的五彩绳相关习俗倘若全部记录起来，直可展示为丛书，蔚为煌煌大观：

如吉林辑安的巧妇绣女们用绫罗制成小虎、葫芦之类，以彩线串之，悬于钗头，或系于儿臂，认为可以避鬼，不染瘟疫。

陕西周至，妇女、小儿多用锡及磁、石等制成各种花兽，用彩丝穿上系于项上。

山西虞乡，人们制布馄饨，然后用五色线穿之，绑在小孩手腕脚踝处；山西翼城一带也一般缠于手足和颈项，俗信这样虫蛇不蜇。

而辽宁凤城将五色线缠于指上和臂上，认为可以避免蛇伤害。

山东临沂、辽宁铁岭等地在孩童手足均系五色线，信能辟鬼及兵，等到节后第一个阴雨日，要将五色线解下来扔到车辙中，让其随顺水流走。

吉林桦甸，以五色丝成绳系于腕上，名曰"露水线"，据说可以避诸虫。

河北南皮，小儿以彩线系背，谓之"续命"。

上海，人们将彩丝索、独囊蒜系于小儿胸前以避邪。

浙江常山，用五色丝绳系小儿项臂，曰"百岁索"，以避邪延寿；归安，小孩子用五色丝为索缠臂，并以彩线穿小赤豆编缀发上。

而陕西宜川，人们用五色线制成彩绳，戴于颈项、指、臂之下，俗谓"百绳线"，用以驱避疫疠。

甘肃灵台，用五色丝合成细绳系于手腕，称为"花花绳"，俗信可以祓除不祥。

…………

端午还有一代表性饰物香包。每逢端午，城乡山野大街小巷无论男女老少多佩戴香包。浓浓的草药香弥漫在空气中，这是端午特有的味道。这一民俗饰物也使端午成了极具特色的可以闻的节日。

香包，系用丝布缝制而成，内装朱砂、雄黄、香药等物，多用彩索串起来，佩带于身，流行于神州各地。它作为布制灵物，最初只有粽子形状，上面缠绕五彩线，后来花样越来越多，色彩也有诸多变化。香包形态各异，最常见的有五彩丝的小粽子形，也有寓意事事如意的柿子形、代表福禄的葫芦形、代表长命百岁的锁麟囊、万千爱意的心形香包、娇憨可爱的中国娃娃形等等。

九九归一，香包看似纷繁的造型无不源远流长寓意祥瑞。猴与虎是十二章纹中宗彝图纹的主体意象，代表着智慧与勇猛的品质，而且猴有封侯挂印的口彩，虎有镇宅护生的神话；鱼纹是生命兴旺发达、生存自由无碍的象征符号；葫芦则是解除万般苦难的灵妙之源、道教理想天地的凝聚之处……具有地域特色的香包的相关习俗随处可见：

四川新繁、简阳、合川等地以彩布缝制成猴形，置于小儿肩背。

贵州兴仁的香包多为猴形，实以香料，佩于衣襟。此外，该地剪彩成为五毒物，与缝制的猴猁一起置于小儿肩背，俗信这样以后出痘时痘会稀少。

广西桂平，则剪彩为猴、虎、禽、豸等物，系于衣襟间。

安徽芜湖、宁国一带用布缝制成虎头状，再杂缀蒜符、小粽子等，一起系在小孩背上，叫作"端午景"。

浙江归安一带，人们裂缯为囊，内贮雄黄，叫作"雄黄袋"；嘉兴，小孩要在胸前佩戴香袋，该香袋俗称"通书袋"，状如虎头，内放几张旧历和樟脑球。

广东龙门，人们用五色绸缎裹雄黄、菖蒲、艾叶等为香袋；高明一带的妇女则以朱砂、苍术以及蒲、艾诸香屑填充香包，香包上还多绣有吉祥语，令小儿佩戴，以为可以避邪。

台湾台南一带，用彩色碎布缝制成小型的雄黄袋，制成粽、虎、葫芦以及各种时果等模样，或用芬郁的奇楠香印制各种形象，以五色绣线穿贯之，为婴孩佩挂于颈项。

辽宁新民用红布做小猴，以棉布为胖孩，挂于儿童身上；西丰则以彩色绸布缝制小猴、茄子、黄瓜、荷包等。

吉林辉南一带的人们用帛裹棉做人、虎之形。

山西翼城，用五色绸锦制为蛇、蝎、蜈蚣诸毒虫，其下坠以雄黄或麝香香包。

河南光山，小男孩多用五色线系香包，盛以杂粮少许戴项上，曰"老骡驼布袋"，以为健康之祝；小女孩和老人多把香包系于衣襟上，以为可避瘟疫。

甘肃一带的人们则做各种象形香包，男女老少人人佩戴，其中庆阳的香包，更是以其独具特色的工艺成为当地的名片，饮誉海内外。

河北万全，妇女以绫罗制小虎、桑葚、葫芦等，以彩线串之，系于钗端，或缝于儿肩；武安，则以锦布做小儿形，戴之钗头，名为"戴鱼娃娃"；徐水，用红布剪葫芦形，系小孩手臂上，叫作"驱邪"。

河北邯郸县旧俗，端午时节，一群女子采集艾叶，缝在丝绸小包里，制"艾包"。艾包或挂胸前，或辫梢上。端午节前一天开始佩戴艾包，端午下午立刻扔掉，称为"扔灾"，意味着把所有灾难都抛弃掉。歌谣唱道：

> 戴上艾，不怕怪；
> 戴上杨，不怕狼；
> 戴上柳，不怕狗；
> 戴上槐，大鬼小鬼不敢来。

天津幼童则系用碎布头缝制成辣椒、大蒜、柿子、葫芦、簸箕、小荷包、小老虎，以及面粽子等连缀在一起的"老虎褡裢"。老虎褡裢最下边用五色线做成穗子，佩戴于衣襟与手臂。

除了将香包佩于身上外，天津一带，人们还缝制葫芦香囊，内装雄黄、苍术、芘椒末等物，挂在门前，这更使我们联想到屈原诗歌中所建构的香味氤氲的世界。

端午节的佩饰不只五彩绳、香包，还有道理袋、赤白囊。所谓道理袋，即用赤白两色绸布制成的一种小口袋。袋口边缘以彩色丝线贯穿，抽拉丝线控制袋口开合。内放数粒稻谷与李子，意在以谐音提醒人们凡事要讲道理，做有修养的人。赤白囊制法、内涵与道理袋全然相同。

还有女儿佩戴的石榴花呢。唐代殷尧藩《端午日》诗句写道："鬓丝日日添头白，榴锦年年照眼明。"

石榴花端午时开放，漫山遍野火红的石榴花易激发人们对强壮生命力的呼唤和热爱。刘侗、于奕正《帝京景物略》记载：明代北京城，端午时从初一到初五，家家小姑娘打扮得漂漂亮亮，头插鲜红的石榴花。或许这就是端午节又叫女儿节的缘由吧。

《清嘉录》记载："妇女簪艾叶、榴花，号为端午景。"

《昆新两县续修合志》亦云："妇女首簪榴花艾虎于髻。"

在端午节，五彩绳、香包、艾虎、系铃银扇等诸多饰物美不胜收、意趣盎然，多以爱心缝缀，扮饰点缀于衣衫手臂头面甚至家园门户。文化无疆而服饰有形，端午节饰思想格局博大却并不威猛刺激。这样就能召唤更多的人介入其中，使端午文化得以普及北国南疆，得以数千年根脉清晰地传承繁衍。清吴伟业词《浪淘沙·端午》就有传神描写：

缠臂采丝绳。妙手心灵。真珠嵌就一星星。五色叠成方胜小，巧样丹青。　　刻玉与裁冰。眼见何曾。葫芦如豆虎如蝇。旁系累丝银扇子，半黍金铃。

三

我们知道,任何一种文化都是大传统与小传统的集合体。

不仅民间钟情痴迷端午服饰,宫廷上下更是热衷不已。

杜甫《端午日赐衣》便写出了殿堂内这个在民间看来辉煌而神秘的节日的服饰新景象:

> 宫衣亦有名,端午被恩荣。
> 细葛含风软,香罗叠雪轻。
> 自天题处湿,当暑著来清。
> 意内称长短,终身荷圣情。

我们身临其境地想想,在大唐宫禁之内,在一个充满期待的日子里,突然接到扮饰仪态的馈赠之物,并且来自自己朝思夜盼的圣上,这些接受御赐新衣的宫女们怎不红日当头满心暖,漫卷衣袖喜欲狂呢?崭新的宫衣是天子所赐,代表了天子的厚爱,又是节日初穿,细葛精致,绫罗飘逸,合体不必说,暑热时披挂在身,心里舒泰清爽无比,终身感恩才对呢。

当时,朝廷有朝廷赐赠的礼仪。

唐太宗曾以拿手的飞白体书扇赐长孙无忌等人,这是源于习俗的自觉行为:"五月旧俗,必用服玩相贺",赏赐衣带更是有唐一代的习俗。《中华古今注》记载贞观年间朝廷端午节赐给文官黑玳瑁腰带、武官黑银腰带等

诗语年节　艾虎香包五彩绳

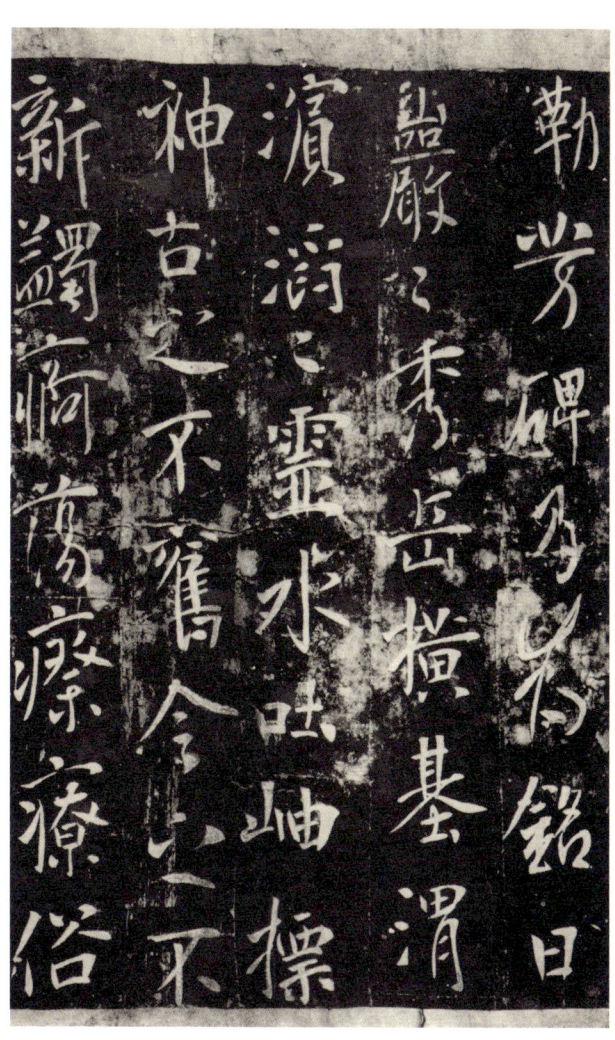

《温泉铭》唐太宗书法

等。唐杨巨源诗《端午日伏蒙内侍赐晨服》：

彩缕纤仍丽，凌风卷复开。

窦叔向《端午日恩赐百寮》：

仙宫长命缕，端午降殊私。
事盛蛟龙见，恩深犬马知。

权德舆《端午日礼部宿斋有衣服彩结之贶以诗还答》：

良辰当五日，偕老祝千年。
彩缕同心丽，轻裾映体鲜。

不只唐代，后世亦然。《大明会典》记载："端午节文武百官俱赐扇，并五彩寿丝缕。大臣及日讲经筵官，或别赐牙边扇，并彩绦、艾虎等物，各以品级为等。"

纵观古今，天子皇家自有供奉，朝臣宫女自有赏赐，而平民百姓的吃喝穿戴都在两只手上。他们的节日服饰虽有向上看齐的模拟性，但也有着礼不下庶人的宽松和自由。端午节民间服饰没有刚性的规定，更未坐实到具体款式、色彩、面料、图纹等，但约定成俗，每逢节日人们还是要穿戴一新的，还是有一些相沿成习的着装习惯的。否则,老舍《端午》一诗怎么会有"端午偏逢风雨狂,村童仍着旧衣裳"的敏感与遗憾呢?再向前看,宋代诗人谢逸亦有"病臂懒缠长命缕,破衣羞带赤灵符"(《端午绝句》其二)的意在言外的牢骚。

端午赠服饰习俗。端午服饰不只是自己制作穿戴,而且彼此馈赠,相沿成俗。在端午节,除了粽子,带有趋利避害祝福意味的服装和饰品就是最受欢迎的礼物了。请允许笔者再来地毯式地搜寻与呈现各地的端午馈赠习俗吧。

根据《风俗通》的记载,条达,一种丝织的手镯,就是人们在端午节互相赠送的节日礼品之一。

山东莘县,嫁女一方制暑衣送婿家,而在阳谷,婿家以角黍、彩线、花帛等送与女家,均谓之"缀节"。

上海罗店,嫁女之家,将角黍、绒符、蒲扇、手巾等送给婿家,甚至有送纱罗衣裙的,称为"送夏衣",也有不送衣服折算成钱的。

河南新安,女家以角黍、油条(名曰麻糖)为礼物看望出嫁的女儿,叫作"送端五"。

浙江诸暨,在女子出嫁的次年,娘家买蒲扇、羽扇、罗扇、聚头扇数十百柄,多者至千余柄送婿家,称为"望端午";乐清,新婚女婿看望长辈,第一个端午节要带六样礼物,俗称"重盂",丈人家回"重盂"则加赠府绸或其他衣料、阳伞、皮拖鞋、肚兜等;金华,女婿探望岳家,要以一担粽子为礼,俗称"担端午"。

湖北咸宁,对于已经许嫁的女子,男方要送花币、果羹之类,叫作"贺节"，女家则酬以鞋巾等物。

贵州玉屏，即将结为姻亲的双方也竞送节礼，男家多以角黍、鸡豚之类为礼物，女家则答以女红。

福建霞浦，家家制角黍，每串五十枚，祀祖后即分遗亲戚，人各一串。《霞浦县志》记载："侑以女工所制兜肚，或布或丝，男女老幼各一，并香囊、巾、扇诸品，各称其家之贫富以定丰啬，俗称'送午节'。"福州，媳妇要给公婆赠送节日礼物，这些礼物大多与日常生活和人生需要有关，如寿衣、鞋袜、团粽、扇子……[1]

陕西周至，妇女、小儿多以锡及磁、石制为各种花兽，以彩丝贯之，叫作"百索"，又用绫帛缝以小角，下面再缝一婴儿与之相联，叫作"耍娃娃"，亲戚间相互馈送。

广西灵川，人们用粽子相互馈送，叫作"送子"，女孩子则制香包以相馈遗。

看来，在你来我往间，服装饰物成为传情达意的载体，节日的氛围越发热烈，人与人之间温馨的交往平台也就搭建起来了。这种互邀共美行为，凝聚了亲情友情，得以延续。

传统的款式与饰物强烈地点示着这一节日的神圣与神秘，而衣饰本身的精美舒贴又使端午节本来作为"恶月"的可怖一面慢慢减退，人们光艳精巧的手工，相互间真诚的关心和祝福，使年年如斯的生活不断滋生新意，充满温馨。

[1] 参见丁世良、赵放编：《中国地方志民俗资料汇编·华东卷》，书目文献出版社1995年版，第1279页。

两情若是久长时

诗说七夕节

七夕节缘起于牛郎织女的神话故事。自古而今,它引起两种不同的节日反应:大致说来,某类社会精英,似更重视浪漫爱情转入苦恋的牛郎织女故事,往往仰望七夕星空,幽幽诉说、吟咏诗词或自由漫想,含蓄妙曼;而普通民众,则着意于织女的美貌、智慧与技巧,并欢心祈愿其对未来命运的赐予。

在唐代的陕西周至仙游寺，曾有一次中国文学史上著名的三人游。时任周至县尉的白居易，与友人陈鸿、王质夫携手赴仙游寺。陈鸿进士，及第自有顶戴。而王质夫则无名无冠，是位隐士，就住在仙游寺旁的蔷薇涧里。[1]鸿儒也罢，白丁也罢，都是白居易的莫逆交，座上友。他们或走出寺外，在秦岭山间漫步；或举箸把盏，滔滔不绝。一个话题点燃了他们的激情，这便是唐玄宗与杨贵妃的故事。谈到不亦乐乎的时候，王质夫则趁热打铁，提议二位何不来个同题创作呢。这就催生了中国文学史上的两篇著名之作，白居易的叙事诗《长恨歌》，陈鸿的小说《长恨歌传》。有趣的是，这两部作品都深层次地涉及牛郎织女。白居易诗句"七月七日长生殿，夜半无人私语时"所述语境，在《长恨歌传》中有具体地呈现。话说玄宗做了太上皇，日夜思念已去世的杨贵妃，还真的派方士在仙山玉妃太真院找到了她。贵妃深情地追忆道："昔天宝十载，侍辇避暑于骊山宫。秋七月，牵牛织女相见之夕，秦人风俗，是夜张锦绣，陈饮食，树瓜华，焚香于庭，号为'乞巧'。宫掖间尤尚之。时夜殆半，休侍卫于东西厢，独侍上。上凭肩而立，因仰天感牛女事，密相誓心，愿世世为夫妇。言毕，执手各呜咽。此独君王知之耳。"[2]杨贵妃所说，这里仅关注两点：一是秦人的乞巧节习俗传到了宫中，二是她与玄宗盟誓源于牛郎织女苦恋。在骊山长生殿中，玄宗贵妃将乞巧之俗与感慨苦情融而为一。然而牛郎织女的传说在中国文化的不同空间里，在历时性传播中却有所侧重，甚

---

1 张长怀：《白居易与王质夫》，载2010年1月10日《西安晚报》，第10版。

2 李时人编校，何满子审定：《全唐五代小说》第1册，陕西人民出版社1998年版，第673页。

诗说中国　民俗卷

184

〔元〕钱选　《杨贵妃上马图》（局部）

至演绎出不同的轨迹来。

一

如果把白居易的诗句与陕北歌剧《兰花花》中的唱词置放一起，就不难发现，千余年的沧桑并未阻断牛郎织女神话文脉的深层相通：

> 七月七日长生殿，夜半无人私语时。
> 在天愿做比翼鸟，在地愿为连理枝。
> 天长地久有时尽，此恨绵绵无绝期。
>
> 白居易《长恨歌》

> 年年有个七月七，天上的牛郎会织女。
> 远照天河想亲人，我和你何时到一起。
>
> 陕北歌剧《兰花花》

一是唐代著名诗人的作品，一是源自陕北民歌的当代歌剧。仿佛心有灵犀的共鸣，仿佛同台对唱的呼应，在这字里行间融会贯通的、波衍旋流着的是牛郎织女般的苦恋情怀。

其实还可以上溯千年甚至更远，牛郎织女的神话故事早在《诗经》中就有所吟唱。《诗经·小雅·大东》有云：

维天有汉，监亦有光。
跂彼织女，终日七襄。
虽则七襄，不成报章。
睆彼牵牛，不以服箱。

在中国文化的格局中，这里以诗歌的形式，为牛郎织女的传说拉开了序幕，且不断被后世续写演绎，箭垛式地不断丰满起来。在这个广为传颂的神话故事中，织女的命名本身就彰示着这位仙女的超凡本领，蓝天上的白云是她织就，早晚的彩霞是她绣成，所有的天章云锦都出自她的妙手。传说中她的服饰为牛郎所藏而成就了人神之间的浪漫婚恋，牛郎为追抢劫者身披牛皮竟能在天空中自由地飘飞。那被天上宽宽亮亮的银河所隔开的牛郎织女，只有在七月七日这一天，才能相会于由无数喜鹊搭成的鹊桥之上。人们为了庆祝牛郎织女的团圆，过起了七夕节。

在《古诗十九首》中，分隔的牛郎织女就已情深难移了：

迢迢牵牛星，皎皎河汉女。
纤纤擢素手，札札弄机杼。
终日不成章，泣涕零如雨。
河汉清且浅，相去复几许。
盈盈一水间，脉脉不得语。

两情相悦而中有阻隔,悲莫悲兮生别离,天河两岸痴望的牛郎织女感动了历代文化精英。或许这形成了一种可以寄寓自我情思与人生感悟的空筐结构。白居易《长恨歌》所唱便是,诗中所叙述的玄宗贵妃心态也是。白居易写的绝句《七夕》——"烟宵微月澹长空,银汉秋期万古同。几许欢情与离恨,年年并在此宵中"也延伸了这一情感轨迹,且突出了牛郎织女相会的这一个情感交汇点。牛郎织女银河相隔,痴痴相望的长久离别,而此夜竟能感动天地人神鹊桥相会。相知情深,儿女情长,泪与笑,盼与怨,欢情与离恨……一切不是如清泉那么清清浅浅缓缓流出,而是像千丈悬瀑凭空而来,那么突兀,那么集束而发。戏剧性的情节与场面令人心旌摇荡,敏感的时间会逗引特殊的情绪,天上的月亮星星此时都会成为生发情怀的意象。相见时难别亦难,仿佛不是人们自己有意为之,一切都是客观外在唤醒的一样。

而早在白居易之前,杜甫也写过一首《七夕》,只不过出于质疑的态度罢了:

牵牛在河西,织女处河东。
万古永相望,七夕谁见同。

或许长时间处于坎坷与困境之中,增益了诗圣的理性观念与怀疑精神,他竟不顾神话传统与民间习俗,守候在七夕之夜,直视天宇而道出我们明知道而不愿说出的答案。于是乎,在他看似自信的诉说中,我们不难感受到一种深刻的失落与茫然。

值得注意的是，如此歌咏并非只是杜甫，并非有数的几个诗人，历代的诗人似乎集结为庞大的队伍，浩浩荡荡地沿着同一路径向前走去，为牛郎织女的爱情而憧憬，为牛郎织女的苦恋而动容，为彼此一年一度的七夕相会而感喟……秦观的诗句，则是这一路大军的排头兵，高举旗帜插上所能登上的最高峰，使得在这一文化空间沉浸、流连、纠结的人们有了豁然开朗的新感觉：

> 纤云弄巧，飞星传恨，银汉迢迢暗度。金风玉露一相逢，便胜却人间无数。　　柔情似水，佳期如梦，忍顾鹊桥归路？两情若是久长时，又岂在朝朝暮暮。
> 《鹊桥仙》

白莲花般的云朵飘浮在天空，呈现着美，也呈现着织女织与绣的巧慧。可织者自织，绣者自绣，谁来陪伴呢？赏者自赏，却是遥远的孤独隔岸，便纵有万种风情，又能向谁人诉说呢？只有借助流星传递着憾恨罢了，只有隔河脉脉地眺望罢了。眺望三百六十天，而相见仅此一夕。真是相见时难别亦难啊！满腔柔情，瞬息相对如同梦寐。相见瞬间即成相别，再踏上鹊桥归路，怎忍看两人一步一回首？

但是，换个角度一想，如果长久相伴而没有珍惜、没有呵护、没有依恋、没有生命的高峰体验，那又怎比得上短暂相聚的甜美与温馨呢？生命的质量与数量恰如鱼与熊，若都是所欲而不可兼得，那么如何取舍，就成了普通人与哲人一再折腾摆荡的心绪。秦观此时借牛女相会一事道出他自己的深切体验，个中情味，似杯酒锁喉虽不无辛辣，却香醇浓郁凛冽，余味悠长。这种温馨与愉悦，岂是时间的长短所能度量？岂是世俗目光所能欣赏？

可以说，这是牛郎织女的苦恋在中国文化的回音壁上碰撞出的最美丽的旋律，是中国爱情诗歌艺苑中香味弥漫而千万年不败的镇园之花。

二

七夕节的乞巧，源于汉长安。

最早的记载是东晋葛洪的《西京杂记》："汉彩女常以七月七日穿七孔针于开襟楼，俱以习之。"这意味着七夕节的仪式由天上转换到人间，核心人物由牛郎织女转换为乞巧者。这里也就有了与前一个主题迥异的七夕节。

前述诗歌中，当着意于鹊桥时，节日的主体就是传说人物牛郎织女，婚姻、爱情、家庭生活以及痴情苦恋便是其中的意涵。而这里似全然刷新了，节日的主体就是乞巧的青春少女们，赐巧的超自然意象，就是织女，即七仙女，亦即巧娘娘，而牛郎在这里被边缘化，甚至消失在遥远的背景之中了，关键环节成为人神对话了。

汉代彩女要乞巧，显然不可能在这一天平平淡淡地登上开襟楼，只以线贯穿七孔针就算了事。她们具体用怎样的仪式邀请织女下凡赐巧？遗憾的是我们只能诉诸想象了，因为相关文献付诸阙如。

诗说中国　民俗卷

诗语年节　两情若是久长时

〔明〕仇英　《乞巧图》（局部）

或许真如圣人所说，礼失之而求诸野。值得庆幸的是，在当代，历时七天八夜的甘肃西和县的民间乞巧节活动，让我们可以现场感受迎神礼拜的情景。或许这就是原生态古代乞巧活动的活态遗存。

整个乞巧活动从七月一日前夜开始。[3] 黄昏之后，或在村口大槐树下，或在村外小河边，姑娘们在年年约定的地方迎巧。织女在这里被尊称为巧娘娘。届时，姑娘们打扮得崭然一新，靓丽清爽，人人手合胸前，各执一支燃香。手捧香盘的姑娘在前导引，整齐的队列在虔诚、肃穆的气氛中缓步跟随。到了迎巧地，抬头仰望，巧娘娘将乘哪一片云彩启程呢？谁不期盼巧娘娘即刻来到自己身边，那时她停驻的每段时间都会变成黄金，借着她的妙手巧指，每个人的智慧与技巧都会更上一层楼，每个人的命运或就此而全然改变。于是姑娘们满怀虔诚，祭祀，跪拜。然后，大家成排列队，牵手摆臂，放声齐唱起《迎巧歌》：

七月初一天门开，我请巧娘娘下凡来。
巧娘娘，下凡来，给我教针教线来。

唱毕，燃放鞭炮。在前往坐巧人家的路上，簇拥着巧娘娘的队伍唱起了余音悠长的幸福歌谣：

七月初一天门开，我请巧娘娘下凡来。
一炷香，两炷香，我把巧娘娘迎进庄。

[3] 甘肃西和地区七天八夜的乞巧活动有完整的仪式。整个活动分为坐巧、迎巧、祭巧、拜巧、娱巧、卜巧、送巧等七个环节。每一环节有歌舞相伴，仪式衔接，并留存了大量的乞巧唱词、曲谱、舞蹈，以及相关的纺织女工、服饰、道具、供果制作方法等。

一根线，两根线，我把巧娘娘迎进院。

前述文人的咏叹只是仰望七月七日的星空而对其故事诉说的感喟、诗词吟咏或自由漫想，含蓄妙曼；而这里的民众乞巧活动，则有固定时间、固定地点、相对固定的群体形成年年如斯的文化空间，仪轨庄严，神圣神秘。大致说来，占据了文化高位的社会精英似乎更重视浪漫而转入苦恋般的牛郎织女的故事，具浪漫情怀；而处于文化小传统位置的普通民众，则着意于织女的美貌、智慧与技巧，特别祈愿其对未来命运的赐予。

近年笔者看到一些含混的表达，想必那是没有厘清七夕节两个主题历史的缘故。至于时下听到的多样异名，东方情人节、爱情节、家庭节云云，都是比拟西方节日，抛却历史传统另起炉灶的即兴撰拟。自家原有连城璧，何必对门借萝卜！相比较而言，还是七夕节或乞巧节的称谓来得地道，朴实，厚重而余味悠长。

乞巧穿针成为这一节日的保留节目，历代不少文献都有描述。[4]魏晋时文化中心南移，穿针乞巧习俗传播到江南。南朝宋孝武帝刘骏的《七夕诗》便是绝好的例子："迎风披彩缕，向月贯玄针。"

唐朝时，此风更盛。崔颢的《七夕》有句："长安城中月如练，家家此

---

[4] 如南朝梁宗懔《荆楚岁时记》："七夕，妇人结彩缕，穿七孔线，或以金银鍮石为针，陈瓜果于庭中以乞巧。"梁朝顾野王《舆地志》："齐武帝起层城观，七月七日，宫人多登之穿针。世谓之穿针楼。"五代王仁裕《开元天宝遗事》：七夕"宫中以锦结成楼殿，高百尺，上可以胜数十人，陈以瓜果酒炙，设坐具，以祀牛女二星，妃嫔各以九孔针五色线向月穿之，过者为得巧之候。动清商之曲，宴乐达旦。士民之家皆效之"。如南宋孟元老《东京梦华录》："贵家多结彩楼于庭，谓之乞巧楼。……妇女望月穿针。"元陶宗仪《元氏掖庭录》："九引台，七夕乞巧之所。至夕，宫女登台以五彩丝穿九尾针，先完者为得巧，迟完者谓之输巧，各出资以赠得巧者焉。"等等。

夜持针线。"

显然，乞巧节如同太阳如同月亮，照耀着所有个人与群体，不只草根百姓芸芸众生，就是高高在上的皇上贵妃，也都跻身其中，甘为乞巧节中人。玄宗贵妃长生殿的山盟海誓，据《开元天宝遗事》记载，就缘起于牛郎织女故事，就发生于七夕节。五代和凝《宫词》百首之一，写的则是宫女乞巧的情景：

阑珊星斗缀珠光，七夕宫嫔乞巧忙。
总上穿针楼上去，竞看银汉洒琼浆。

乞巧的主体，也向更广大的民众蔓延开去。

今日云骈渡鹊桥，应非脉脉与迢迢。
家人竞喜开妆镜，月下穿针拜九霄。
<u>权德舆《七夕》</u>

应倾谢女珠玑箧，尽写檀郎锦绣篇。
香帐簇成排窈窕，金针穿罢拜婵娟。
<u>罗隐《七夕》</u>

宋元以降，七夕乞巧在民间普及的一个显著标志就是京城中有了更为热闹的专卖乞巧物的市场，人称乞巧市。宋人《醉翁谈录》说："七夕，潘楼前买

卖乞巧物。自七月一日，车马嗔咽，至七夕前三日，车马不通行，相次壅遏，不复得出，至夜方散。"家家提前出动，如同迎新年一样备巧，街市人流如潮，连连数日街道拥堵，车马难行，外边的不易进去，里边的不易出来，一直到夜晚许久人群才能散去……这恰恰说明乞巧节虽主体是女性，却是全民盛大的节日，因为每个家庭都会有女儿、妻子和母亲。

明清时期，穿针乞巧的仪式改在白天举行，花样翻新。如关中、南昌等许多地方，除了乞巧，还流行赛巧。姑嫂、四邻、同窗闺友纷纷献贡绣花鞋、鸳鸯枕、石榴裙、虎头帽、香荷包、玩具、窗花、鞋花及工笔画等，既邀织女欣赏，又与周围竞技。这自是古风的遗存。

五代后唐的杨朴写《七夕》固然可与当时的乞巧节对话，其实也可以挪移到千年以后的今日：

未会牵牛意若何，须邀织女弄金梭。
年年乞与人间巧，不道人间巧已多。

七夕节的牛女相会与女子乞巧两大主题，认真计较起来当然是有冲突的。诗人敏锐而理性地看透这一点，大有惋惜的意态，善意地提醒到，这些痴迷于乞巧的女子呀，不知怜惜人家一年仅仅一次的相会，也不管不顾人家牛郎自身的感受，执意强邀织女来到织机旁点拨金梭技艺，年年总想如此乞得人间最高的巧慧，岂不知人间的巧慧早就厚积如山、宽阔如海，哪能都网罗过来呢？

三

然而,如同艺术是苦难人生的盛大节日一样,节日也是苦难人生的伟大艺术。艺术是一种情致意趣的表现,甚至是可意会而不可言传的,是不能秤称斗量的。于是,我们在乞巧节中看到了更多的仪式。

迎巧卜巧。直到今天,每年七夕,不少地方,如西和,如长安斗门,如大荔石壕营等地,妇女们为迎巧仪式要结扎穿花衣服的织女像,小姑娘们水中养巧芽在月下灯下看投影形状,以预卜巧拙之命运。

七夕新妆。人神交流,歌舞婆娑,七夕能不狂欢?狂欢体现于着装,就是从头到脚焕然一新,仿佛新年借换装炼形提神一样。女人与儿童更是痴迷于此。南宋吴自牧的《梦粱录》载:"七月七日,谓之七夕节。其日晚晡时,倾城儿童女子,不论贫富,皆着新衣。" 刘辰翁《西江月·新秋写兴》道出新妆的狂欢与幸福感:

天上低昂似旧,人间儿女成狂。夜来处处试新妆,却是人间天上。

天地自然没有多少变化,而节日中的男女心绪狂热沸腾,家家户户都在试穿新装,人人快乐得如同神仙一样。其实向前追溯,七夕新装早已一再诉诸诗人的歌咏了。如"袨服锵环佩,香筵拂绮罗。"(杜审言《七夕》)"云衣香薄妆态新,彩軿悠悠度天津。"(刘言史《七夕歌》)"历历珠星疑拖佩,冉冉云衣似曳罗。"(何仲宣《七夕赋咏成篇》)

洗发染指。湖南湘潭地区《攸县志》:"七月七日,妇女采柏叶、桃枝，煎汤沐发。"人们认为，七夕这天取泉水、河水，就如同取银河水一样，具有洁净的神圣力量。

而在广东，女子在七夕夜用天河水沐浴、洗发，着锦绸裙袄、旗袍，头梳发髻，佩白兰、素馨等花胜，画眉、抹脂粉、点绛唇、额上印花之后，再精心地用凤仙花汁染指甲。

凤仙花染指甲是古来的传统，前人多有记述。[5]清代《太仓州志》载："七月七夕为乞巧会，……妇女对月穿针，捣凤仙花染指甲。" 清代《盐亭县志》载："七月七日为乞巧节。童稚以凤仙花染指甲。"

爱美之心，人皆有之。《诗经》中早就吟唱过"手如柔荑，肤如凝脂"，可见古代女子以手指白嫩、纤细、柔长为美，至今亦然。清代诗人袁景澜《凤仙花》诗写出这一情景：

> 夜听金盆捣凤仙，纤纤指甲染红鲜。
> 投针巧验鸳鸯水，绣阁秋风又一年。

我们知道诗中的"投针"是七夕乞巧的重要仪式，在女子无才便是德的古代，灵巧贤惠是妇女的大德。女子每年七夕节乞巧是对自己一生幸福的希冀，巧手便是日后幸福生活的资本。在这种氛围下，连夜捣凤仙花美化指甲，虔诚而执着，可见并非为了漂亮那么简单。留指甲的女孩都有经验，指甲遇水会变

---

5 宋元时人周密《癸辛杂识》中详细记载了其用法："凤仙花红者用叶捣碎，入明矾少许在内，先洗净指甲，然后以此付甲上，用片帛缠定过夜。初染色淡，连染三五次，其色若胭脂，洗涤不去，可经旬，直至退甲，方渐去之。"染甲是古代妇女梳妆打扮中的一项重要内容，唐代时就已盛行。唐人宇文氏《妆台计》中就有了"妇人染指甲用红"的记载。

软，蓄甲的人很容易在洗衣洗碗时折断指甲，有家务负担的女人不适合美甲。留着指甲，涂着艳丽的凤仙花色的女子，定是不用操持家务的富贵闲人。

似乎可以想象，青年女子既希望自己能有一双巧手，成为操持家务事的一把好手，又希望自己能嫁入豪门，从此衣来伸手饭来张口，免去一生的劳碌。这不是好逸恶劳、贪图富贵，没有谁生来乐意去追求受苦的命运，向往和追求高质量的生活是每个人存在于世上便有的权利。七夕之日，那纤纤红指甲便寄托着这样美好的希望。

解绳换巧，即解弃五彩绳。在民间俗信中，织女的另一神格为主管生育与庇护儿童之神。七夕节作为一个表达女性愿望的节日，将女性一生的追求——乞巧、求姻缘、求子、求夫妻恩爱、求子女康健都包含在内了。许多地方端午节戴五色绳求平安康健，戴到七夕之日除下。[6]近世江南一带每逢端午节要在小孩手腕上系五彩丝绳，谓之"健绳"。到了七夕前夜即解去五彩绳，甩于房顶，相传是为了让喜鹊衔去造桥，使牛郎、织女相会。在今日西安户县一带，七夕时要将端午日佩戴的五色绳丢到路上让车压过，或丢到房顶上。在这里，丢弃五色绳就象征甩掉了疾病和灾祸。

重七曝衣。曝衣的习俗可追溯到汉武帝时期。[7]古人相信，七月七日曝晒衣物，可防虫蛀，可除去不祥。此

---

[6] 明代《八闽通志》记载端午节系五色线的习俗："是日，长幼悉以五色线系臂，名曰长命缕。又曰续命缕。父老相传，谓可辟蛇。至七夕，始解弃之。"明代《温州府志》"七夕"条同样记载："小儿于此日剪去端午系臂线，谓之换巧。"

[7] 宋代宋敏求《长安志》卷三《公室·汉上·建章宫》引宋卜子阳《园苑疏》："太液池西有武帝曝衣阁。常至七月七日宫女出后登楼曝衣。"东汉崔寔的《四民月令》："七月七日作曲合蓝丸及蜀漆丸，暴经书及衣裳。"南朝宋刘义庆《世说新语》中记载不少关于曝衣的趣事："阮仲容步兵居道南，诸阮居道北。北阮皆富，南阮贫。七月七日，北阮盛晒衣，皆纱罗锦绮。仲容以竿挂大布犊鼻裈于中庭。人或怪之，答曰：'未能免俗，聊复尔耳。'"又有："郝隆七月七日见邻人皆曝晒衣物，隆乃仰卧出腹，云晒书。"

后天气转冷，有条件的人家可以制作新寒衣，而更多的平民要拾掇旧衣服出来御寒。曝晒旧衣服，进行修补，就是为即将到来的冬日做好准备。七夕曝衣的习俗广为流传，当日曝衣时的场面可谓热闹非常，常被诗人纳入审美的视野而诉诸歌唱。同以《七夕》为诗题作诗的崔国辅与李贺不约而同地歌咏此事："阁下陈书籍，闺中曝绮罗""鹊辞穿线月，花入曝衣楼"。沈佺期在《七夕曝衣篇》中更是详细描绘了当日宫中曝衣的景致：

> 君不见昔日宜春太液边，披香画阁与天连。
> 灯火灼烁九微映，香气氛氲百和然。
> 此夜星繁河正白，人传织女牵牛客。
> 宫中扰扰曝衣楼，天上娥娥红粉席。
> 曝衣何许曛半黄，宫中彩女提玉箱。
> 珠履奔腾上兰砌，金梯宛转出梅梁。
> 绛河里，碧烟上，
> 双花伏兔画屏风，四子盘龙擎斗帐。
> 舒罗散縠云雾开，缀玉垂珠星汉回。
> 朝霞散彩羞衣架，晚月分光劣镜台。
> 上有仙人长命绺，中看玉女迎欢绣。
> 玳瑁帘中别作春，珊瑚窗里翻成昼。
> 椒房金屋宠新流，意气骄奢不自由。
> 汉文宜惜露台费，晋武须焚前殿裘。

今日中国七夕曝衣的古俗已不复见。但七夕节俗经漫长的日浸月润，在东南亚至今仍有活态传承，如韩国七夕节保留着七夕曝衣习俗。礼失之而求诸野，这里提供了又一个例证。然而远古的习俗真的能够还原修复吗？这当然是饶有意趣的另一个话题了。

四

多少年的风风雨雨，多少年的沧海桑田，许多意蕴和仪式遗失了，但七夕节仍是我们的集体记忆，是我们宝贵的文化遗产，有的地方仍有原生态的遗存。

现实情境中对七夕节有着两种态度。

一是保护原生态的既往情境，对近代以来被打压与摧残的七夕节俗进行文化修复。近年来国内的非物质文化遗产保护，就是这样的立场。而大家耳熟能详的牛郎织女神话以及乞巧仪式，在街道、村镇、河湾、山梁梁、深沟沟等不同地域都可能留下不同时间段的文化遗痕，于是官员们上上下下奔波总想有所作为，学者们走村串户，调查寻访储藏在民间节日的集体无意识记忆，没有了往日禁断的紧箍咒，民众则每逢节日，就逐渐开始恢复或延续既往的歌舞与仪式。这激发了不同地方政府、学者与群众的特别热情——能不能变文化资源为本地发展的无形资本呢？

这就产生了另一种行为态度，即上穷碧落下黄泉，竭力追寻或创制本地为源而异地为流的小传统遗痕。这也成为时下涌动不息的潮流。似乎上上下下都在琢磨着能不能开发出吸引世界眼球的亮点，能不能让旅游者携带滚滚财源而来。应该说，七夕节在不同的地域有着不同的文化空间，有着悠久的历史传统和文化积淀，至今也活态地存在于民间。如：长安斗门镇发现有汉武帝时代的牛郎织女石雕，织女（当地俗称石婆）则居于庙堂升格为全能神，激浊扬清，护佑四方八村的平安喜乐；南阳汉画像石中有牛郎织女的图幅；陇南西和有着七天八夜的乞巧仪式，20世纪30年代搜集的乞巧系统仪式与歌谣；大荔石壕营守护着传统的乞巧仪式，并将这种赛巧与种种民俗展演涵融一体；广东有七夕拜仙之俗；闽南与台湾有拜七妈娘之俗；湖南江浙有煎汤沐发之俗……

倘说及欠缺，是原生态的乞巧节，因为历史的原因导致文化断层，事实上在更多的地方这一节日早已荡然无存了。节日不能再像传统一样以青春少女为主体，时下恐怕要拓展为女性全体才行，需要中年特别是老年妇女从歌谣舞蹈到仪式等层面来修复节日的集体记忆，我们也看到了对这一节日持开放意态者创造了很好的系列衍生文化产品，如陇南西和创作并演出的秦腔《七月七》和歌舞剧《乞巧情》，但同时我们在一些地方也看到了与节日氛围不相吻合的生硬与粗糙的非历史性"创意"。

我们应该看到，原生态的七夕节或多或少都带有民间信仰的色彩，作为从少年到青年的过渡期女人的节日的女儿节赖此而获得神圣的氛围，女子希冀获得美貌、智慧与技巧的仪式得到了社会性的展示、尊重与认可，女性的一个狂欢节式的节日仅是它的表象。不难看出，这里蕴涵着曾被忽略的尊重女性的优秀的人文传统。说起旧时女性，我们总会不假思索地泛出凄惨悲凉的刻板印象，而数千年活跃在民间的带有狂欢意味的这一传统女性节日，则可能会引发我们理性的重新考量与精准的文化定位。

　　七夕节的历史让我们有了活动依据，七夕节的现实情境让我们兴奋也让我们忧思。若要达到相对理想的境地，需要一定的时日，也需要民众、学者与政府的热情与智慧。我想，无论是着意于文化修复的原生态的七夕节，还是着意于开发衍生的文化产品，都应该弘扬尊重女性的传统意蕴，不要忘记了牛郎织女，不要忘记了鹊桥，不要忘记了歌舞婆娑的乞巧仪式。

一年明月今宵多

诗说中秋节

中秋节萌生于远古祭月活动，成熟于隋唐。

它自诞生起就赋予了中国节日一个全新的格局——欣然的基调、欢乐的氛围。在它之前，我们的传统节日一般萌生于苦难与灾祸，多是一个节坎、一道难关，其背后都蕴藏着悲惨的传说与禳灾的祈祷意味。

拜月本身可能会带来美貌，带来好的前程命运，这个意念可触到每个人心灵最柔软的地方。拜月所赋予的神圣时间、文学艺术时间、哲学时间与生活时间都是珍爱生命的仪式化形式。因为，拜月最深层的意涵就是拜自己，拜自己的未来。

"八月十五月儿圆,中秋月饼香又甜。"近年来非遗保护的进展,文化软实力的强调,民众、学者与官员都对传统节日给予特别的关注。打开网页搜索,这方面的信息如遍地斛泉不择地而涌出,源流啊,名人轶事啊,美食大比拼啊,文化资源与旅游啊,即便有重复、重叠之弊也滔滔不绝,关于中秋节的资讯也不例外。但问题在于,在中国节庆体系建构成型的汉魏时代,中秋节还没有出现,这个在唐代才出现的节日[1],何以进入中华节庆谱系,官民共享,代代相传而生生不息,且紧随大年初一而成为第二大节呢?

再说四季夜空都会升起一轮明月,每月十五都有个月儿圆。何以唯独八月十五的圆月会受到特别的青睐呢?遂想起李白《把酒问月》中的诗句:"今人不见古时月,今月曾经照古人。古人今人若流水,共看明月皆如此。"我想还是从八月十五这个时间意象来谈吧。

一

在古今国人心目中,八月十五似乎是一个神圣的时间,月亮,特别是此时的月亮就是一个神圣的意象。或说在时间长度上,中秋节恰在一年这条线段的黄金分割点上。虽然我们中华民族对于时间与线条是敏感的,但这一将时间抽象为超长线条的越轨猜测是否有实在的根基?一个可能的线索或思路是:周中期以前我国历法一年只有春秋两季。嫦娥奔月、玉兔捣药、吴刚伐桂等月亮神话自古而今代代相传,春天祭日秋天祭月,成为国之大节[2],成为

---

[1] 贞观年间(627—649)出现"中秋节"一词。《太宗纪》载:"八月十五日为中秋节,三公以下献镜及承露盘。"

[2] 据《周礼·春官》,周代已有"中秋夜迎寒""中秋献良裘""秋分夕月(拜月)"的仪式。

自古以来的礼俗。

汉高祖得天下后即恢复了祭祀日月星辰的礼制。随着汉文化的发展、渗透与辐射，匈奴单于也祭拜日月[3]。最初的祭月拜月多出于敬畏，祈求高高在上的月神赐福，渐渐地理性多了，或者多重因素融而为一吧，便有赏月之意趣。如唐玄宗每年中秋都要赏月，甚至在太液池西岸修筑了赏月台。他中秋夜游月宫的传说更有着当了皇上想当神仙的味道。

据刘元宗《龙城录》记载，开元六年（718），唐玄宗与申天师及道士鸿都客中秋望月的时候，忽见天师作起法来，三人便飘然步入云霄，飘浮中迎面忽见一座宫殿，琼楼玉宇，寒气逼人，玉露沾衣。榜书"广寒清虚之府"，门卫持刀佩剑，寒光闪闪。这三人组合在人世间如同太阳一般光芒万丈，所有的地方会因他们的光临而灿烂生辉，谁知来到这里，却因仙俗之别而失势，地位一落千丈，如同戏园蹭票者被堵在了门外。天师引玄宗跃身云端，回头一瞥长安，只见缥缈中城阙殿阁，纵横交错。又闻袭人异香，仙人道士乘云驾鹤，悠游自在，冉冉飘逸于万里晴空。又见十多位姿容妙曼的素衣仙子，乘白鸾而往来于广陵桂树之下，悠扬的仙乐中身姿摆荡，长袖纵送拖曳，似云烟腾起，似柳丝轻摇。玄宗素通音律，脚应鼓，每一旋律每一节奏都默记心中。正在流连痴迷之际，天师却让打道回府。三人便如旋风一般降落人间。后来玄宗忆起月宫仙子演出的歌舞，整理出来便是千古名曲《霓裳羽衣曲》。

而到了宋代，拜月习俗依然。据陈师道《后山诗话》载，宋太祖中秋之夜在宫中赏

---

[3] 《汉书·匈奴传》记载："而单于朝出营，拜日之始生，夕拜月。"

月置酒，令学士卢多逊赋诗。卢应声吟诵：

> 太液池边看月时，好风吹动万年枝。
> 谁家玉匣开新镜，露出清光些子儿。

《新月应制》

宋太祖读后大喜，身边的明月好风，诗中的明月好风，如此和谐美妙，岂不是专门为自己的江山来吹拂来照耀的吗？这样让皇上心神舒畅的诗人要多多奖掖提携，以便使此类人才如不尽长江滚滚来。于是顺便以坐间饮食器赏赐之。其实月亮本无偏倚，如同太阳普照天下，不论你是宫中的皇上还是街头的乞儿，恰如唐曹松《中秋对月》诗："直到天头无尽处，不曾私照一

〔明〕周臣 《明皇游月宫图》

人家。"但宋太祖却独有月亮属于自家的感受。事实上,古往今来,自上而下,每个人似乎都觉得月亮镶嵌在自己窗口,徘徊在自己院落,陪伴自己在或行或停的路上,随时随地与自己掏心掏肺地对话。

于是乎,在神圣的高高在上的月亮面前,一个个宫廷官府的供桌支起来了,鲜果美食等各种祭品不断增加,高香叩拜,仪式马虎不得的。如明人刘侗、于奕正所撰《帝京景物略》说:"八月十五日祭月,其祭果饼必圆,分瓜必牙错瓣刻之,如莲花。"面对神圣的超自然意象,虽说各有所求,不无世俗计较,但是谁不心怀虔诚呢?看,那圆圆的一轮高悬在夜空。元张雨在《八月十五夜待月》中庄严地宣布:

秋已平分催节序,月还端正照山河。

"上有好者,下必有甚焉者矣。"(《孟子·滕文公上》)朝廷官署隆重以待,平头百姓也隆重以待,甚至虔诚度上有过之而无不及。相传平民拜月之风起于战国。宋人《醉翁谈录》载:"俗传齐国无盐女,天下之至丑。因幼年拜月,后以德,选入宫。帝未宠幸。上因赏月见之姿色异常,帝爱幸之,因立为后。乃知女子拜月有自来矣。"啊呀呀,这可是了不得的事件与示范!一个人人皆知的丑女,竟然能咸鱼翻身,跻身天下美女簇拥的后宫,且进一步为天子宠幸,又被立为王后,这一朵朵盛开的草根奇葩逆袭,原来都得于幼年拜月的恩赐!

榜样是召唤天下的集结号。

榜样的力量是无穷无尽的。

虽说不见得每个女子都愿意进宫，而且愿意进宫的不见得都会瞄准母仪天下的王后之位，因为竞争成功的概率太小太小了，但是拜月可能会带来美貌，带来好的前程、好的命运的意念可触到每个人心灵最柔软的地方了。往前走的路是黑的，谁能预测自己的未来呢？谁不希望自己的路越走越宽展，越来越亮堂呢？

拜月最深层的意涵就是拜自己，拜自己的未来。

事实上正是如此。我们在文献中也找到了确凿的证据。宋人《新编醉翁谈录》记载："中秋，京师赏月之会，异于他郡。倾城人家子女，不以贫富自能行至十二三，皆以成人之服服饰之。登楼或于中庭焚香拜月，各有所期。男则愿早步蟾宫，高攀仙桂；……女……则愿貌似嫦娥，圆如皓月。"

是的，在这个神圣的时刻里，寥廓天地月光清轻，谁不期待超自然意象赋予自己一个美好的未来呢？男子谁不企盼自己事业如山，女子谁不祈愿自己貌美如花呢？起码它也是抚平人心，滋养自信的安慰剂。

有了这第一动力，于是乎，民间拜月自是风起云涌、波澜壮阔，向更大的区域，更漫长的时间弥漫、辐射与渗透。于是叩拜月亮万里同时，千古不易，内容仪式不断增益，人间情味丰富。吴自牧《梦粱录》载：

八月十五日，中秋节……王孙公子，富家巨室，莫不登危楼，临轩玩月。或开广榭，玳筵罗列，琴瑟铿锵，酌酒高歌，以卜竟夕之欢。至如铺席之家，亦登小小月台，安排家宴，团圆子女，以酬佳节。虽陋巷贫窭之人，解衣市酒，勉强迎欢，不肯虚度。此夜天街卖买，直至五鼓。玩月游人，婆娑于市，至晓不绝……

如果说吴自牧所述是远镜头般地推出不同阶层中秋赏玩情景的话，那么，让廉的《京都风俗志》则勾勒出更大群体拜月的轮廓与细部：

十五日谓之中秋节，人家以月饼相遗，取团圆之意。前三五日，通衢大市，搭盖芦棚，内设高案盒筐，满置鲜果瓜蓏，如桃、榴、梨、枣、葡萄、苹果之类。晚间，灯下一望，红绿相间，香气袭人，卖果者高声叫鬻，一路不断。而日间市中，以土塑兔儿像，有顶盔束甲如将军者，有短衫担物如小贩者，有坐立起舞如饮酒燕乐者，大至数尺，小不及寸，名目形相，指不胜数，与彩画土质人马之类，罗列高架而卖之，以娱小儿，号为"兔儿爷"。至望日，于月下设鲜果、月饼、鸡冠花、黄豆枝等物。人家妇女拈香先拜，男子后拜。以妇女为属阴，故祭月以先之。此乃取义之正也。礼毕，家中长幼咸集，盛设瓜果酒肴，于庭中聚饮，谓之团圆酒。

古人这样，今人亦然。笔者幼年时候的八月十五夜，在家院柿子树与石榴树之间，随母亲置长凳献供祭月。确乎是"明明三五月，垂影当高树。"（刘孝绰《林下映月》）自家果树上产的石榴红枣，母亲烙的月饼依次排列，香炉居中。母亲焚香望月，静默跪拜。圆月在天，一片清明。我侍立在侧，随之拜月，每次都觉得内心是那么平和、空明和温馨。"坐令天宇绝纤尘，世上青霄灿如故。"（解缙《中秋不见月》）仿佛此际超越了现实的情境，可以与神仙对话，彼此间有更多的交流回应。

记得初读富察敦崇《燕京岁时记》一段颇觉怪异。"惟供月时，男子多不叩拜。故京师谚曰：'男不拜月，女不祭灶。'"自己当时不就拜月了吗？

更多的田野作业，更多的文献阅读之后，笔者渐渐悟出，同样一个时代，同样一个地方，就可能有男子拜月、不拜月两种样儿。这会让后来者如堕五里雾中，亦让后来不读书者只凭一岭而障蔽千山。其实，百里不同风，十里不同俗。民俗往往是多声部的大合唱，也是不断融入新支流的浩浩江河，是看似矛盾冲突其实各行其道的立交桥。它不是千万年不变的文化常数，也不是单一频道的派定节目。民间亦有不少因种种缘由变易俗规的创举。男子拜月有拜月的依据，不拜月也有不拜月的说道。这才是文化的多样性。

二

客观地说，八月十五是一个再自然不过的日子，月亮也是亘古存在的美丽的星球。但我们这个民族，较早就创造了较为成熟的农耕文明，于是看太阳、月亮就有了自己的立场与色彩。春种，是从家庭走向田野，走向远方，是日出而作。且春是阳之生，一年之春可以一日之晨喻之。故春之始，岁首曰元旦。旦也者，太阳初出地平线也。而秋收冬藏，采集禾穗回家，可以喻为日落而息的下午。月亮是亲切的意象、圆满的意象，故重秋夕。中秋节古

来又称秋夕节,就是源自这种感觉。杜牧《八月十二日得替后移居霅溪馆,因题长句四韵》云:

万家相庆喜秋成,处处楼台歌板声。

文武之道,一张一弛。中秋之夜全民休闲下来,静坐院落,欣赏圆月。八月十五月儿圆,便喜不自胜;倘若此夜乌云遮月,便郁闷不乐。这似乎成了一个贯通古今的模式化民众心态。

一般人中秋不见月亮难免郁闷,高人韵士却自有化解之方。欧阳修就是其一。某年中秋,欧阳修与诗人王君玉备好酒席,叫来歌女,欲待月亮出来,便尽兴以诗、以歌、以舞。不料天不作美而大雨淋漓。二人坦然自若,兴致依然,雨自陪伴诗自吟,彻夜不眠中秋欢。有欧阳修诗歌《酬王君玉中秋席上待月值雨》为证:

池上虽然无皓魄,樽前殊未减清欢。
绿醅自有寒中力,红粉尤宜烛下看。
罗绮尘随歌扇动,管弦声杂雨荷干。
客舟闲卧王夫子,诗阵教谁主将坛。

这个王君玉似乎与中秋阴雨有缘。欧阳修与他待月彻夜有雨,晏殊与他待月还是有雨,真也奇了!据叶梦得《石林诗话》记载,晏殊留守南郡时，王君玉为府签判。平素二人诗酒为乐，可到中秋时却阴云满天。晏殊自觉扫兴而早早入寝。王君玉却兴冲冲前来邀请赏月游玩，晏殊以为无月可赏而宁愿卧床。或许受欧阳修乐观心态感染，或许王君玉本来就是个乐天派，他见状便写诗两句：

  只在浮云最深处，试凭弦管一吹开。

  是啊，若月亮真的掩藏在浮云深处，在吹管拨弦中跳跃出来岂不是大喜过望的事情吗？太好玩了！诗句若是像这样，能够说到人的心坎上，能够撼动心魄摇荡性情，那才叫诗呢。晏殊听罢大喜，翻身而起，准备酒宴，奏乐待月。轻爽的节奏伴随着心音同频点击，柔和的旋律围绕着雨声四周沁渗。果然夜半时，天开云散，雨霁月明。倘若人生有种种不测，风月自会慰人心。

  类似的情境后来不断出现。

  据朗瑛《七修类稿》记载，永乐年间，某次中秋开宴，恰遇密云蔽月，明成祖郁郁不乐。一人向隅，满座为之不欢，更何况是威威虎势的帝王心结不开呢。见此情景，在旁侍宴的大学士解缙口占《落梅风》词一阕：

  嫦娥面，今夜圆。下云帘，不着臣见。　　拼今宵，倚阑不去眠。看谁过广寒宫殿。

随即又滔滔不绝,意气风发地即兴赋《中秋不见月》一首:

> 吾闻广寒八万三千修月斧,暗处生明缺处补。
> 不知七宝何以修,合成孤光洞彻乾坤万万古。
> 三秋正中夜当午,佳期不拟嫦娥误。
> 酒杯狼藉烛无辉,天上人间隔风雨。
> 玉女莫乘鸾,仙人休伐树。
> 天柱不可登,虹桥在何处?
> 帝阍悠悠叫无路,吾欲斩蜍蛙磔冥兔。
> 坐令天宇绝纤尘,世上青霄灿如故。
> 黄金为节玉为辂,缥缈鸾车烂无数。
> 水晶帘外河汉横,冰壶影里笙歌度。
> 云旗尽下飞玄武,青鸟衔书报王母。
> 但期岁岁奉宸游,来看霓裳羽衣舞。

停杯待夜半之时,复见皎皎一轮,悬于中天,清辉满世界,温馨抚人心。明成祖开怀大笑道:"解缙真才子,夺天手也!"

有了这样一种超迈的心态,八月十五有月无月,都会成为一个催生艺术的时间。自古而今,圆圆的月亮挂在天上的时候,似乎一下子刷新了天地的艺术之屏。笔者多年前曾咏月一联:"一轮天上团圆月,万古人间不了情。"

真的,八月十五,仿佛击中了古今许多作家、艺术家心灵最柔软的地方,古往今来的艺术家们灵感飞动,精品纷列;也仿佛开启了文学艺术展演的序幕,让我们流连于文学艺术的图画中而不知此身何在。多少耳熟能详的咏月诗歌自不必说,仅以中秋为题咏月的名家亦成行列队:

> 满月飞明镜,归心折大刀
> 杜甫《八月十五夜月》其一

> 今夜明月人尽望,不知秋思落谁家。
> 王建《十五夜望月寄杜郎中》

> 未必素娥无怅恨,玉蟾清冷桂花孤。
> 晏殊《中秋月》

> 暮云收尽溢清寒,银汉无声转玉盘。
> 苏轼《阳关曲》

> 山中夜来月,到晓不曾看。
> 元好问《倪庄中秋》

更何况还有那么多令人心往神追的神话传说呢。

他们的种种微妙而清纯的情思寄寓在月亮意象之中,成为中秋节抒发

诗说中国　民俗卷

〔宋〕马远　《举杯玩月图》

心灵感悟的艺术源泉。而出门赏月，或者登山临水月下赏景，如汉代枚乘《七发》所述的官员"将以八月之望，与诸侯远方交游兄弟，并往观涛乎广陵之曲江"，或如宋人《新编醉翁谈录》所说民众"登楼或于中庭焚香拜月……"都超脱了柴米油盐酱醋茶和走户串门的世俗计较，成为心地空明、直逼天地境界的行为艺术。中秋节又名追月节、玩月节，似也道出其艺术性的特质来。

三

月在天上，而赏月的人们则立足于大地，赏月时所吟所唱所思所想都与与月共存，此际人神共享，形成一个令人着迷的理想境界。

元代林坤的《诚斋杂记》就写了一个人神交汇的婚恋故事。

话说钟陵西山每逢中秋节，都会有贵族俊颜召邀名姝美女，在月光下歌舞赏月。车马相接，蔓延十里。文箫是一位文雅书生，观赏中忽见一貌美若仙的佳丽目光盯准了自己。彼此一见钟情，四目相对，脉脉含情，顾盼不已。更不可思议的是，她所唱歌词超常地大胆，似在邀请自己：

若能相伴步仙坛，应得文箫驾彩鸾。
自有绣襦并甲帐，琼台不怕霜雪寒。

此时此刻的文箫，禁不住做非分之想，莫不是天仙专意为自己腾云驾雾而来？要不然，为什么要深情地唱"得文箫"如何如何呢？不会是无意间与自己姓名巧合吧?且说文箫心思万转推敲捉摸不定之时,只见那歌女唱罢,转身便穿越松林,向云雾遮裹的山峰飘然而去。文箫像作家迅即捕捉灵感一样,不肯放过这天赐良机,急急尾随其后,在云缠雾绕中登临绝顶。谁知此时风雨骤至,面前一朵祥云降落,有仙童持天书而至,宣判吴彩鸾以私欲泄天机,当谪为民妻。此时此刻,所谓的天上降罪实质上顺遂人愿,就是赐福人间。仙女吴彩鸾便与文箫巧结良缘,居于松风鸟语花香泉碧的钟陵山下。

  仅从神话来看,文箫彩鸾的中秋爱情顺风顺水,来得太美好太浪漫太轻快太顺畅了。刚刚拉开帷幕便是美好的尾声。生活不幸诗家幸,事不坎坷难动情。一帆风顺的事情在生活情境中是再美不过的,但在文学或艺术中就略显浅浅淡淡,还需要进一步推演,增益意蕴。

  远古以降,以圆月为核心的八月十五还拓成一个有意味的哲学时间。春日秋月,昼日夜月,年复年,日复日,历代先贤自然会关注于此并反观人生。太阳灼然不可直视,月亮宁静可以凝视触发悠远哲思。伟大的屈原就曾在《天问》中思考月亮:

  夜光何德,死则又育?
  厥利维何,而顾菟在腹?

  夜晚的月光何德何能,死亡(月朔)之后竟能够又孕育成长,再度辉煌?而月亮又哪来的滋养,让蟾蜍、玉兔活跃其中?屈原感悟而质疑,就是想追根问底抖擞出个为什么来。

这样的诗句与嫦娥奔月、玉兔捣药、吴刚砍桂等神话一样，既是艺术化的浪漫想象，更是哲学味的人生思索。月圆月缺，无终无始；玉兔捣药，是人们寻求长生不老、生命价值永恒的直觉造型；嫦娥奔月，蕴于其中的是渴望优于他人亦畏惧失却亲和而高处不胜寒的纠结心态；仙人吴刚被罚砍五百丈高的桂树，可那桂树随砍随合，刀刃刚离开，那砍痕又迅即合拢，如此无限循环，这仿佛成为人生苦役与创造的象征，直与希腊神话中的西西弗斯推石上山情境同质同构。

而辛弃疾《木兰花慢·可怜今夕月》小序说："中秋饮酒将旦，客谓前人诗词有赋待月，无送月者。因用《天问》体赋。"词中曰：

可怜今夕月，向何处，去悠悠。是别有人间，那边才见，光影东头？是天外空汗漫，但长风浩浩送中秋？飞镜无根谁系？姮娥不嫁谁留？

难得辛弃疾，立足月下，放眼辽远，思接千载，浮想联翩，拓开了博大而美丽的想象空间，新颖而敏锐的哲思触角，直与千年后的科学发现相吻合。今天读来，仍觉新鲜，仍觉有味。他在久久的郁闷中，反思人类生活空间有突破的可能吗，他在追寻是否还有别样可能的时间。如此奇思妙想，真真令人俯仰感喟。敏锐的王国维在《人间词话》中惊叹不已："稼轩中秋饮酒达旦，用《天问》体作《木兰花慢》以送月，……词人想象，直悟月轮绕地之理，与科学家密合，可谓神悟。"

四

八月十五还是一个生活时间。

节日娱神，最根本的意义还是娱人。天上月团圆地上人团圆，这个节日里，民众人为地创造了一个休闲的时空。《帝京景物略》载："八月十五祭月，其饼必圆，……其有妇归宁者，是日必返夫家，曰团圆节也。"据资料载，宋代中秋节公职人员享受一天假期。这就使得节日娱乐可自上而下为全民所拥有。

而节日所食月饼，便成为全民共享的礼仪食品。清袁景澜《咏月饼》诗兴致勃勃地写道：

> 入厨光夺霜，蒸釜气流液。
> 揉搓细面尘，点缀胭脂迹。
> 戚里相馈遗，节物无容忽。
> …………
> 儿女坐团圆，杯盘散狼藉。

邻里相亲，天伦之乐，生活的情味永远舒贴人心，其凝聚在八月十五的中秋，凝聚在圆圆一枚月饼上。月饼自然成为横贯历史滋味悠长的佳肴。它与大年饺子、元宵汤圆、端午粽子一样，都是有馅的有包孕的食品，都是咬破混沌开天地的神圣节物，都有着新年鸡子一样炼形刷新的神异功能。但古来诗人的喟叹更多的是此时此地的情景感受，着意当下的生活感悟。如张九龄《望月怀远》所述：

> 海上生明月，天涯共此时。

如王建《十五夜望月寄杜郎中》所感叹：

> 今夜月明人尽望，不知秋思落谁家。

如孟浩然《秋宵月下有怀》所期待：

> 佳期旷何许，望望空伫立。

如苏轼《阳关曲》所珍重：

> 此生此夜不长好，明月明年何处看。

这是一种生命与平等的意识，唤醒它，需要人们从世俗的体力脑力劳作中解脱出来，从柴米油盐酱醋茶的生活情境中解脱出来，从日常生产的小格局中解脱出来，从身份级别、社会地位、性别年龄等世俗褒贬区隔的框架中解脱出来，让所有人卓然独立，突然以自身不曾有过的形象直接面对山水自然，面对夜空面对月亮，面对神话与诗歌，与历史与天地人神相通，获得不曾有过的生活意趣，获得某种形式与心灵的自由，也获得人生境界的提升。

于是乎，神圣时间、文学艺术时间、哲学时间和生活时间在八月十五融为一体，建构了中秋节神圣而亲切的节日氛围。古来人们叫它月夕、秋节、仲秋节、八月节、八月会、追月节、拜月节、女儿节或团圆节，正是这种种意蕴的表达。

鲜花须插满头归

—— 诗说重阳服饰 ——

说起重阳节，人们自会想到登高宴享、赋诗射箭，赏菊饮菊花酒等活动，这些一再为历代文献所记录，一再为历代诗人所吟咏，成为大家耳熟能详的民俗事象。

而这里将打开重阳节的一个新窗口——插茱萸，簪花，脱帽，行梅葛诞，等等。这些都是重阳节这棵大树枝条上绽开的服饰节俗之花，它们或普及全国，或地域生香，但都有姿有态，有情有味。

九月九重阳节,是汉代就成形的一个传统节日。[1]说起重阳节,人们自会想到登高宴享、赋诗射箭、赏菊饮菊花酒等习俗,这些一再为历代文献所记录,一再为历代诗人所吟咏,成为大家耳熟能详的民俗事象。这里笔者试图换个角度,谈谈重阳服饰。

一

提及重阳节,首先泛上心头的是这样一首脍炙人口的诗篇:

独在异乡为异客,每逢佳节倍思亲。
遥知兄弟登高处,遍插茱萸少一人。
王维《九月九日忆山东兄弟》

诗歌不只写出"每逢佳节倍思亲"的典型心态,还告诉我们,就在王维写诗时刻,在这个重阳节日里,遥远的家里每个人都应佩戴着茱萸,唯独自己身在异乡,没有跻身其中。类似的情景,杨衡《九日》诗句也有表达:

不堪今日望乡意,强插茱萸随众人。

内心深处的思乡之情无处安慰,此时却勉强以节俗从众插饰茱萸在身。那该是怎么样的情怀、怎

[1] 韩养民、郭兴文:《中国古代节日风俗》,陕西人民出版社2002年版,第268页。

么样的滋味呢？我们知道茱萸在身的方式，汉代是系臂，魏晋是头上簪插，唐代则是兼而有之。而且随着茱萸地位的不断升高，佩戴逐渐让位于簪戴成为一种趋势。那为什么要佩戴或插簪茱萸呢？这可有说道了。

一种说法是其源自汉初宫女祈福。相传西汉戚夫人为吕后所害后，侍奉戚夫人的宫女被逐出宫，便传出了九月九佩茱萸祈福的宫中习俗。虽说精英文化的宫廷往往是流行的发源地，但大众生活其间的民间往往是创造与传承的培养基。

另一说法是其源自武帝宫女所说的祈寿。据葛洪《西京杂记》："汉武帝宫人贾佩兰，九月九日佩茱萸，食饵，饮菊花酒，云令人长寿。盖相传自古，莫知其由。"

还有一种说法是其源自东汉费长房消灾之法。据《续齐谐记》记载，东汉年间有个汝南人桓景，跟随方士费长房学道术。某天，费长房告诫他：九月九日将有大祸临头，你让家人佩戴一只装有茱萸的红色袋子，登高处，饮菊花酒，便可躲过灾难。桓景照办了，晚上归来，看到自家鸡猪狗都暴死了，便认定是家畜代人受了祸。四方相沿成俗，登高佩茱萸从此就升格与重阳相伴相行了。

探究个中缘由，或许在传统意识里，九是最大阳数，两九相重，达到数的极致。而物到极时终必反，须谨慎防范灾难降临。故九月九日是逢凶之日，多灾多难。

灾难需要化解，有驱虫、去湿、治寒驱毒作用的茱萸便成为首选，茱萸因此被人们称为"辟邪翁"。每逢重阳，人们或将红茱萸佩戴于臂，或将其置于红色或紫色香囊（称为茱萸囊）之中佩戴，或将其插在头上。祝福添寿的辟邪物成了重阳服饰的一道风景线。何况茱萸还是屈指可数的香料呢。

再说茱萸花之明黄，果之鲜红，恰与数千年来崇尚红黄二色的民族传统相吻。自先秦以来我们民族的服色尚赤崇黄，黄色自唐代为皇室垄断后，民间不能问津。此际，红黄之崇尚别出心裁，异军突起，以特殊的方式营构出服饰境界，或与绛囊红红相配，或与菊花红黄比并，或红果从黄花衍生而来将其涵孕其中，看似简单，却也意味深长。而紫色因老子"紫气东来"的故事而与神仙搭界，遂在后世朝廷品服色中压倒赤红而成为仅次于天子黄色的尊宠者，茱萸黄花红果纳入紫色香囊之中，"红得发紫"的美好祈愿便也不言而喻了。

唐人喜张扬而创出茱萸插鬓的新风貌，传统佩戴于胳臂的模式也在延续。唐代不少诗歌便很好地记录了这一服饰文化现象：

百生无此日，万寿愿齐天。
芍药和金鼎，茱萸插玳筵。
王维《奉和圣制重阳节宰臣及群官上寿应制》

茱萸正可佩，折取寄情亲。
孟浩然《九日得新字》

> 茱萸插鬓花宜寿,翡翠横钗舞作愁。
> 谩说陶潜篱下醉,何曾得见此风流。
>
> 王昌龄《九日登高》

> 他日头似雪,还对插茱萸。
>
> 权德舆《酬九日》

无论在朝在野,重阳时节茱萸在身,诉说吟诵无不大气、从容、典雅、愉悦,一派盛唐气象。而到了宋朝,格调又为之一变。试读陆游《秋夜》中的诗句"重阳卧看登高侣,满把茱萸只自愁",在这里众侣欣然登高,自己只能卧看而不能同乐,只有羡慕的份儿了。一片向往之意、期待之心,只能像茱萸一样攥在手心而不能挥洒出去,翻而酝酿成愁绪。虽说诗人不能登高的种种缘由或属偶然,但字里行间渗透出来的却是末世的惆怅。

二

晚唐以后,佩戴菊花习俗渐渐兴盛起来。[2]

杜牧《九日齐山登高》一诗写出了当时的景致:

> 尘世难逢开口笑,菊花须插满头归。

宋代时,偶有将彩缯剪成茱萸、菊花来相赠佩

---

[2] 《御制佩文斋广群芳谱》引唐李绰《辇下岁时记》:"九日,宫掖间争插菊花,民俗尤甚。"

戴的。

宋元之后，佩茱萸的习俗逐渐式微，重阳所戴便多为菊花。

明代时，宫中根据时令而换穿不同质料的服装，并为接地气吸收民俗，加饰时令应景花纹。《明宫史》载，重阳节时，"御前进安菊花……宫眷内臣自初四日换穿罗重阳景菊花补子蟒衣"。

茱萸花黄，菊花也黄，同样九月开放，品类比茱萸多得多，且又开得更为大气圆润。记得生性淡泊的孟浩然重阳节路过故人庄，美餐饱饮一顿之后，竟还预约着下个重阳日"还来就菊花"！菊花有"长寿花"的美称，与茱萸祝寿功能相同，可等物代换啊。再说当初佩戴茱萸时，黄服色可人人着之。而到唐时却只能皇家穿戴，平头百姓不得染指。花儿不是衣服，官方没有限制，何不借着节俗的屏障，坦然僭越这一明黄的色彩呢？菊花凌霜而开，气质直逼有气节的腊梅花，它悄悄地向服饰领域拓展。《陶庵梦忆》中记载明代重阳节习俗说："兖州缙绅家风气袭王府。赏菊之日，……其衣服花样，无不菊者。夜烧烛照之，蒸蒸烘染，较日色更浮出数层。"

不知是菊花的品性更惹人喜爱，还是前有车后有辙的路径依赖心理，渐渐地，在朝在野的都簪戴起来了，歌咏簪菊戴花的诗句多了起来：

绿杯红袖称重阳，人情似故乡。　　兰佩紫，菊簪黄，殷勤理旧狂。
晏几道《阮郎归》

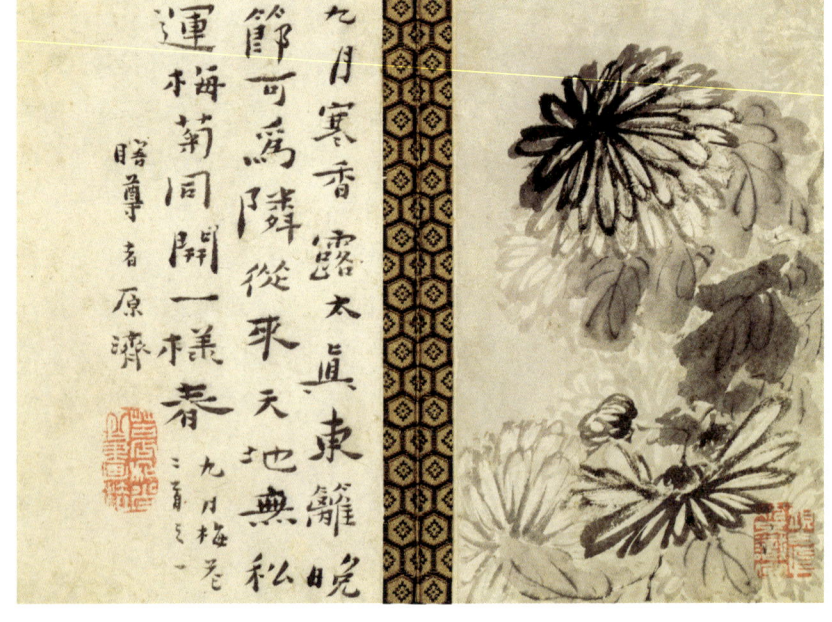

〔清〕石涛 《山水花卉图册·菊花》

> 风前横笛斜吹雨，醉里簪花倒著冠。
>
> 黄庭坚《鹧鸪天·座中有眉山隐客史应之和前韵，即席答之》

> 儿童共道先生醉，折得黄花插满头。
>
> 陆游《小舟游近村，舍舟步归》

> 白头陪奉少年场，一枝簪不住，推道帽檐长。
>
> 辛弃疾《临江仙·簪花屡堕戏作》

艳艳扮饰君莫笑，簪花戴朵源流长。在这里，重阳节男女老幼如此簪戴，就与我们民族崇拜花卉的古老传统对接上了。

遥想距今六七千年的新石器时代，华山脚下的先民们在彩陶上手绘了一连串玫瑰与菊花图纹，具象抽象意味兼备。对此，考古学家苏秉琦吟诗赞曰："华山玫瑰燕山龙。"这里的华山之花与燕山之龙，平起平坐，前后响应，同属远古先民创造的图腾意象。虽说后来花图腾崇拜看似截流断线了，但华花同构，以华领起的一系列词汇华山、华夏、华人、华侨、中华民族等等，难道不是有意无意提醒如同我们是龙的传人一样，我们也是堂堂正正的花的传人吗？想想这些花儿朵儿经朝历代一再佩在臂上、戴在胸前、簪在头上，莫不是呼应了深隐埋藏的集体无意识？了解了这些，才好理解更大范围、更大群体的戴花现象。清代学者赵翼《陔馀丛考·簪花》对这做了爬梳订正之后说道："今俗惟妇女簪花，古人则无有不簪花者。"

宋无名氏《鹧鸪天·上元》词云："日暮迎祥对御回，宫花载路锦成堆。"写的就是汴梁街道盛景，宋徽宗意在与民同乐，官员们簇拥前后，百姓们夹道迎送，人人头上花朵盛开，似花的家园，似花的海洋。类似的场景也出现在宋朝，只不过时过境迁，平台不在汴梁而是临安了：

万数簪花满御街，圣人先自景灵回。
不知后面花多少，但见红云冉冉来。
姜夔《春词》

十里长街，群臣簇拥皇上，人流似潮水汹涌而来。车马仪仗队中，大象为万众瞩目。御街两边观者如堵。文武百官和教坊仪仗队气宇轩昂，按身份级别帽檐上簪戴或大或小、或多或少的朱翠花朵。如果说平时戴花是一种潮流与时尚，那么此刻簪戴皇帝所赐之花，便是一种难得的殊荣。在光天化日之下众目睽睽之中，这份荣耀正如演员登上了舞台，泳者跃入了水中。

南宋周密《武林旧事》记载，在庆贺太上皇宋高宗八十寿诞的宴会上，"自皇帝以至群臣禁卫吏卒，往来皆簪花"。皇上赏赐的簪花就是国家级奖章，一大把一大把地撒将出去。赐者无所谓，不过是园中少了一些枝叶而已。获者却似得到国家级别的奖章，感到至高无上的荣耀，此际此花好像一件物品进入寺院经过开光，身价已逾百倍。

到了明代仍是这样。高明《琵琶记·杏园春宴》述：

> 嫦娥剪就绿云衣，折得蟾宫第一枝。
> 宫花斜插帽檐低，一举成名天下知。

在一个喜爱花卉的社会中，群体是这样，个体也是这样。正规场合是这样，私下也是这样。

话说宋真宗到泰山封禅前夕，任命陈尧叟为东京留守。封官完毕，宋真宗留他宫中宴饮，君臣头戴牡丹，喝到高兴处，宋真宗从自己头上取下一朵最名贵的牡丹，亲自为陈尧叟戴上。皇恩浩荡，岂有不谢之理？独裁统治下的任何一个群体，哪怕恩赐一个小水果，也要展览多日敲锣打鼓游行庆祝一番才算恭顺敬畏。谁知宴罢刚出门，一阵风袭来，一片花瓣落地，陈尧叟赶紧拾起，小心翼翼揣进怀里，喃喃说道："此乃官家所赐，不可弃之。"伴君如伴虎，虽事关花瓣末事，但揣摩其话语滋味，不知是矜持、矫情、恐怖还是惋惜。

而相对说来，苏轼就潇洒自在多了。他自许上可陪伴玉皇大帝，下可陪伴田院卑乞儿，眼前见天下没有一个不是大好人。于是说话尽情随意，毫不设防。其《吉祥寺赏牡丹》自述簪戴一朵，却又情不自禁地自嘲道：

> 人老簪花不自羞，花应羞上老人头。

《陪欧阳公燕西湖》自述其在师长面前插戴花冠，载歌载舞，全然没有后世酸儒的拘谨畏缩：

插花起舞为公寿，公言百岁如风狂。

豪迈清峻的陆游亦是如此。他的《观梅至花泾高端叔解元见寻》其一趣写自己流连簪花的痴迷：

春晴闲过野僧家，邂逅诗人共晚茶。
归见诸公问老子，为言满帽插梅花。

戴复古《村景》就活画出乡村长者人人簪花的乐趣：

坐中翁妪鬓如雪，也把山花插满颠。

不用更多举例，引欧阳修《牡丹记》一句概括此时簪花风潮再恰当不过了："春初，城中无贵贱，皆插花，虽负担者亦然。"谁能料想到，今天统计宋词所写男子簪花，竟是女子簪花的四倍啊。

虽说簪花有远古神圣的源头，也有节庆崇高的意蕴，但世俗总是不断以传奇故事演生出新的枝芽，助成再生意蕴或次生意蕴。

据说庆历五年（1045），韩琦任扬州太守时，官署后花园有一种芍药一枝四岔，每岔开花一朵，花瓣红色，一圈金黄蕊点缀其中，被称为金缠腰，又叫金带围。花色不仅美丽、奇特，而且据传说此花一旦开放，城中就要出宰相。

当时，同在大理寺供职的王珪、王安石两个人恰在扬州，韩琦便邀其一同观赏。因为花开四朵,又临时邀请路过此地也在大理寺供职的陈升之参加。饮酒赏花时,韩琦欣然剪下这四朵金缠腰,每人头上插了一朵。说来颇神奇,此后三十年中,这簪花的四人竟先后都做了宰相。不知是巧合还是着意安排,或许彼此相当者才有会聚的可能,或许这四人任宰相之后才有传说生根发芽绽开。

总之这个故事传播出去,就是有名的"四相簪花"佳话。

不管别人怎么看,富有科学家气质的沈括竟也浪漫一回,将其作为真实的事件,录入《梦溪笔谈·补笔谈》之中。时过几百年后,"扬州八怪"之一的黄慎专门绘制了一幅《四相簪花图》条轴及一幅《韩魏公簪金带围图》。不知黄慎挥毫泼墨的时候,是另有颠覆天地的巨大抱负呢,还是有世俗的簪戴花卉之冲动。

三

重阳节有许多别名。

人们耳熟能详的莫过于登高节、茱萸节、菊花节,却很少有人知道它又被称为落帽节,染纺业行业此日要举行"梅葛诞"。

是的,九月九日古来即被称为"脱帽之辰",这源于东晋时期。

话说陶渊明外祖父孟嘉豁达豪放,才思敏捷,学识渊博。永和年间曾在大将军兼荆州刺史桓温幕下当参军。某年九月初九,桓温在龙山之巅邀集宾客,登高设宴。楚楚衣冠,杯盏相酬,诗文互答,真可谓少长咸集,高朋满座。不料忽然风来,吹得孟嘉帽子落地,而孟嘉已酒至半酣,陶醉在山水诗境之中,

诗说中国　民俗卷

〔清〕陈枚　《月曼清游图·重阳赏菊》

全然不知自己早已脱帽露顶于大雅之堂。桓温看在眼里,先是示意周围静观其态,继则命在座的孙盛述此嘲讽,以图增彩添趣。孙盛援笔即书,插科打诨,嘲讽诙谐。而孟嘉虽至微醺,却心定神闲,在众声喧哗中,下笔千言,坦然作答,文采斐然。满座灿然叫好。彼此才华横溢,趣味横生,哪能不传为千古佳话呢?

此事并非虚泛的传说,而确有文献可证。多年后,陶渊明撰文《晋故征西大将军长史孟府君传》兴致盎然地记述此事:

> 九月九日,温游龙山,参佐毕集,四弟二甥咸在坐。时佐吏并著戎服。有风吹君帽堕落。温目左右及宾客勿言,以观其举止。君初不自觉,良久如厕。温命取以还之。廷尉太原孙盛为咨议参军,时在坐。温命纸笔令嘲之。文成示温,温以著坐处。君归,见嘲笑而请笔作答。了不容思,文辞超卓,四座叹之。

从杜甫《九日蓝田崔氏庄》一诗中也可对"落帽节"这一别名窥知一二:

> 老去悲秋强自宽,兴来今日尽君欢。
> 羞将短发还吹帽,笑倩旁人为正冠。
> 蓝水远从千涧落,玉山高并两峰寒。
> 明年此会知谁健?醉把茱萸仔细看。

诗仙李白《九日》也有"落帽醉山月，空歌怀友生"的诗句。诗仙浪漫，自是世俗礼仪缚不住者。张旭尚可脱帽露顶王公前，李白重阳独酌，落帽与山月同醉，虽与传统礼俗相疏，却吻合落帽节之原趣，可谓"诗意的栖居"之一解。赵嘏在《重阳日寄韦舍人》中也提到"不知此日龙山会，谁是风流落帽人"，是期待也是感叹。历代对这一母题的吟唱如遍地斟泉不择地而涌出。[3]

重阳节里，百行中的染纺业要举行盛大的仪式纪念"梅葛诞"。"梅"指西汉人梅福，"葛"是东晋葛洪。谁也没料到德高望重的这二位，在这里却成了染业颜料业的守护神。或许这一身份定位与梅福曾在王莽朝弃家修仙有关？与葛洪精于炼丹娴于化学变化有关？或许是他俩都是传说中的神仙，被称为梅仙翁、葛仙翁的缘故？将两位相距遥遥的人物相依相伴聚拢一起，与世俗的印染深层相联，显然只有野岭密林明月白云的神话才能做得到。

这里有一个有趣的民间传说。

据《中国民艺采风录》记述：话说古人原只穿蓑衣，人们满山遍野采集野草啊，棕榈啊，什么的编织起来，抵风挡雨；接下来翻山越岭，采集葛藤，植育亚麻，沤泡剥皮，纺织裁剪；最后竟能驯养家蚕，获取丝绸，那色彩自然都是原生态的样儿，单调，不耐脏。一般人或许

---

[3] 如李群玉《重阳日上渚宫杨尚书》："落帽台边菊半黄"；李之仪《千秋岁》："强铺同处被，愁卸欢时帽"；刘辰翁《减字木兰花》："高处风吹帽不牢"；刘辰翁《玉楼春》："龙山歌舞无人道，只说先生狂落帽"；郑谷《重阳夜旅怀》："强插黄花三两枝，还图一醉浸愁眉"；戎昱《九日贾明府见访》："却笑孟嘉吹帽落，登高何必上龙山"；陆游《夔州重阳》："佳日掩门君莫笑，病来纱帽不禁吹"；等等。

只想着其滥熟无趣，捉摸着在色彩上换个花样儿。可那天子却想着如何通过服饰的变换来治理老百姓的事情。

　　终于那天子想出了一招，用服装色彩来区分高低贵贱，就规定天子穿黄，大臣穿红，平民百姓嘛，就穿青衣蓝衫。这样打眼一看，从服色上就知道你是张三李四王麻子，任什么职负什么责，一生的档案就穿在你的身上。于是街头到处张榜，招募能染三色的能工巧匠。

　　恰在这时，梅仙翁种植了蓝草，葛仙翁发明了蓝草沤靛染青法。听到此事后，葛仙翁带着蓝靛，在重阳节那天到了京城，和梅仙翁揭了染蓝布的皇榜。当天子看到葛仙翁投于染缸的白布，一下子变得焦黄时勃然大怒，将梅葛二仙翁斩杀了。但将布捞出来后，谁知看着看着颜色慢慢变了，隐隐地回黄转绿，继而由绿而蓝，色彩鲜亮厚润。天子当即心知肚明，知道自己错了。为补过，不下罪己诏，而是凭借册封天下的权力，忙封梅葛二仙翁为染布缸神。如此天真可爱的传说，在民间印染行业中居然有着全众皆信的影响。因此，每逢九月九，各地染坊都有祭祀梅葛二位仙翁的习俗，为重阳节开辟出一个人神交流平台。

　　插茱萸，簪花，脱帽，行梅葛诞都是重阳节枝条上绽开的服饰节俗之花，或普及全国，或在地域生香，但都有姿有态，有情有味，自古而今，东西南北。写到这里，想弱弱地问一句，今天的重阳节俗，树大根深的重阳节，能不能让我们眼前一亮，开放出新颖的花儿朵儿来？

相传冬至大如年

诗说冬至

沿着诗句"相传冬至大如年"摸索前去，渐渐地知道了冬至在周代本身就是年节。在它退出年节许久许久之后，仍然被尊称为"亚岁"，它的前夜仍称"除夕"。它在悠远幽暗的集体记忆的隧道中贯通古今。

更多的资料与活态的民俗说明，不只有名分，冬至更有着年节一样的仪式：祭祖拜长、献履献袜、吃饺子圣餐、新衣贺节……

在笔者的记忆中，冬至是冬季短暂的白天慢慢变长的开始。这一感悟源自幼年时听母亲即兴吟诵的童谣。那歌谣是这样的：

> 过冬至，长枣刺。
> 过五豆，长斧头。
> 过腊八，长杈把。
> 过一年，长一橡。

我们知道，冬至日太阳到达黄经二百七十度，阳光直射南回归线，此时北半球白昼最短，其后阳光直射位置向北移动，白昼渐长。冬至是全年中白天最短、黑夜最长的一天。过了冬至，白昼一天天长起来，黑夜一天天短下去；寒冷渐渐式微，阳气渐渐升起。童年时常听母亲吟诵的这首冬至歌谣，余音是那么悠长，现在似乎还响在耳边。年节招手示意一般与冬至遥遥相望，仿佛久别的亲人从远处走来，在盼望中走近。而白日的长度则如一个鲜活的生命，不断地增高长大，让人欣喜。冬至则是这一切的开端，是让人惊喜的幼体与开端。文史资料对这方面的描述更为清晰透彻。[1] 类似的咏唱也不少。如诗人杜甫《小至》："冬至阳生春又来。"如韩偓《冬至夜作》："阳气今从地底回。"如赵孟頫《题〈耕织图〉二十四首奉懿旨撰》其二十三："冬至阳来复，草木渐滋萌。"

然而这一切，都没能使冬至的名分跨越一般节令的阈限。

---

[1] 如《月令·七十二候集解》中说："十一月中，终藏之气，至此而极也。"《通纬·孝经援神契》云："大雪后十五日，斗指子，为冬至，十一月中。阴极而阳始至，日南至，渐长至也。"

一

"相传冬至大如年。"这是清代徐士铉《吴中竹枝词》中的一句诗,却又是响彻神州大地的一声呐喊。

是的,徐士铉虽以不确定的口吻说出,却道出人人意中有而口中无的声音,至今余波荡漾,仍是人们时时说起耳熟能详的诗句。它直接说破冬至这一节日盛大如同年节。史志文献对此也有记载,如《无极县志》:"冬至,祀先,拜尊长,如元旦仪。"这是明确将冬至名分尊同于年节的历史告白。

一年三百六十五天,四时八节中,屈指细数,谁个敢挺身而出与年节相提并论呢?冒天下之大不韪,应声与年比肩而立的节日,该是底气怎样十足的一个节日呢?

在资料的阅读中,笔者发现冬至确乎来头有点大,或称"亚岁",即仅次年节的亚岁。

如七步成诗、才高八斗的曹植《冬至献袜颂表》所颂祝的:"伏见旧仪,国家冬至……亚岁迎祥,履长纳庆。"亚岁,说的就是冬至,岂不是说它就是仅次于大年的年节吗?这岂不令人滋生节外生节、年中有年的联想与困惑吗?

再如胡朴安《中华全国风俗志·临安岁时记》:"冬至俗名亚岁,人家互相庆贺,一如新年。"

曹植说冬至为国家节日,可见其神圣庄严;胡朴安说其另有俗名,可见其在民众中早已约定俗成,成为不思量自难忘的集体记忆。这里说冬至仅次于年节,它或许多少仍带着年节的风采与威仪吧。如此看来,冬至确有越轨的韵致，它并不满足于仅是普通节日行列中的一员。在浩如烟海的文献中，不少地方直呼冬至前夜为除夕、除夜，似乎透露出它与年节剪不断理还乱的一些深层联系。[2]

如果说上述资料都是概括性的宏大叙事，那么更为亲切的个人叙事似更能说明问题。白居易《邯郸冬至夜思家》：

> 邯郸驿里逢冬至，抱膝灯前影伴身。
> 想得家中夜深坐，还应说着远行人。

此诗写透冬至日深切的佳节思亲之情，属于在外思乡念家的模式，若结合陆游《辛酉冬至》诗歌来看，可见冬至节别具深意，不难理解何以诗人在冬至节里倍思亲。我们在这一领域里黑暗中的蜗行摸索便豁然开朗了：

> 今日日南至，吾门方寂然。
> 家贫轻过节，身老怯增年。

大气磅礴的陆游，诉说中把冬至看作"天增岁月人增寿"的节日，冬至的更深层的意味不言而喻。

尽管还可以举出一些文献例证，但这些也足以说明了冬至并非一个普通节日，它确

---

[2] 二十四节气的名称在周代就已经固定下来。汉代略有变化，即只把雨水提到惊蛰之前。《淮南子·天文训》中二十四节气的排列顺序为：冬至、小寒、大寒、立春、雨水、惊蛰、春分、清明、谷雨、立夏、小满、芒种、夏至、小暑、大暑、立秋、处暑、白露、秋分、寒露、霜降、立冬、小雪、大雪。这自然与我们现在的顺序不一样，因为它是周代以冬至为年的遗痕。

乎极具张力，在搅混或颠覆着什么。而且其张力如同射线一样朝着一个固定的目标，让我们明确，冬至是要与年节携手结伴而行的。也让我们困惑，冬至可以攀附年节，到底是什么缘故呢？它们有内在的联系吗？如果冬至乃年节，那么人们会进一步追问，那是在什么时代？它是什么样的年节呢？千万年的历史日月轮替，欲说悠悠当年往事，好困惑，谁能厘清远古记忆中的冬至节庆流变史呢？

二

据《史记·历书》记载，依改朝换代便要改正朔易服色的惯例，周代确立了以夏历十一月为正月的时间秩序。那么它有可能以冬至为年节吗？《诗经·豳风·七月》所描绘的周人在田禾丰熟之后庆祝狂欢的"九月肃霜，十月涤场"的场面之后，不就是在十一月开始过年了吗？那可是冬至所在的时间段啊。

> 朋酒斯飨，曰杀羔羊。
> 跻彼公堂，称彼兕觥，万寿无疆！

这不就是年节的狂欢热闹与庆贺祝福的味道吗？从历法上说，向前一点，商以夏历的腊月为岁首；向后一点，秦以夏历的十月为岁首，汉初依然。那么，冬至节是否就裹挟在历史之中成为周历的岁首，而曾经承载着辞旧迎新的殊荣呢？

诗语年节　相传冬至大如年

〔清〕佚名《十二月令图轴·十二月》

清人蔡云一首七言绝句《吴歈》更是透出了尘封于历史的深层信息：

有几人家挂喜神，匆匆拜节趁清晨。
冬肥年瘦生分别，尚袭姬家建子春。

诗句是说挂喜神、祀祖、拜尊的民俗活动热闹异常，那隆重规模简直要大于元日年节，弄得有点冬肥年瘦的味道。末句是说这原也正常，只不过重温历史的记忆，沿袭周代的年节罢了。古代用十天干和十二地支相配纪年纪月纪日纪时，如甲子、乙未等。夏代的历法岁首是正月，正月属寅月，称为建寅。商改朝换代后改正朔，以夏十二月为岁首，称建丑。周代商后，仍在易正朔的思维惯性上滑行，以夏历十一月为岁首，故曰建子。岁首是春季之始，诗句便称"建子春"。周天子姓姬，说"姬家"直指周朝。周朝岁首在"建子"，即冬至所在的十一月。相对于汉以后的建寅年，此后的冬至节就是既往年节的残存与遗痕。毕竟冬至是曾经的岁首，出于民族的集体记忆，过冬至仍是那么温馨，仍是过旧年，人们仍要拜贺走访，仍新衣美食，冬至年节随历史逐渐淡化后那感觉仍保存着，年节仪式或浓或淡地惯性地延续着。

在历史的记忆中我们果然找到了一丝线索。

《月日纪古》载：《周礼曰》"祀昊天上帝于圜丘，注曰冬至日祀五方帝及日月星辰于郊坛"，"《淮南子》……又云冬至日，天子率三公九卿迎岁"。以九五天子之至尊，天子公卿车骑森严，旗帜辉煌，冠冕堂皇，黄钟大吕，来到郊坛敬五方大帝，拜天拜地迎新岁，这不是给我们以相当空阔的想象空间吗？如此这般的朝贺享祀规模与级别，无疑引导着我们的思绪朝着一个固定的方向延伸开去。

倘再向前追溯，冬至作为年节还真是源远流长呢。

据《史记·封禅书》载："黄帝得宝鼎神策，是岁己酉朔旦冬至，得天之纪，终而复始。"这就是说，黄帝时的己酉年元旦正是冬至，是"得天之纪"，就以冬至为元旦，天地轮回以此为原点，"终而复始"了。后人看重冬至，隆重节庆，不只是"尚袭姬家建子春"，"冬至曾是年"早早从人文始祖黄帝时代就已经开始了。

文献中有记述，古人也特别关注到这一点。陆游《老学庵笔记》中说："予读《太平广记》三百四十卷有《卢顼传》云：'是夕，冬至除夜。'乃知唐人冬至前一日，亦谓之除夜。"冬至过后便是新春新岁的到来，便是生活新境界的开启。这似乎成为民族文化的集体记忆，成为诗人咏叹的思维定式。如杜甫诗《小至》："天时人事日相催，冬至阳生春又来。"韩偓诗《冬至夜作》："阴冰莫向河源塞，阳气今从地底回。"朱淑真诗《冬至》："黄钟应律好风催，阴伏阳升淑气回。"

于是乎，在中国文化格局中，天干地支的序列以冬至为起始，九九消寒图也以冬至为开端，二十四节气也以冬至为原点。[3] 冬至，成为中国文化时间一个

---

3 如《江南志书》记嘉定风俗："冬至，邑人最重，前一日名'节夜'，亦谓之'除夜'。"袁枚白纸黑字认真地考证一番后，在《随园随笔·天时地志类》中郑重其事地下了断语："《天平广记·卢顼传》'是日冬至除夜，卢家备粢盛之具'，是冬至夜亦名除夕也。"胡朴安《中华全国风俗志·吴中岁时杂记》载，"节前一夕，俗呼冬至夜"，此志记述节日更为具体丰满："郡人最重冬至节。先日，亲朋各以食物相馈遗，提筐担盒，充斥道路，俗呼冬至盘。节前一夕，俗呼冬至夜。是夜，人家更迭燕饮，谓之节酒。女嫁而归宁在室者，至是必归家。……诸凡仪文，加于常节，故有'冬至大如年'之谣。"

潜隐的原点。很多时候，我们没有意识到这一点。

三

当我们知道了冬至本身在周代就是年节，当我们知道了冬至在相当长的历史时期被称为"亚岁"，冬至前夜被称为"除夕"，这一悠远的集体记忆的幽暗隧道才豁然开朗。而且，冬至不只有年节名分，更多的资料与活态的民俗说明，冬至更有着年节一样的仪式。

其一是冬至履长。即礼拜尊长，献履献袜。

人之所需，唯衣唯食。节日美食可人人共享，而节日独向尊长献履献袜，自然意味深长。一针一线，智慧与手艺的凝聚；一鞋一袜，孝心与人品的呈示。冬至隆冬，为尊长们添加衣裳合乎情理，此刻却升格为礼仪。而冬闲时节，也正是妇女们纺绩缝补勤于女工之时。履袜之献，将敬祖之念表现在现实送衣情境中的长辈衣装之上，小辈儿们孝心才艺并举，而长辈穿着者也自然身心温暖滋润。此俗魏晋南北朝时就已流行。

《太平御览》引崔浩《女仪》云："近古妇人，常以冬至日上履袜于舅姑，践长至之义也。"

曹植《冬至献袜颂表》："伏见旧仪，国家冬至，献履贡袜，所以迎福践长，……亚岁迎祥，履长纳庆。"

一再强调此举为"旧仪"，为"近古"，说明这一服饰节俗在记录者的感觉之中，既是身边活态存在着的，又是易触发联想与想象的。因为它不只是眼前情景而且是时间长河的涌动过程，并不仅限于民间而似覆盖更多的层面。从历代源源不断的文献记载看来，冬至履长确乎源远流长。[4]它所拥有的相当长的时间历程可供历代记录者向前追溯，向后瞩望。

其二是饺子圣餐。

《滦州志》径直将冬至食饺子的意涵与年节完全等同起来："冬至日，作馄饨为食。取'天开于子（按干支计算，农历十一月属子——引者注），混沌初分'，人食之可益聪明。"饺子在今日人们眼中自属美食之列。常言说"坐着不如倒着，好吃不过饺子"，远在日本的周星教授将饺子褒扬为礼仪食品和国民食品。平常美食过把瘾且不去说它，作为春节第一餐，过大年吃饺子却是固定的模式随意更改不得的。饺子初名"饨馄"，作为美食，作为一种文化意象，它有着破混沌、开辟新天地的崇高意味。因而在漫长的时间链中，在幅员广大的地域平台上，在中国人心灵最圣洁的地方，饺子都有着特别的意味，过年吃饺甚至如一项圣餐仪式。令人惊奇的是，在这一点上敢于和年节较真的仍是冬至，因为冬至吃饺子竟成为一个覆盖面相当广阔的习俗。在乡村家家户户热腾腾冒着蒸气的厨房里，在城镇装修亮丽的饭店桌面上，在机关和学校的菜单上，在各种主流媒体的节庆话语中，甚至在常见常新的手机冬至祝福短信中，饺子仿佛成为冬至的意象了。

其三是祀祖、拜尊长。[5]

祭祖拜尊并非单纯地纪念祖先，敬重

---

[4] 如唐代段成式《酉阳杂俎》："北朝妇人常以冬至日进履袜及靴。"明代刘侗、于奕正《帝京景物略》记载：冬至日"惟妇制履舄，上其舅姑"。清代《熙朝乐事》：冬至"妇女献鞋袜于尊长，亦古人履长之义也"。近代胡朴安的《中华全国风俗志》记述了活态存在于杭州的这一习俗："十一月冬至节……拜父母尊长，设家宴。"

[5] 《深泽县志》记载："冬至日，祀先，拜尊长，如元旦仪。"胡朴安《中华全国风俗志·吴中岁时杂记》记载江苏冬至风俗："家无大小，必市食物以享先，间有悬挂祖先遗容者。"《中华全国风俗志·仪征岁时记》："十一月冬至节，丛火，祀家庙、福祠、灶陉，拜父母尊长"。云云。

长辈，而是一种权力象征和秩序象征的仪式。供桌献饭，叩头作揖，个体生命与万古一系祖先衔接起来，笼罩其中的是神圣氛围。人与人不只是共时性的交往与存在，更有历时性的传递与纽接。在这里，现实与过去联系起来，生命增益了常态不曾意识到的历史深度。也许中国人特有的历史感与亲和力，与这种传承数千年的仪式有着内在的关系。

其四是新衣贺节，彼此往来。徐士铉《吴中竹枝词》：

相传冬至大如年，贺节纷纷衣帽鲜。
毕竟勾吴风俗美，家家幼小拜尊前。

勾吴即泰伯建立的勾吴古国。周武王封泰伯第三世孙周章为侯，遂改国号为吴。诗歌直接道出冬至如年的风俗，又是衣帽焕然一新啊，又是晚辈敬拜尊长啊，这不正是年的庆典模式吗？当居住环境从外而内都焕然一新的时候，每个人着新装也就自然地提到议事日程上来了，这是一个全民族的新衣盛会。核心节点换新衣，节日新装互相扮饰，中外一例。生命的狂欢时刻需要衣饰的辅助，需要形式上的仪典才能推出意念中的崇高。

同时，鲜艳的新衣意味着每个人在天地初始时分都是一个重要的、值得被关注与赞扬的角色，特别是年幼者。诗歌说得从容，冬至如年似乎是事出有因查无实据的"相传"，如同苏轼咏赤壁也未去考证一番，只一句"人道是周郎赤壁"就今古融成一体地抒情写意。"十口相传为古"，在民间口头传承的历史中，冬至节庆规模之大、地位之高、享祀之隆俨然如同辞旧迎新的年节。而随着春秋轮替日月朗照,这一习俗渐渐风化消隐了,只留一些远古的蛛丝马迹,让我们期待联想,而冬至节本身似也以遥遥的距离、特殊的身份预演着临近的年节。

在冬至日,官民同贺的节庆记载随处皆是。周密《武林旧事》记载冬至:"朝廷大朝会庆贺排当,并如元正仪"。胡朴安《中华全国风俗志·临安岁时记》:"冬至俗名亚岁,人家互相庆贺,一如新年。"《江南志书》记嘉定风俗:"冬至,邑人最重。……官府民间互相驰贺,略如元旦之仪。"

在这些星星点点的历史文献中,在前人一再描述的文化追忆中,远远眺望,我们似乎看见了冬至节的轮廓,对其形象突然有所悟而产生新的构型。当然了,对于冬至年节原生态状貌的复原描绘需要更多的文献挖掘和深层解读,还需要大量田野作业和文物考古提供多重证据才行,而这一切都需要相当长的时日。

哦,神秘的冬至,有意味的冬至!我们曾经的年岁,二十四节气的排头兵,在你的潜隐深层,还蕴积着多少文化富矿,期待着我们去开采呢?

晴腊无如今日好

—— 诗说腊八餐仪

时至今日，说起腊八餐，人们一般想到的只是腊八粥。舍腊八粥是佛祖成道前一个重要的救助行为，或是一种助圣成佛的接引仪式。

细细究来，从先秦甚至更遥远的时代起，腊八节都是用来祭祀祖先和神灵、祈求丰收和吉祥的节日。腊八餐仪本身就是一个开放的结构，随着佛粥的进入而更为丰富多样。

众所周知，腊八节本身拥有一个丰厚的意义世界。而腊八餐仪本身也是丰富多彩、源远流长的，值得我们追溯和回味。

一

众所周知，腊八节在中国，也是佛教徒的重要节日，称为"佛成道节"。这一节日因粥而起，粥是腊八节重要的源脉之一。李福诗歌《腊八粥》"腊月八日粥，传自梵王国"，讲的就是这一渊源。

据《因果经》记载，在古印度的北部，迦毗罗卫国的净饭王有个王子叫乔达摩·悉达多，他年轻时痛感人生为生老病死所困而无法解脱，以为人生终生劳顿奔波终是茫然，遂舍弃名位繁华，走向山林、走向静寂、走向辽远，出家练习瑜伽，每日仅食一麻一米，以寻求觉悟之道，但他苦行五年也未能觉悟。

到了第六年，即公元前525年的一天，瘦骨嶙峋的乔达摩·悉达多从迦都山下来，步入摩揭国。在比哈尔邦的尼连河畔，他形容枯槁，步履艰难，因劳累饥饿而晕倒于地。恰在此时，村中一位牧羊姑娘苏耶姐路过这里。

牧女急切上前，拿出随身所带的乳糜状粥饭，缓缓喂入这位昏迷者口中。这是杂粮野果佐以清泉熬成的饭粥，温热清香，滑爽宜人。这位求道者食后渐渐灵醒而恢复体能。他神清气爽，投身尼连河洗了个澡，便来到佛陀迦耶的菩提树下，平心静气，闭目静坐，苦思人生苦谛与解脱之道，终于在这一天悟道而成佛。

史传中所说的此日正是中国农历的十二月初八。

由于乔达摩·悉达多是释迦族人，人们便称他为"释迦牟尼"，意即释迦族的圣人。一粥之助带来光焰万丈的辉煌与神圣，于是乎，引发了普遍的信仰与追忆。佛教徒感念佛祖担当人类苦难而六年修炼的历程，并为纪念牧羊女施粥的恩德，便在佛成道日这一天，即腊八当天，仿效牧羊女做杂食粥而食。佛教兴盛之后，这个日子就成为佛成道日，以及斋僧救济贫穷而施舍粥饭的日子。佛教进入中华大地，并落地生根，腊八节也由此渗透浸润成俗。随着时间的推移，佛教文化在国人生活中不断渗透融合，腊八粥似乎在这一节日中逐渐成为主体意象，仿佛诗歌的主旋律一样反复重现。这方面的诗歌吟咏也如春日花草，遍地萌生，美不胜收。

二

李福《腊八粥》一诗有句云：

腊月八日粥，传自梵王国。
七宝美调和，五味香糁入。
用以供伊蒲，藉之作功德。
僧尼多好事，踵事增华饰。
此风未汰除，歉岁尚沿袭。

这里追溯腊八粥起源，认为它随佛教进入，自有非凡的功能，自有神圣的滋味。七宝五味圣美调和，馨香弥漫，既是悟道成佛的载体，又是惠及众生的糯软香粥,施舍乳糜之粥在这里成为佛教徒修炼的功课,成为普度众生的德行。因僧尼的较真与坚持,年年如此,无论丰年歉岁而此俗依然。推衍开去,此俗自会从僧尼到善男信女进而弥漫到全社会。从清道光皇帝所作诗歌《腊八粥》中我们知道,不只佛寺,朝廷也有赐粥的习俗:

> 一阳初夏中大吕,谷粟为粥和豆煮。
> 应时献佛矢心虔,默祝金光济众普。
> 盈几馨香细细浮,堆盘果蔬纷纷聚。
> 共尝佳品达沙门,沙门色相传莲炬。
> 童稚饱腹庆升平,还向街头击腊鼓。

别看皇上说得这么悬乎,好像真的一样,其实朝廷施粥不过虚应故事,传承固有习俗而已。北宋时的京都,宫廷、官府和寺院在腊八节都要准备大量的腊八粥,用来祭佛和施舍贫民。元代,帝王更以赐粥来笼络群臣。人生没有单行道,食粥从形而上的崇高意味转而兼备微妙的世俗算计,确也是难得的中国智慧。历朝累代逐步摸索,甚至搞出食粥大赛来。据清人于敏中《日下旧闻考》所说:"十二月八日,赐百官粥,民间亦作腊八粥,以米果杂成之。品多者为胜,此盖循宋时故事。"民以食为天,千里做官为吃穿,前人能借腊八粥的神圣来营造和谐的局面,顺水人情的事情,本朝何乐而不为之?传至清朝,吃腊八粥越来越仪式化,越来越庄严隆重了。

据载,雍正三年(1725),雍正命雍和宫及宫内万福阁等处设大锅熬煮腊八粥，并请喇嘛诵经，再分送王公大臣食用。说起雍和宫的腊八粥盛典，那是极为隆重的，要分为熬粥、供粥、献粥和舍粥四大幕。宫内一古铜锅，专熬腊八粥。那大锅径六尺深四尺五，涵融幽深，确乎气度不凡。

腊月初一起，皇家总管要派员运干柴、粥料到雍和宫。粥料有上等奶油、羊肉丁、五谷杂粮和各色干果等。初五晚准备就绪。初六皇上派大臣会同内务府总管大臣，率三品以上官员到庙里监督民夫称粮运柴。

初七清晨，皇上特派监粥大臣下令生火，并一直监视到初八凌晨粥全部熬好为止。慢火的肉紧火的粥，谁敢有怠倦的姿态呢？只见得炉火熊熊，锅内沸腾，直到香气弥漫，粥味袭人。这时，皇上又特派供粥大臣率领臣子在佛前供粥。此时此刻，宫灯庄严，香火氤氲，锣鼓喧天，管乐齐鸣。众喇嘛进殿诵经，随后把粥献给宫廷，同时装罐密封，快马加鞭送往承德行宫和全国各地。据说每锅小米十二石，杂粮干果各五十斤，干柴五千斤。

不难想象，如此规模宏大的施散腊八粥和皇家食用腊八粥的场面，必然是万头攒动，人潮汹涌。一碗粥饭果腹之后，年轻人在街头狂敲腊鼓，得意的皇上认定这就是清平盛世的表现。位居天子尊的皇上，当然不会想到他自己及其所属群体的衣食住行都是百姓所供养，他本能地以为自己位居社会控制与管理的平台之后，天下的一切物质与精神财富都是自己源源不断地产出而颁赐给万民的。仿佛天不生圣君，万民无衣食、万古长如夜。除了在超自然神灵面前或许会虔敬一些、收敛一些而外，他的言行举止永远是居高临下的，永远昂头挺腹，自以为是民众百年不遇的大救星，是遍施雨露为民众谋幸福的千古一帝。

皇上借腊八自树威仪，臣子自然也会顺坡赶驴，不甘落伍。清代的夏仁虎就写了一首简单明了的《腊八》诗歌：

腊八家家煮粥多，大臣特派到雍和。
圣慈亦是当今佛，进奉熬成第二锅。

今日读此诗或许扑哧一笑，或许不屑一顾；但彼时彼地重点是说熬粥来头大，非同小可。若在平常，一碗饭，吃了也就吃了，可这腊八粥并非寻常呀。千百年来传承下来，种种智慧不断融入，八方技能更见争奇竞巧，仪式隆重，品类繁多，牵涉人神，兴师动众，各种程序仪式，周旋揖让，以至你闹不清腊八粥的制作过程、吃的对象与滋味，甚至是吃的过程哪个更重要更根本。比如说熬粥时，不同的锅粥是有层级尊卑顺序的：第一锅粥奉佛，第二锅粥献给皇上及宫内左右，第三锅给王公大臣和大喇嘛，第四锅给文武百官及封疆大吏，第五锅分给雍和宫的众喇嘛，第六锅用来施舍。

奉旨监粥的大臣自然世事洞明，人情练达，想这腊八粥分为三六九等，食客虽同为日食三餐夜需一眠的男男女女，但在帝国的格局里自是高高下下、分量不一。

第一锅佛祖超凡脱俗不食人间烟火，熬制的腊八粥再黏糊滋味再香美，供奉者再崇敬也只能是走个形式，虚应故事；第三、四、五、六锅是同僚下级以及芸芸众生，大可平视或俯瞰，正眼不瞧也没有关系；唯第二锅食者是天子及其宫内左右。食者地位至高无上，愈显得这一锅粥意味悠长，愈显得奉旨熬粥者地位非同一般。这种受宠若惊、欣喜自得的心态不时波衍在字里行间。抒情主人公由获此殊荣的得意与傲慢一转，进而诚惶诚恐地奉承道："无上的圣慈，那皇上皇后就是当今的佛爷啊。"此作从文学层面上来看，是一首专制统治下断了脊梁骨的奴才诗。但从资料层面看，却可透出腊八粥的一些历史信息及现实生活的情景与细节，又不能不重视它。历史无古今，文化无糟粕，即是在这个层面上说的。

三

其实在民间，更早的时候，腊八粥就由皇家、官府与寺院的馈赠演变为彼此互赠的习俗了。

上溯到宋代，陆游诗歌《十二月八日步至西村》，就写到乡村的这一温馨事象：

腊月风和意已春，时因散策过吾邻。
草烟漠漠柴门里，牛迹重重野水滨。
多病所须唯药物，差科未动是闲人。
今朝佛粥更相馈，更觉江村节物新。

佛粥施舍在此际转换为僧俗或民众之间的饮食相赠，这一平等温煦的氛围，如渗透灵魂的古琴之音一样让人迷醉。遥想前朝，杜甫诗《腊日》这样叙写自己的忠诚与拘谨：

纵酒欲谋良夜醉，还家初散紫宸朝。

原拟辞朝还家良宵狂醉一番，但一想到皇上恩泽，还是不随便离开的好。而白居易《腊后岁前遇景咏意》写到了官场的慵懒与无聊：

郡中起晚听衙鼓，城上行慵倚女墙。

在我看来，官场算计多谨慎，哪得江湖自在身？名缰利锁动不得，哪如鱼游鸟在林？而从诗歌《十二月八日步至西村》来看，陆游在草根平民中间的感受却迥然不同：热热的一碗粥端了过来，暖暖的问候递了上来，满脸的真诚，单纯的欢乐。村人互相馈赠粥食，诗人偶过邻舍也加入其中，佛粥本身所负载的崇高与神圣的祥瑞意味自在其中……

在此氛围之下，人们心境澄明地互相致谢、祝福，是粥使然，还是善良的本性使之然？诗人本来被弃置赋闲，多病烦闷，一切索然无味，但在此时此地仿佛复原更新，换了个人似的，心态、目光全然焕新而不同以往。只见远远近近，碧草遍里，炊烟绕村，牛羊星星点点或散漫于草野，或仰头于淖池，和谐、静穆、悠远之味弥漫其中。此情此景，画意诗情，涌上诗人心头的是渗透灵魂的温馨与亲切。周围的物象，仿佛从来没有见过似的，都变得新鲜有趣，空气也格外清新宜人，平淡的生活也因之有滋有味，仿佛象棋重摆一盘重新布阵，进入理想的初始阶段，车马相士帅炮卒一个也不缺，觉得余日还是那样绰绰有余，生活还是那样丰富多彩！严冬劫掠去的一切，新春会给你还回来的。而这一峰回路转、回黄转绿的典型心态，似也被清代一位诗人顾梦游的《腊八日水草庵即事》诗句所击中而写透：

晴腊无如今日好，闲游同是再生身。

真是这样，节日就是平淡人生的盛大洗礼，生命就在这种种看似简易的仪式中得以焕新，从而激活平时不易觉察到的潜能与激情。

四

时至今日，说起腊八餐仪，人们一般想到论及的似乎只是吃腊八粥。每到腊八节来临，这粥的话题似乎就成为唯一的话题了。

谈粥是有案可稽的，吃粥拥有雄厚文化积淀的集体记忆。舍腊八粥，是佛祖成道前一个重要的救助行为，或许是一种助圣成仙的接引仪式——一个牧羊村姑苏耶妲的粥糜让思考人生而饿昏的悉达多在最后关键时刻破茧成蝶。于是乎此举在东方文化时空中产生了强大的辐射力，以至于今日成为腊八节日餐仪的主要形式。因为它有坚实的文献支撑与铺垫，有神圣的传说覆盖，又有源远流长的宗教组织坚持，还有民间广泛接受的历史传统。

但问题是，佛教进入中华大地是东汉时期，我们的腊八节餐仪是从这里起始的吗？

这是完整的腊八餐仪的文化记忆吗？

此前的餐仪与腊八食粥恰巧吻合呢？还是别具一格，抑或随时光流逝而已然丢失？

如此众口一词的话语，是否有所遮蔽，而须洞穿并解构？或许近现代的激进否定或多或少带来了文化萎缩，从而须在根本上修复以重启生机？

众所周知，腊八节并非纯粹的舶来品。它是本土文化与异域文化合流的宁馨儿。这样一个节日的餐饮仪典，也就并非那么整齐一律。作为一种历史悠远的集体记忆，或许还有多种更为厚重的历史遗存。

要说起来，传统真正的熬粥节日其实是腊月初五的"五豆节"，即纪念周始祖后稷的节日。

笔者记忆中的20世纪50到70年代，关中农村仍讲究过五豆节。直到现在有些地方过腊八煮熬粥，不称煮"腊八粥"，而叫"煮五豆"，有的腊八当天煮，还要用面捏些"雀儿头"，和米、豆（五种豆子）同煮。若粥在五豆节熬过了，腊八餐自然会让位于面条[1]。面食可是从远古传承而来延续了四千多年呢。弥漫着馨香的米儿面、糁子面仍可看出五豆餐与腊八餐融合的特征。前文《诗说冬至》中引家母所吟诵的关中民谣，说起自冬至起白日渐长时，也将"五豆"与"腊八"并列为渐进的节点。说及五豆节，不只有民间餐仪的传承，口传文化的集体记忆，更有不少地域文献的佐证。如山西《乡宁县志》乾隆四十九年刻本，说腊月"初五日，晨起煮五种豆食之。掷

---

1 文献记载的就有萱草面等，《食谱》载"张手美家腊日萱草面"云云。古时游子远行时，在北堂种萱草，望能减轻慈母思子之情，忘却烦忧。古来以萱草代指母亲或母亲居处。文献中的萱草面似暗示这一餐仪有化祭祖为尊亲的意味。

少许于路,禳小儿痘稀"。

如此说来,粥祭后稷也只是周文化的遗绪。

而中华文明的历史还可延伸到辽远,腊八节还可攀缘而上。

《史记·秦本纪》说"秦惠文君十二年,初腊"。这是公元前326年的事,但《物原》则说:"神农初置腊节。"看来源于原始社会的腊祭,从神农时代就早早开始了。那可是文献没有展开描述、想象难以追踪的岁月。等我们看到文献,则已是理性时代以后的规矩与方圆了。倘追根溯源,腊八节源初应是原始社会的腊祭。汉蔡邕《独断》说,"腊者,岁终大祭,纵吏民宴饮"。北齐魏收有《腊节》诗云:

> 凝寒迫清祀,有酒宴嘉平。
> 宿心何所道,藉此慰中情。

在魏收的这首诗里,依然坚守着传统的文化记忆,颂祝的仍是夏代命名的嘉平、殷代命名的清祀——腊祭。《渊鉴类函》载:"原《风俗通》曰《礼传》曰:'夏曰嘉平,殷曰清祀,周曰大蜡,汉改曰腊。'腊者,猎也。因猎取兽祭先祖也。或曰腊接也。新故交接,狎猎大祭以报功也。"但那时的腊祭时间并不固定,有时十二月初,有时十二月底。直到司马迁制定太初历,才把腊祭固定在冬至后的第三个戊日。第一年的第三个戊日恰好是腊月初八,遂称"腊八节"。《荆楚岁时记》就明确指出:"十二月八日为腊日。"另一说是,腊祭的神祇有八位。即先啬神神农氏,因其创意农耕发明医药；司啬神后稷，因其教民稼穑种植五谷；农神古代田官，因其管理田土；邮表畷神，因其始创庐舍，开道路，划疆界；猫虎神，因其吃野鼠野兽保护禾苗；坊神即堤防神，因其守护千里，防止江河洪水泛滥；水墉神即水沟神，因其灌溉农田助丰收；昆虫神，因其免除田野虫害。八神亲切勤奋，呵护民众，排列成行而自成谱系。细细想来，这些都是民众从自身生活和生产出发，浮想联翩，塑造出的能助益自己实现栖居理想的超自然意象。晋时河东闻喜人裴秀，由魏仕晋，不觉又到岁终腊日，提笔挥毫写出《大腊》诗一首：

> 日躔星纪，大吕司晨。
> 悬象改次，庶众更新。
> 岁事告成，八蜡报勤。
> 告成伊何，年丰物阜。
> 丰禋孝祀，介兹万祜。
> 报勤伊何，农功是归。
> 穆穆我后，务兹蒸黎。
> 宣力蔷亩，沾体暴肌。
> 饮飨清祀，四方来绥。
> 充牣郊甸，鳞集京师。
> 交错贸迁，纷葩相追。
> 掺袂成幕，连衽成帷。

>有肉如丘，有酒如泉。
>有肴如林，有货如山。
>率土同欢，和气来臻。
>祥风协顺，降祉自天。
>方隅清谧，嘉祚日廷。
>与民优游，享寿万年。

此诗采用正面的宏大叙事模式，写得庄严肃穆，光彩夺目。在这里，我们看到的仍是古代腊祭庄严的盛大场面：寒凝大地、数九隆冬时节不只有粥糜，不只有面条，而是盛宴佳肴，神圣丰美，人们以酒肉大餐来祭祀百神，向百神报告"年丰物阜"的好年景，感谢百神的保佑，从而抒发内心深处的虔敬之情。在这里，果蔬酒肉成为抒情达意的文化意象，美味佳肴成为重要的祭祀食品。仪式使感受得以提升，仪式使抽象思想转为感性的显现，成为可操作、可传承的语言行为模式。

腊祭作为一种大型的民众祭祀仪式，其中包蕴着大量的艺术和娱乐元素。虔诚痴烈，一片真心可对天。祭天如天在，祭神如神在。香火点起来，蜡烛亮起来，歌曲吼起来，舞蹈蹦起来，千面锣鼓，万众喧腾，在这里，祭祀所在的广场上缕缕青烟轻轻袅袅而上，渐散渐淡而隐于无形，只见得万里无云万里天。

据《礼记·杂记下》记载，子贡观看腊祭后，孔子轻轻地问：你感到快乐吗？子贡比较理性严谨，一脸的不屑，说举国之人都好像疯狂了一般，我不知道这到底有什么可欢乐的！孔子却不这样看。他说，民众终岁劳苦而得此腊祭欢饮，那可是得国君一日之恩泽啊。这里的意味不是你所能知道的。只知紧张工作而不知放松，为文王武王所不取；一味放松而不紧张，亦为文王武王所不屑；文武之道，原本就是一张一弛的啊！真的，孔子说的有道理，生命的节奏感在这里得以强化，人神借此沟通从而互惠和谐，平凡的生活借此而变得愉悦，有了神圣崇高的意味。

可见从先秦起，腊八节都是用来祭祀祖先和神灵、祈求丰收和吉祥的节日。腊八餐是一个开放的结构，随着佛粥的进入而丰富多样。甚至作为节日点缀的腊八蒜也名列其中。即大蒜始以醋腌于腊八，浸成后绿如翡翠则食于年节。而不少地方的腊八大餐、腊八面、腊八粥讲究一直吃到年底，都是这一悠久传统思维模式的遗存。事实上，在关中，在北方农村，不只有腊八粥，更为普遍的仪餐是腊八面：面条切成一头宽一头窄，讲究五颜六色，绿的是蒜苗，白的是面条，黄的是撒入的小米、御麦糁子和油点儿，红的是横切成扇形的胡萝卜。神圣的美食，不只推己及人，与祖先和邻里乡亲共享，仍是意态神秘的神圣仪式，不仅自己食用以获取吉祥瑞气，而且更像神秘巫术似的，端着这腊八面条喂养家禽家畜以求家畜兴旺。甚至惠及庄前屋后的花草树木，在那花草树木的根脉枝干上缠绕几根面条，相信来年会树大根深，枝荣叶茂，花朵灼灼，果实累累。在他们看来，腊八节的饮食，仿佛神仙的手指，能够化腐朽为神奇，触到每个事物都成为黄金。记得家母当年一边用腊八面喂鸡，一边乐呵呵地念念有词："鸡吃腊八，下得疙里疙瘩。"这些意态与行为在平时是不可思议的，看似一种喂养，其实是一种将神圣施及万物的餐饮仪式。

可见作为传承既久的节日，腊八节源流多样，它的餐仪也是多样的。多样性是自由之美的前提。其不同源流是不同文化层的民族集体记忆，都是值得传承且发扬光大的神圣仪式。

此是人间祭灶时

—— 诗说祭灶

灶神是民间普遍信仰的神祇，先秦时代就被列入国家祭典的七祀之一。

从资料看，灶神的初型是始祖神与太阳神。后来渐渐由专业神演绎为全能神。

近代以来，官方的祭灶仪式与观念荡然无存。祭灶的观念与仪式顽强而普遍地保存在民间山野。后来添加若干的灶神原型，身份多样且降幂排列，乃是灶神崇拜仪式普遍化中民众自我身份的投影。

倘若历时性地看，随着灶神的原型由神圣向世俗过渡，祭灶供品也有从荤到素的过程，心态也有着虔诚到多样性的演变。

每逢小年的到来，一个新的话题便在南疆北国不择地而涌出——此是人间祭灶时。祭灶源于何时啊，灶神姓甚名谁啊，相关传说故事的根根筋筋啊，都会在街头巷尾口头传播，在报刊、电台、电视上被反复絮说与追溯。古来民间有"腊月二十三，灶王爷要升天"的谣谚，说的就是我国年俗之一——祭灶。节日常规是腊月二十三，但如乐曲一般，主旋律的行进中还会有一些变调。祭灶自古以来有所谓"官三民四船五"的说法，即官府祭灶是腊月二十三，一般民众二十四，水上人家则是二十五。如此看来，北方祭灶多在腊月二十三，而南方多在二十四，就不只是一个简单的日期差别，或者暗含着彼此坚持的倾向于民间与官方的立场对峙，或者以僭越式的叙述来抢占文化高位？而船家延宕一天，是否就是士农工商层级意识支配节庆活动的结果？有无强本弱末的褒贬色彩呢？这里起码荡开了一个充分想象的空间。

一

灶神是我国民间普遍信仰的神祇，先秦时代就被列入国家祭典的七祀之一。[1] 国王可七祀，诸神如同臣子一样可分工合作，天下大事自会梳理得清清如水；而平民百姓没有多少自由，只能在祭祀门神或灶神中限选一个。看来后世门神灶神同出一家，是有点僭越的意味了。中国特色是家国同构，一家如同一小国，麻雀虽小五脏俱全，灶神若不普及，功能又不能延展，各家各户的生老病死、婚丧嫁

---

1 《礼记·祭法》："王为群姓立七祀：曰司命，曰中霤，曰国门，曰国行，曰泰厉，曰户，曰灶。……庶士庶人立一祀，或立户，或立灶。"

娶，柴米油盐酱醋茶，还不用说琴棋书画诗酒花了……那么多形而下的物事谁来操控呢？那么多形而上的情态谁来抚慰呢？也难怪民间祭祀缺少规范性和系统性，后世还有不断创造出来的传说、理由来祭祀新的神祇。那么，享受着千门万户礼拜的这位灶神到底是谁呢？

从资料看，灶神的初型是始祖神与太阳神[2]，民以食为天，在这个意义上恰到好处。这种崇拜也自有深意：始祖造人，太阳育庄稼，火生熟食。太阳神、火神与祖先神合而为一，成为三位一体的超自然神灵，居家守火而受到家家户户的敬仰。而且作为灶神的三位都可视为中华民族的先祖，彼此也有着一定的亲缘关系，炎黄二帝相传是同父异母，而祝融为炎帝玄孙。他们是民族元始的化身。始祖神能够寸步不离地驻守每家厨灶，如此关注餐饮质量与餐者素质，自是一个难得的优秀传统。

也许后世衍生出的吃在中国文化中的特殊地位与此密切相关？民以食为天，那些土得掉渣、平时谁想欺侮就去欺侮的人，那些达官贵人谁也不会正眼瞧一下的平民百姓，却可以在自己茅屋草舍里，心安理得，一年三百六十天坐于炎黄祝融身边，大碗喝粥，大口吃菜，谈笑无忌，声震屋瓦，这岂不是暗示着每个人都是炎黄的贵宾了？

于是乎，传承至今日，平素可能低头弯腰默然无语者，在聚餐的氛围下便突然华丽转身，酒杯逼人，高谈阔论，语言活泼放肆，声高气扬……语言的狂欢在这一刻得到充分呈现。以至于修辞领域里"吃"成为强弹性、强包容的人生体验与感

---

[2] 这类资料不少，如《淮南子·氾论训》："炎帝作火，死而为灶。"孔颖达注《礼记·礼器》："颛顼氏有子曰黎，为祝融，祀以为灶神。"《淮南子》："黄帝作灶，死为灶神。"等等。

受之词：受重用叫"吃得开"，拒绝叫"不吃那一套"，征服一切叫"大小通吃"，玩栽了叫"好吃难消化"，等等。

或许煌煌几千年，在专制得几乎窒息的氛围里，中国人只有在自家厨灶前，在碗筷面前才能显现出主人公的意态来？或许在民间传统意念中，最初最好的最高统治者，应有能力让每家厨灶的柴米油盐酱醋茶充盈起来，应盯着普通人家的锅碗瓢盆交响曲感悟治国的方略，如果还执迷不悟的话，就请听老子的当头棒喝："治大国，若烹小鲜！"

到了唐时，灶神又成为司命灶君、东厨司命。

据段成式《酉阳杂俎》记载，灶王爷是司命下属小神，前呼后拥，其属神居然有天帝娇孙、天帝大夫、天帝都尉、天帝长兄、硎上童子、突上紫官君、太和君和玉池夫人等。如此地位之高、权势之大、职分之尊，看来不呼为灶王、灶君似乎是说不过去的了。[3] 不只更多文本肯定了这一变化，[4] 就是在时人传唱的诗歌里，也听到了响亮的新称谓，如唐代李廓《镜听词》："匣中取镜辞灶王，罗衣掩尽明月光。"罗隐《送灶》：

3　段成式《酉阳杂俎·诺皋记上》记述灶神非凡的气势："（灶神）常以月晦日上天白人罪状，大者夺纪，纪三百日，小者夺算，算一百日。故为天帝督使，下为地精。巳且日，日出卯时上天，禺中下行署，此日祭得福。其属神有天帝娇孙、天帝大夫、天帝都尉、天帝长兄、硎上童子、突上紫官君、太和君、玉池夫人等。"

4　如唐张读《宣室志》说娄师德梦中到过阴间"司命署"，看了数千幅世人的禄命之籍，而这里的"司命"即司命灶君。再如日本学者福井康顺等人编的《道教》第一卷说："灶神不仅司现世命运，而且在死后的世界里也充当如同律师的官吏。《玉历钞传》说，该神在家人临终时，稽考其人生前行为。对于曾行恶事，但后已改过，多积善行的人，在其额上写'奉行'二字。该人头带此印，被从第一殿一直送到第十殿，可在福地即现世最上位更生，得幸福。对于次一等的人，在其额书'遵'或'顺''改'字印。这些灵魂在第一殿受审之后，其罪减半。"

灶君白描

"一盏清茶一缕烟,灶君皇帝上青天。"再如元稹《开元观闲居酬吴士矩侍御三十韵》:"禹步星纲动,焚符灶鬼詹。"王建《镜听词》:"嗟嗟嚓嚓下堂阶,独自灶前来跪拜。"

在这里,灶神已经升格,成为接受人们全方位祈祷的全能神祇了。

二

小年,对应的就是大年。我们在一年的系列节庆中找找,哪个节日能够有资格与神圣庄严的大年相提并论呢?灶神崇高而地位显赫,在大年自然会有隆重的献祭。《诗经·小雅·楚茨》:

> 神嗜饮食,卜尔百福。
> …………
> 神嗜饮食,使君寿考。

献祭就是想获得神的护佑。在先秦七祭中,灶神原是管理餐饮的专业神,后来在民众祭祀中甚至演变为司命的全能神。这灶神形象与功能的不断提升,恰恰也是餐饮神圣观念的巨大投影或意象化。史前献祭的食物主要是牲,杀牲时杀兽也杀人。殷商时以牺牲为献祭之风渐近疯狂,甲骨文所记的占卜祭祀,常将人与牛羊豕犬并提。周祭牺牲以牛羊豕三牲为主,兼以农作物、果蔬乃至昆虫为祭品。这自是理性精神的胜利。祭灶之牲后来相对固定为糖饴,正是祭祀文明的演进。

《史记》以如椽史笔写下了汉武大帝亲自祭灶的缘起。[5]齐国方士李少君对汉武大帝鼓动说，祠灶就能够变革物质，让丹砂化为黄金，这黄金若是吃了则延年益寿，进而能够见到蓬莱岛中的神仙，遇仙封禅则不死，黄帝就是这样的例子……于是这位伟大辉煌的刘彻欣然应允，亲自祭灶了。

　　想想也是，倘给平民百姓黄金如丹砂，他一定会兑成满仓粮食满柜衣服，高兴得大喊大叫三声。这一招对天子却不灵。他不在乎钱财，天下所有之财都是他自己的。他做梦都想万岁万岁万万岁，当了皇上唯一不能实现的理想就是永远活下去当神仙。当神仙的诱惑使他心痒难挠。于是乎，我们的汉武大帝亲自祭灶了，君临天下的刘彻自然冠冕堂皇、威风八面，然而在想象的神仙面前因有所求既露怯又虔诚，想想也别有意味。

　　《汉书·孙宝传》："御史大夫张忠辟宝为属，……后署宝主簿，宝徙入舍，祭灶请比邻。"成为朝中重臣幕僚，人已入住新居，为平息官场常见的心知肚明的羡慕嫉妒恨，在祭灶这种仪式中邀请四邻一聚，也是世事洞明、人情练达的一种做派。这逐渐演绎为平民百姓邻里和睦相处、彼此融乐的民间良俗。在宋代诗歌中这一节俗也得以集中呈现。如苏轼《初到杭州寄子由二绝》其二："吾方祭灶请比邻。"戴复古《春日风雨中》："不妨祭灶请比邻。"秦观《答曾存之》："祭灶请邻聊复尔。"杨时《寄长沙簿孙昭远》称"祭灶请邻君自适"。卫博《次韵谢王使君见赠》其二谓"祭灶乞邻端有志"。项安世《三次刘寺韵赋张以道新居与约斋夹湖相望》云"何时祭灶呼邻里"。

[5]《史记·孝武本纪》："少君言于上曰：'祠灶则致物，致物而丹砂可化为黄金，黄金成以为饮食器则益寿，益寿而海中蓬莱仙者可见，见之以封禅则不死，黄帝是也。'……于是天子始亲祠灶。"

陆游《冬日读白集爱其贫坚志士节病长高人情之句作古风》其十对此也想得很明白：

> 卜日家祭灶，牲肥酒香清。
> 分胙虽薄少，要是邻里情。

重要的不是品尝祭灶的美味佳肴，难得的是感受邻里乡党亲如一家的情谊。陆游特别欣赏这种人生况味，他又写了七律《祭灶与邻曲散福》：

> 已幸悬车示子孙，正须祭灶请比邻。
> 岁时风俗相传久，宾主欢娱一笑新。
> 雪鬓坐深知敬老，瓦盆酌满不羞贫。
> 问君此夕茅檐底，何似原头乐社神？

盈盈杯盏宴邻里，昏昏灯火话年节。有话就吐露，当笑则放声，袒露心声，随意自在不设防。里仁为美，彼此相亲，诗人感叹这祭灶习俗的悠久，又沉醉于当下邻舍的笑语融融，甚至人神混一，清纯充实。世俗的幸福，又有净化的意味，让到处弥漫着超越感与神圣感的氛围。

世俗的投影与折射虽使得后世灶神有偶受捉弄的境遇，其实更多的文献都指向了灶神的神秘与崇高。

如洪迈《夷坚志》所述：话说南城有一杨姓人家，家境殷实，其长子因不肖而被父亲驱逐在外。天寒地冻时节，这位浪荡子漂泊无所依，只好钻入一牛草料间裹掖干草将就而眠。霜重月明，寒意逼人，如何睡得着？忽而一只老虎扑将过来，两翼尾随种种妖魔鬼怪，阴森森的，直奔草屋而来，随意抽取扬散干草，敲击舞蹈嬉戏而乐。这小子在草中汗不敢出，气不敢喘。须臾，黑云狂风卷起，老虎似被驱赶仓皇逃窜，众鬼亦树倒猢狲散。这里那神人传呼："土地神啊，你在哪儿？"土地老儿怯怯出来拜见。神人斥责道："你受杨家祭祀多年了，今天竟然纵虎为虐，差点吃了人家儿子。我不得不出神兵来驱赶。你可谓不尽职啊！我本是杨家灶君司命，你认识吗？"土地唯唯谢罪而退。第二天仍见虎迹犹存，乱草满地。后来杨父怒气渐消，儿子得以回家，并学说了这一切。从此之后，这家侍奉灶君愈发认真勤谨了。[6]

刘克庄《岁晚书事》其六中有诗句：

谁能却学痴儿女，深夜潜烧祭灶香。

恰似这一情境的真实写照。

如果说杨氏祭灶出于辟邪护身动机的话，那么以阴子方为始的祭灶致富之说则是一种疏导与鼓励的模式。《后汉书·阴识传》说：有一位叫阴子方者，奉亲至孝，待人仁厚。腊八晨炊时，灶神现形于前，他以家

[6] 洪迈《夷坚志·杨氏灶神》云："南城杨氏，家颇富。长子不肖，父逐之。天寒无所向，入所贮牛藁屋中，藉草而寝。霜重月明，寒不得寐。忽一虎跃而来，翼从数鬼，皆伥也，直趋屋所，取草鼓舞为戏。子不敢喘。俄黑云劲风，咫尺翳暝，虎若被物逐，仓黄走，众伥亦散。既神人传呼而至，命唤土地神。老叟出拜，神人责之曰：'汝受杨氏祭祀有年矣，公纵虎为暴，郎君几为所食，致烦吾出神兵驱之，汝可谓不职矣！吾乃其家灶君司命也，汝识乎？'土地谢罪而退。明日起视，外有虎迹，草皆散掷于地上。后其父怒解，子得归。具言之，由是事灶益谨。"

中的黄羊祭祀。阴子方一再叩拜而得到祝福，自此交上好运，暴发而成为远近闻名的巨富。以至阴识第三代，已是繁荣昌盛的大家族了。受这个暴富传说的启示，黄羊祭灶的风俗就流传下来了。[7]

故《燕京岁时记》"祭灶"条说，"二十三祭灶，古用黄羊"。到了清代只有内廷和王公府第仍用黄羊祭祀而外，一般朱门大户已不常用，至于草根平民就更谈不上如此排场了。

鲁迅所写的《庚子送灶即事》就是一首祭灶的反叛之歌：

只鸡胶牙糖，典衣供瓣香。
家中无长物，岂独少黄羊。

鲁迅少年时家道中落，生活日益困难，祭灶时家里虽然尽力准备祭品，但在世俗的目光中没有黄羊谈不上丰盛，所以有感而发。在我看来，鲁迅是出于对祭灶习俗的厌恶，有意如此写出贫寒祭灶的叹息与无奈，而并非着意流俗的生活实感。

三

至于后来添加了那么多的灶神原型，身份多样且逐渐平民化，那是灶神崇拜仪式大众化后民众自我身份的投影。而且，历代不断增生着戏说而起的次生意蕴与再生意蕴。

[7] 《后汉书·阴识传》："宣帝时，阴子方者至孝有仁恩。腊日晨炊，而灶神形见，子方再拜受庆；家有黄羊，因以祀之。自是已后，暴至巨富。……至识三世，而遂繁昌，故后常以腊日祀灶而荐黄羊焉。"

不难猜测，这都是天南海北的祭祀者为了亲切套近乎，为了抒泻内心郁积，在自己所感知的文化范围内创造出来的。之所以戏说愈来愈多，或许因为灶社一年三百六十日陪伴身边神性渐渐风化，或许因为近代以来国人因矢志现代化而采取的祛魅活动，人们在似乎无关紧要的神灵面前戏说一番可以获得自由感与轻松感。近代以来，官方的祭灶仪式与观念荡然无存，祭灶的观念与仪式顽强而普遍地保存在民间山野。于是附着在民间神圣仪式之上的种种戏说甚至插科打诨的传说纷纷呈现，这也是容易理解的。

与此同时，灶神的原型也在不断地演绎着、变化着。[8]

关中地区传说灶神姓张，名隗，是姜子牙的外甥。周代殷商天下大定之时，姜子牙便斩将封神，但见征战双方的将帅们或高或低都有了特殊名分，一个个步入辉煌的神位。这时，立于舅舅旁侧的张隗暗自打起小算盘，想着这红红火火又有口福的灶神能归于自己就好了。可谁知姜子牙内心已有安排，他不求外在的名分与地位，早想将这满足口腹之欲的实惠差事安排给自己了。眼看封神过了大半，张隗急了，又不便明说，一再以暗示的口吻追问：舅舅，灶神封谁呢？姜子牙见外甥来抢这个位置，又不便明文驳回，便连声说那是有人的啊。不料话音刚落，张隗即跪拜谢封。因为无巧不成书，张隗姓张名隗字有人，正是这种歧解让他以急智钻了空子。对于姜子牙来说则是君子口中无戏言，一方面是哑巴吃亏有口难言，另一方面甥舅亲非常亲，打断骨头连着筋。无奈只好顺水推舟封张隗做灶神，自己退而求其次，妥协为屋宇二梁上的稳神了。

[8] 灶神原型的文本叙述颇多。如《后汉书》注引《杂五行书》曰："灶神名禅，字子郭，衣黄衣"。许慎《五经异义》记载：灶神"姓苏名吉利，妇姓王名搏颊"。

诗语年节　　此是人间祭灶时

283

《玉皇大帝》毗卢寺壁画

一直到现在,北方地区盖房上梁时,总要在屋脊的檩条上书写"姜太公在此,诸神退位"的大红纸条,传示天下,震慑四方,以求大吉大利。

我的一位学生讲了山东地区盛传的灶神故事。

话说胶东西部有一个张万昌,先娶妻郭丁香,又续妾李海棠。在中国传统社会里,人常说,想要一天不舒服,那就请客吧;想要一月不舒服吧,那就打庄基盖房子吧;想要一辈子不舒服,只能是纳妾了。很显然,张万昌如此这般地为自己建构了终生不舒服的格局,每日里妻妾争风吃醋打骂不止。他便一气之下放弃左妻右妾万贯家财,舍身当了灶神。不知是妻妾二人见自己逼走夫君便携手追随而去呢,还是当地民众宽厚待人,如姜子牙斩将封神一般不论敌我不说褒贬地把这一夫二妻都供上神龛。于是当地灶神便有三位,居中的灶神、左妻右妾均仪态从容,如果没有前因后果的追溯,没有伦理深度的历史解读,只看平面构图倒也亲切温馨。山东地区遂有谣谚曰:"灶王爷,本姓张,一年一碗烂面汤。"

值得注意的是,这不是一个寥天地里说完就会被大风吹走的故事,而是一个世代相传且仪式相随的正式文本。果然,在田野作业中,我们看到了三位相依的灶君图像,看到了当地好些地区祭灶模式真是胶牙糖陪伴一碗面条。

类似的衍生文本还很多,也可能涌现出枝纷叶繁的新篇章。值得注意的是,这里有着神圣性到世俗性的演变轨迹,初始的原始崇高也渐渐融合并让位于世俗伦理。一般宗教或准宗教的故事与仪式往往具有一定的积极意义,原因即在于此。

四

　　历时性地看，随着灶神的原型由神圣向世俗过渡，祭灶供品也有从荤到素的变化，心态也有着虔诚到多样性的演变。或许如俗谚所谓：你说灯我就添油，你说庙我就磕头。中国的老百姓一般在信仰问题上缺少宗教徒迷狂式的虔诚，大多是诸神为我所用的实用理性心态。大致说来，祭品中古之前颇多荤祭。随意举出几句诗歌便可看出。苏轼《纵笔》其三："明日东家当祭灶，只鸡斗酒定膰吾。"陈藻《平江腊月廿五夜作》云"昨日宰猪家祭灶"。舒岳祥《再和前韵答达善季辩》："旧时都下逢除夕，果食花饧祭灶神。"李洪《淮上乱后寄子都兄五诗》："旧官祭灶熟羊腔。"

　　而重要的是祭祀心态有一个微妙的变化。宋代诗人范成大的《祭灶词》对此有极其生动的描写：

古传腊月二十四，灶君朝天欲言事。
云车风马小留连，家有杯盘丰典祀。
猪头烂熟双鱼鲜，豆沙甘松粉饵圆。
男儿酌献女儿避，酹酒烧钱灶君喜。
婢子斗争君莫闻，猫犬触秽君莫嗔。
送君醉饱登天门，勺长勺短勿复云，乞取利市归来分。

　　范成大的诗风趣好玩，渗透于字里行间的是在丰盛祭品中暗藏着的人神沟通的世俗算计。祭灶者希望灶神世事洞明，人情练达，非礼勿听勿视勿闻，注意给面子，口风要严实，家丑万万不可随意外传。再说到天门争得利益回来可以给你回扣啊！这种典型的平视神祇的目光与心态，属于天真可爱的中国智慧与幽默。神灵似乎是一个可以套近乎的文化意象，而不是打从心底虔诚以对的信仰对象。好像在厨房这个不易有外人进入的角落，人不仅可以与灶神私下交易，讨价还价，而且还有一个更不了得的潜在前提，好像神仙智慧远远低于人类的自主意识似的。

至于灶神可能致灾祸于人的观念，仍可以追寻到先秦。在历史深处，《论语·八佾》篇隐隐透出了此中消息：卫国大夫王孙贾来请教说，祈福者一般以为与其奉承西南角的奥神，还不如奉承灶神，这是为什么呢？

孔子斩钉截铁地说："不然。如果违时悖理获罪于天，是无法向任何神灵祈祷的！"虽然孔子自信满满，但从问话中可以看出灶神被时人尊奉的浓郁氛围，以及讨好灶神的世俗心态，虽然具体的细节有待于联想与想象。

稍后的文献一再披露灶君会打小报告，意在提醒人们小心吃不了兜着走。郑玄注《礼记·祭法》时说："小神居人之间，司察小过，作谴告者尔。"

据此可知，先秦两汉时代，灶神变为专门司察人过之神，即发现有什么出轨的言行，便会转告上天予以惩罚。于是魏晋以后，灶神成为天神监察下界耳目的观念深入人心。葛洪《抱朴子·内篇·微旨》明确指出："月晦之日，灶神亦上天白人罪状。"《抱朴子·内篇》中更为具体地说，灶神每月最末一天，都要向上天报告一次人间过错；罪过大的减寿三百日，罪过小的减三日。人寿原由司命执掌，而庶民只可一祀，虽说渺小一家，事体却与一国之大几近相同，所有事务经由灶神处置，这位主厨之神便不断升格而成为全能以至司命的大神了。

时至今日，我们在农家随处可见与"本门宗祖"并列的"东厨司命"神位。灶神几乎天天不离厨灶，一切都看在眼里记在心头，到玉皇大帝那儿还不将这家的善行与恶意一股脑儿抖搂出来？这还了得！一家凶吉祸福全都在灶神之口啊。岂能熟视无睹呢？

或许历史与现实的教训不断警醒人们，"害人之心不可有，防人之心不可无"的古训一再响彻国人心中。人们不得不和连接自己与最高统治者的中介者套起近乎，并予以防范和糊弄。先请进神龛，再两边贴以"上天言好事，下界降吉祥"的对联，至于灶君的身份弄不弄得明白不要紧，径直称呼为"灶君""灶王""灶爷""灶王爷"即可，即使灶君是女性，尊称为爷也是顺理成章并非史无前例的。

但祭灶的仪式即便敷衍也是不可缺少的。黄昏入夜之时，一家人先进厨房，摆上供桌，向设立在灶壁神龛的灶君敬香点烛叩拜，供以饴糖和面做成的糖瓜，再辅以竹篾扎成的纸马和草料，以备灶君上天时代步之用。饴糖当先并成为主体祭品，意在粘住他老人家的嘴，在玉皇大帝那儿说不出什么来。看来这一历史性传承的仪式，在老百姓那里逐渐成为对策性的幽默举措了。如鲁迅《送灶日漫笔》所说：

> 灶君升天的那日，街上还卖着一种糖，有柑子那么大小，在我们那里也有这东西，然而扁的，像一个厚厚的小烙饼。那就是所谓的"胶牙

饧"了。本意是在请灶君吃了，粘住他的牙，使他不能调嘴学舌，对玉帝说坏话。

绍兴是这样，其他地方也是这样。通用的主祭品是糖瓜，将黑白糖熬化后置于案板展开，待冷却后切成条或凝成块，吃时黏得咬不动甚至嘴巴粘得张不开为最佳。有的还在灶君嘴上或灶门口粘上一块糖，或者再抹点酒糟与酒，所谓"醉司命"是也。无论是甜腻腻还是醉醺醺，总之是以调侃与戏弄的方式让灶君上天去说不成坏话为原则。这是清朝谢学埇十二岁时所写的《送灶》诗句：

莫向玉皇言善恶，劝君多食胶牙饧。

一个未曾跨入社会的少年能如此祈愿，说明灶神密告的形象是如何深入人心了。祭祀之后，便举行欢送仪式。一家人跪在灶君面前，边叩头边烧掉旧灶君像和一匹纸马，老年人这时念念有词：

灶王灶王，你上天堂。
多说好，少说歹，五谷杂粮全带来。

而那些迫切需要生儿育女者则念道：

腊月二十三，灶爷上西天。

多说好来少说歹，马尾马上带个胖小子来。

更有明确重男轻女者，祈祷词会变成：

多带跑马带剑的，少带穿针引线的。

可以预期的是，一周后的除夕之夜，灶君会带着一家人应得的吉凶祸福，与其他诸神一同回到人间来。然而，如此祭祀，且不说是对灶君职权的扩大与神位的提升，也是对灶君的折腾啊！你想想，倘若真的粘住了嘴，不只坏话说不出来，好话也说不出来呀！

再说了，灶君生而为神，这么一点小把戏都看不出来，智商就那么低浅好糊弄？不只今天的我们这么想，古人也不会没有感觉。宋代几位诗人则说破世俗机巧者。如陈杰《与节东归和同幕送行之作》便有诗句："过家祭灶略相同。"在他看来，形式庄严的祭灶似乎与小孩子过家家差不多。而宋代王迈则在《寿彭簿》诗中直斥："一官祭灶真游戏。"晁说之《朱郎元章以予不得宫观与诸侄有唱和见寄揽之欣喜五更枕上赋四首》："莫笑吹笙便得仙，绝胜祭灶事茫然。"

如此诗句，以比较的方式强调，切莫嘲笑吹笙得仙的传说，那虽然虚无缥缈，却也胜过源脉与功用茫然无着的祭灶啊！与平民百姓心怯胆战地防啊，护啊，想方设法糊弄灶神不同，牢骚满腹的吕蒙正豁出去了，说给玉皇大帝又怎么样？在这文人严重贬值的社会里，他如此这般地写了首《祭灶诗》，或许还会有物到极时终必反的效果呢：

一碗清汤诗一篇，灶君今日上青天。
玉皇若问人间事，乱世文章不值钱。

五

不少人或媒体痴迷于胶牙糖祭灶以便糊灶神之嘴的传说，似乎这才是祭灶的核心话题，私意以为这有点偏题与误解了。也许真正有价值的话题在于：祭灶的意象与仪式的意义何在？

祭灶，虽有嬉戏成分，但民以食为天，餐饮的神圣性依然随着香气弥漫天地。餐饮之神，餐饮之地是不可随意亵玩的。饮水不可弄脏，食材不可亵渎，食物不可玷污……而除夕之夜又以隆重之礼欢迎灶神的归来，以祭仪之勤宣告新的一年又要开始了。如此隆重，如此珍视，就在于餐饮是人的生命之躯存在与发展的基础。

于是乎滋生出"民以食为天"的观念，此中的"天"恰与"天地君亲师"中以伦理尊崇位序排列的"天"一样，至高无上到可以裁决君（人们依据天理可以判断明君与昏君）的地步。这是最高境界的尊崇与需求。餐饮的神圣正是生命神圣观念的折射。从业者不能不有所敬畏，不能不追求尽善尽美，不能不有所探索与掘进……于是乎在灶神兼管的餐饮之地，在"天"概念的统摄下神圣与庄严的氛围始终不会消散。中华餐饮的特别讲究劲儿、孔子食不厌精脍不厌细的习惯正是源于这一神圣而神秘的兆端。

自先民而今,中华餐饮文化成为人类文化史上灿烂辉煌的一章。我们的餐饮技艺不断攀升,我们的敬畏意态与时俱进。从厨房环境的讲究到水米面油菜等食材精细到位的保管,从烧烤到蒸煮再到焙炒,我们创造了人类最为全面的餐饮制作方式;从周八珍到现代四大菜系六大菜系甚至更多尚待发掘的餐饮妙品,从手抓(我们左右手分别有一指头叫作食指,这正是手抓饮食习惯的集体记忆与活化石)到刀叉再到筷子,我们创造了人类全部的进食方式与手段;从色香味到意养形,我们有着精深的饮食品赏标准与评判体系。当我们津津乐道中华餐饮文化的成果时,不可忘记这正是餐饮神圣观念下从业者以敬畏意态探索与实践的成果。今天祭灶,从某种意义上来说,其意象与仪式的意义与价值仍未过时,因为餐饮不可亵渎的神圣性是永恒存在的。

迎送一宵中

诗说守岁

除夕是漫漫时间长途的一个重要驿站。守岁则是除夕系列活动中一种有趣有味的仪式。

从历代守岁的歌咏来看，天子守岁诗歌淡而无味，是因其种种欲求平素无不得到放纵般地满足；近臣的诗歌在伴君如伴虎的心态下，只能失魂落魄柔若无骨；奔波在路上的人，若是处于前不着村后不着店的境遇自会茫然无着，而心境有所依托的人则会安享这天地辞旧迎新的时刻。

近代以来的文化祛魅使得守岁的神圣感与仪式性日渐式微。但即便是碎片式的文化记忆，其在民间仍有着塑心塑形的特定功能。

一般说来，年节的系列节点中，除夕最庄严也最富诗意。而在除夕的系列活动中，守夜又是其中有趣且有意味的一种。守岁也叫坐年、熬年，晋周处《风土记》有"至除夕达旦不眠，谓之守岁"。宋代孟元老《东京梦华录》："是夜，……士庶之家，围炉团坐，达旦不寐，谓之'守岁'。"周密《武林旧事》卷三云："至除夜……小儿女终夕博戏不寐，谓之'守岁'。"

光阴无限如流水，悠悠东去不复回。粘连双岁除夕夜，分秒如波涌雪堆。神奇的岁月构筑如此这般微妙的节点，平凡的时间在这里每时每刻都会染上神圣而神秘的色彩，置身此时此境的今人古人，谁的心绪能不激荡翻飞呢？

一

确乎是这样。凡事一旦成俗，便似一种无形的律令统治人间，人们不仅不会推诿，还会主动介入遵从。所谓民俗之民，就是远离决策系流的享有同一文化传统的所有个人。九州方圆，大江南北，平民百姓守岁，贵为天子的皇上也不例外。大唐天子李世民不仅参与了守岁，而且兴致勃勃地写出了五言律诗《守岁》：

> 暮景斜芳殿，年华丽绮宫。
> 寒辞去冬雪，暖带入春风。
> 阶馥舒梅素，盘花卷烛红。
> 共欢新故岁，迎送一宵中。

长安皇宫内的除夕，渐渐淡隐的黄昏阳光，斜过那描红点翠的座座殿堂，灯火辉煌，仿佛随着即来的年岁扮饰着帝幕飘逸的宫室。欣悦的脚步似乎融入春风，让人欣然和暖，残冬的寒意，随着墙角的雪痕而渐去淡远。逐阶而上，袭人的梅花芳香浓得化不开；红烛高照，除夕宴的盘盏如同花卉般灿烂盛开。新旧年岁都一样让人欢乐舒畅，或迎或送都在这神奇的一宵之中。

在这里，李世民虽居九五之尊位，虽享天子之荣华，但在时间的坐标系上，在个体生命的体验中，他仍不能异于同侪超脱世外，与大家一样，在新旧交替的格局中顾盼与仰望。虽极尽之能事夸张陈述皇宫之内的豪华欢乐，仍不能颠覆天子走下神坛与世人同样辞旧迎新的世俗格局。虽为天子贵，难为神仙身，而只能被动前行，在浪淘尽千古风流人物的时间长河中随波逐流。与历代君王相比，李世民这首诗歌已经很不错了，然而稍微拈出诗坛的一二流选手来，或者排列起唐代诗人的队伍来，唐太宗就立马退居云深不知处了。此诗的平庸而无甚新意，原因或许在于未能道出内心深处的感受，而只是点缀清平盛世的淡淡诉说。

如此这般的句子，一般诗人也会写出，甚至更巧慧更出彩，何劳一位千古天子？显然不是技术问题，而是眼界问题。或许在他的内心深处，当了皇帝想神仙，让自己的肉身与天上日月、地上山河永远相伴相随，便不只明里规定暗地怂恿臣民叩头高呼，而且也时刻念着想着真的能够万岁万岁万万岁。然而岁时守夜却没有祈祷的由头，节庆仪式的传统似也不容如此形而下的贪婪。司空见惯的豪华与壮丽，物质享受与沉浸一路写去，早已淡而无味了。在天子这里，不会引起丝毫的新鲜感与心灵波动，更不会触发轻盈或豪迈的想象。

须知自古文章憎命达，诗歌的生命原本滋生于人生缺憾的巨大补偿。艺术原本是苦难人生的盛大节日。一介天子，喜怒哀乐好恶，在日常生活中无不得到极大的满足，还能有什么衣食住行方面出格越外的欲望与向往？还能写出个什么样沉浸于此中的情感来？闻一多先生《宫体诗的自赎》一文中曾以为李世民是受六朝宫体诗的影响。其实在笔者看来，重要的是天子的内心深处早就没有这方面的新鲜感与强烈需求了。而真正隐藏于内心深处的强烈欲望与追求却又不能展示于字里行间，这样的诗歌岂不是与创作者内心背离而自弱其骨吗？或许这就是守岁的天子内心冲动而激荡，而诗歌表达却显得相当平淡的根本缘由吧。

九五之尊的皇上守夜如此，那么一人之下、众人之上的臣子能酿出诗味浓郁的守夜篇章吗？也很难。唐代诗人杜审言也写有一首《守岁侍宴应制》诗：

> 季冬除夜接新年，帝子王孙捧御筵。
> 宫阙星河低拂树，殿廷灯烛上熏天。
> 弹弦奏节梅风入，对局探钩柏酒传。
> 欲向正元歌万寿，暂留观赏寄春前。

真没料想到一个诗艺娴熟的诗人竟也会写出如此平庸的作品。

企羡的无非是帝子王孙,他们感受到天上的星辰与宫廷的灯火浑然一体,梅香伴随旋律飘飞,杯酒与游戏交错而行。此时此刻诗人迫切地想挤上前去,向最高的圣上表忠心、献笑容、祝福万寿无疆。天子居尊位,无人不趋前,宛如闹市沸,谁敢冷眼观?随波逐流的诗人也想套套近乎露露脸,无奈人多声杂中因居于后位而被边缘化了,只好移动着缓慢的脚步漫不经意地观赏着迎新的盛景。

毫不奇怪,这位被其孙杜甫推崇为"诗冠古"的创作者,这位能够写出"云霞出海曙,梅柳渡江春"(《和晋陵陆丞早春游望》)等清词丽句的诗人,当他置身于极权渗透的社会,在伴君如伴虎的紧张环境下,亦如周围所有的御用文人一样不能独立傲世,只能以诗词邀宠献媚。守岁这样特别时刻引发的内心震撼丝毫不能进入笔端,而只能随波逐流地说一心只想着圣上英明伟大神圣,内心涌动的只是歌颂万岁万万岁。这样的诗歌尽管形体舒展、雍容华贵、姿容妙曼,也只能涂脂抹粉而没有魂魄,柔若无骨。

其实守岁的含义,与除夕的其他厌胜活动相关,具有原始信仰色彩,而具体内涵却众说纷纭,或说有珍惜光阴之意。明沈榜《宛署杂记·民风一》说:"宛俗除夕,聚坐达旦,有古惜阴之意。"是的,一寸光阴一寸金,如水东流何处寻?值此辞旧迎新夜,点滴能不惊于心?

二

鸟儿动听的歌唱是在林间,而不在精致的笼子。宫阙与皇家的威严或许过分压抑,于是走出都城的歌唱就有了更多的灵性。如唐代诗人张说刚烈过人,因忤旨流配钦州。他在《钦州守岁》诗中的所思所唱,没有了伴君如

诗语年节　　迎送一宵中

299

〔明〕朱见深　《岁朝佳兆图》

伴虎的威压与悚惧，没有了竞相攀附的氛围与算计，而是一个生命真切的体验，是一个独立的个体面对时间、面对宇宙的迫切情思与直觉：

> 故岁今宵尽，新年明日来。
> 愁心随斗柄，东北望春回。

过去的一年就在此刻淡隐而去，辞旧难免滋生留恋与惋惜之情，往事历历，会逗引多少怀想？新的一年随着明晨的渐近即将迈进门槛，能不涌起些许瞩望的闪念？长夜漫漫人不寐，痴情的诗人目光随着斗柄在夜空慢慢旋转画圆，仿佛那斗柄转指的天之东北那一端，就是春天出场亮相的登台处。毫无疑问，那就是寒冬的消逝处，是新春来临的时刻。

但在国人的文化心理结构中，在诗人潜意识深处，此时此刻，都会泛上这样的联想与想象：这自然的时间接续与气候演变也是自己命运转折的预兆吧？肯定过去，坚持当下，相信未来，给了守夜的人们多少心灵的安慰！张说诗里，守岁仪式便成为一种时间上的坚守与期待，一种希望在即的空间布局。确乎是这样，将对时间的体验与对宇宙的空间感知融为一体，易于传达人们对于年岁的共同感受而引起共鸣。自然时间瞬刻化为人文时间，生活时间随即升格为文化时间。观诸古今历史，这不只是张说一人的感受，而是所有希望未泯、怀才未遇者的共同感受。虽然诗句轻轻，但如钟磬般轻轻地敲击着你的心灵，余音袅袅，又如湖泊投入石片后泛起涟漪。

不难理解，辞旧迎新，在普世的心态中，或有响亮的爆竹声，或悠悠飘来祝祷的焚香味，或有临近居家守岁说唱的欢闹声，应是快快乐乐才好呀，与家人团聚笑语连天声震屋瓦，独居自处亦可气定神闲地举杯自斟。但敏感而深沉的诗人却是"千家笑语漏迟迟，忧患潜从物外知"（黄景仁《癸巳除夕偶成》）。此时此刻，在不同的空间中，吟唱除夜的诗人高适却一点儿也高兴不起来。

> 旅馆寒灯独不眠，客心何事转凄然？
> 故乡今夜思千里，霜鬓明朝又一年。
> 《除夜作》

众人欢乐我独悲，心绪陡转可问谁？难磨除夕漫长夜，思前想后更悲摧。在这万家欢乐的时刻，突然间一种低沉压抑的心绪莫名其妙地弥漫开来，连诗人自己都未曾料想到，这到底是为什么呢？

生命的深刻体验涤去世俗模式化的感受，诗歌便停驻下来，掀开诗人内心深刻感受情绪的一角。上有老，当侍奉守岁以增其寿，而自己却遥在异乡为异客；下有小，当呵护于怀抱以助其乐，而此刻却只能面对寒夜孤灯；除夕家家团圆共享天伦之乐，而自己离家千里寂然一身；此时此刻家家门神烟花爆竹，请神敬祖营造神圣祝福之域，而自己独在旅馆寒灯相对难以振作；如此境遇自会引发远在千里之外亲人的思念与担心，但亲人思念中的自己，不就是除了岁齿徒增霜鬓更添白发而外，将老大无成的遭际又递传到下一年的无能之辈吗？礼花爆竹声，或远或近地响起，想象中的合家团聚与自身孤身异地形成了难以超然以对的强烈反差。

哦,除夕之夜,耿耿难眠,辗转反侧。痛苦如僵硬的时间一分一秒在敲击着,磨砺着诗人心灵最敏感最柔软的地方。因为理想与现实的落差,因为远大的抱负未能实现,奋斗者不知道明天的脚步将会踏上哪一段路程,担心自己辜负了亲人们厚重期待怕见那充满期待的眼神,或许又有往事不如意难以追回的愧悔与叹惋……守夜的此刻,往事历历涌入脑海,朦胧的未来笼罩眼前,而当下却没有一个盼头,没有一个可以突围的路径。诉说没有对象,心事没有读者,怎不是那盐儿醋儿酱儿的瓶子碟打碎了混作一体,细细品咂,真是别有一番滋味在心头!

诗人唱叹的,是古今为理想而痛苦的人们内心深处涌动的情愫,是没有着落的不甘平庸者敏感于年华逝去而修名不立的悲哀。如果说高适字里行间虽说痛苦茫然但还有些许期待的话,那么,唐人来鹄的《除夜》就是绝望者的失意与颓唐了:"事关休戚已成空,万里相思一夜中。愁到晓鸡声绝后,又将憔悴见春风。"似乎天下众生无不欢娱嫌夜短,而谁理解那些失意的人们,竟然会有怯惧年关长,夜漫漫、何时旦的情怀!其实再进深一步,更为绝望者或许还有如李后主那种"春花秋月何时了"(《虞美人》)无休无止的厌倦与苦闷呢。

三

除夕是漫漫时间长途的一个重要驿站。

奔波在路上的人,若是处于前不着村后不着店的境遇自会茫然无着,而心境有所依托的人则会安享这天地辞旧迎新的时刻。伽达默尔认为节日意味着一个特殊的时刻,这一时刻从日常各自繁忙的时间流中漂离出来而具有自己的时间结构。作为一个特殊的时刻,节日有这样一些特征:首先,它是一切人的共同时刻,此刻,平常因工作或利害而被拆散的人群重新聚集起来,彼此相亲,充满爱意;其次,它是被人们真正占有的时刻,此刻,时间不再像日常繁忙中那样悄悄消失,它变成了真正可触的欢乐与幸福,节日时间成为时间本身被人们所体验。如孔尚任《甲午元旦》所展示的:

> 萧疏白发不盈颠,守岁围炉竟废眠。
> 剪烛催干消夜酒,倾囊分遍买春钱。
> 听烧爆竹童心在,看换桃符老兴偏。
> 鼓角梅花添一部,五更欢笑拜新年。

这类诗歌古今很多。如诗人杜甫以"守岁阿戎家,椒盘已颂花"(《杜位宅守岁》)诗句呈现团聚的快意。而白居易的"守岁樽无酒,思乡泪满巾"(《客中守岁》)则宣泄着对故乡亲人团聚的渴望。《除夕》中,明代才子文徵明则沉浸陶醉于自己的创作成果之中:

> 人家除夕正忙时,我自挑灯拣旧诗。
> 莫笑书生太迂腐,一年功事是文词。

樵夫自得于林木的堆积,农夫满足于禾稼的丰收,诗人当然沉浸于创作的梳理之中。古今中外,人们的心灵都会安稳于自己劳作与智慧创造的成果中。因为此时此刻,诗人们会敏锐而真切地感受到"今岁今宵尽,明年明日催"(史青《应诏赋得除夕》)。如此逼人的"年华日夜催"(梅尧臣《除夕》),有所抱负的人们谁没有如屈原那样"老冉冉其将至兮,恐修名之不立"(《离骚》)的惶恐呢?于是多一番年夜的感悟与思虑,在守岁中惊悚于时序变化,自勉珍惜光阴而期待有所为,便是内心涌出的一种自觉意识。苏东坡的《守岁》便是这一精神图谱的直觉造型:

欲知垂尽岁,有似赴壑蛇。
修鳞半已没,去意谁能遮。
况欲系其尾,虽勤知奈何。

明明知道旧岁的流逝如同遁入深渊的龙蛇一样,只看见残鳞半爪,余尾即逝,但内心深处还是涌起留恋的渴念,还是想抓住时间的尾巴,深情地呼唤着别走别走啊,内心深处多么希望这一刻能够留驻而永恒陪伴啊。平时,或许因为公务,或许因为奔波,或许因为许许多多琐碎而自以为重要的事情,忽略了时间,忽略了自己的存在,淡漠了生命的感受,不知不觉之间日月似箭光阴如梭,一切都过去了。时间去哪儿了?这是瞬间的感觉,也是生命之痛与哲学之思。突然间旧岁即逝、新年将临,自己才有了一个直面时间的特殊时刻。其实这就是直面生命的特殊时刻,每一刹那,每一瞬间,都是机不可失、时不再来的际遇,都是涵容无限值得珍异的存在。此时此刻,宇宙万物与自己个体生命同步前行，过去的一切随即消逝而挽留不得，未来的一切随时会破门而出想挡也挡不住。而他对生活的深刻反思与守岁孩童的喧闹生活混融一体，又催生了其对岁月对于所有人的意义与价值的进一步感悟。

> 儿童强不睡，相守夜讙哗。
> 晨鸡且勿唱，更鼓畏添挝。
> 坐久灯烬落，起看北斗斜。
> 明年岂无年，心事恐蹉跎。
> 努力尽今夕，少年犹可夸。
>
> 苏轼《守岁》

诗心痴痴，唯愿时间脚步再缓慢一些，晨鸡啊，不要那么急急地报告春晓的到来，更鼓啊，切莫急匆匆将下一遍敲击声无情地传来，还是抓紧时间有所作为，一切努力应从此刻做起。身边的儿童强力抗争着睡意陪伴着守岁，但那幼小的年纪和心灵能猜知光阴的意味吗？灯花北斗伴遥夜，辜负时辰更痴愚。莫说独处无人道，人群深处更孤独。穿透时空的苏东坡在这孤独的时刻坚守着神话一般的守岁仪式，而内心深处荡起温煦的春风。

我们知道，美国神话学家艾利亚德曾在《神话与现实》中说道："很可能新年的神话礼仪在人类历史上具有这样重要的作用，因为通过宇宙更新的确认，新年提供了希望：初始的极乐世界是可以复兴的。"对此，苏东坡是有自觉意识的。他守岁中的孤独与勉励，饱含看透一层的振作，珍爱光阴而自主自为的觉醒，呼唤深刻、把握现在以迎接未来的积极意愿，充满期待的自我鞭策与神圣激励。

古今大诗人多有此种意绪，除夕时更为敏感。清代赵翼八十五岁时，虽垂垂老矣，一首《除夕》却是老当益壮，豪情满怀：

> 烛影摇红焰尚明，寒深知已积琼英。
> 老夫冒冷披衣起，要听雄鸡第一声。

如此的守岁，便是生命能量的积蓄，创造意识的凝聚。雄鸡晓唱的时刻，也就是以期大有作为的新开端。而谭嗣同的诗歌《和仙槎除夕感怀》其二，就更是把岁月的感悟与宏大的抱负融为一体了："挥洒琴尊辞旧岁，安排险阻著孤身。乾坤剑气双龙啸，唤起幽潜共好春。"不用更多举例，历代先贤骨髓中亦透出的天行健君子以自强不息的精神，如山岳高耸入云，如江河奔流不息。

四

自近代以来，国人由于种种原因选择了现代化的路径。历史性地祛魅使得诗意而神秘的民间信仰整体瓦解，守岁也因此失去了神圣感，其感兴作用自然会淡化甚至消隐了。但守岁作为民族集体记忆，仍有强大的惯性力量，在更为博大的空间、更为绵长的时间段里仍得以传承。然而传统的神圣感渐渐淡化甚至消失，守岁神圣神秘神奇的意味由过去浓得化不开到现在不断被稀释。不过在一些年轻人的心灵中，仍保留着往昔守岁的美好回忆。

2003年，一个年轻朋友郑四团，曾告诉我她当年守岁的情景。于是有了一段QQ对话：[1]

  张子　16：09：54
    除夕有过守岁么？
  郑四团　16：11：02
    很小的时候守过，困得撑不住。
  郑四团　16：11：24
    吃忍柿。
  张子　16：17：44
    忍柿怎么吃？几个？
  郑四团　16：18：22
    吃忍柿，本来是说，在新的一年，小孩子要忍住少骂人，但是我本来就不骂人，对我没有意义。但我小时候喜欢哭，家人就把这个意义转移了，说吃了忍柿，新的一年就要坚强，不能不如意小委屈就哭鼻子。
  郑四团　16：19：16
    没有要求，但是至少每人吃一个。
  张子　16：19：33
    呵呵，　大发现，吃忍柿的新内

---

[1] 张志春：《春节旧事》，河北大学出版社2009年版，第82—83页。

涵。是普通的柿子吧？

郑四团　16：21：02

　　是冻了一冬天的，有时候拿出来结着冰，先要用热水泡开，洗洗。

张子　16：21：49

　　那就如同火晶柿子一样软而甜吧？

　　她原本是反应敏捷的，此时却每每延缓几秒。她的思绪沉浸在回忆里。吃忍柿，多么清新温暖的形式，多么甜蜜的回忆！对小孩子来说，吃多少忍柿是没有限制的，它有一种潜意识的暗示与提醒作用，那冻了一个冬天的，放在温水里暖开的，红彤彤软乎乎甜丝丝的柿子，此时此地吮吸吞咽下肚，弥漫开来的是点化洁净身心的软甜。因为是在除夕，因为是在守岁，那吃忍柿看似果腹的行为而升格为仪式，便使得那纯美的口腹享受转化为精神的净化提升了。这就是从古代传承到今天的守岁吗？这就是当代民众仍会残守的守岁仪式吗？不管怎样，它仍深刻地保留了节日塑心塑形的文化功能。虽然是碎片状的遗痕，虽然有天真与童趣，仍会激起我们深究年俗的热望，给我们以温暖的联想与想象。

　　在原初，大年夜的守岁有神圣的意味，供守岁消夜甚至是一个重要的仪式。一盘消夜摆到桌上，家人聚坐，或嬉戏歌笑，或细语商量，静俟新年脚步的来临，这便是庄严的守岁。而守岁所着意的新一代理想人格雕塑的仪式让人感念。是啊，有了可圈可点的新一代，不就是有了可以依托的未来吗？

后记

多少年后再想想，好多事情当初不过偶然的一念，或许渐渐就因之而蔓延成葡萄藤萌芽，或者伸枝展叶为密密的灌木丛，甚至是蓊蓊郁郁的乔木呢。记得20世纪80年代到凤翔师范任教的时候，或许是欲在教学上有所突破，偶发奇想，让学生田野作业，以年轻的笔触抒写家乡民俗风情。我自己也时时饭后课余徘徊村头街口，看南肖里木版年画和香包。六营泥塑，买街头剪纸，听长者叙说东湖柳、柳林酒与姑娘手的歌谣，以及一些古旧的往事与随想；进而组织学生整理西秦地区民间联语，并撰序铅印成册……，而这些，随着岁月的推移，都顺风顺水地演绎为民俗随笔写作的背景与铺垫。因而，当王勇安教授征求我的意见，能否为母校出版社撰述诗说民俗的书卷时，感觉自己接受得有些突兀，又似乎顺理成章。突兀是此前没有这么系统写过呀；顺理成章呢，以诗说民俗，或者以民俗来解读诗歌，如此这般不就是以往所做的延伸么？

动笔之初，原想民俗原野广袤苍茫，老虎吃天难以下爪，无妨来个形散神不散，移步换形，逢山开路，遇水架桥，碰到哪儿写到哪儿。生活中的婚恋男女心态与择偶标准、代代不已的婆媳矛盾、村舍的纵横布局、村口街头的大槐树、麦场上的农忙家什、吆喝牲口的特殊语汇……，无一不是民俗世界的山山水水，漫步走去，自有开阔眼界的泉石云影，自有心定神闲的负氧离子，不妨轻点细划勾勒出一个辽阔的边界来。后来渐渐地聚拢思绪，转而为只说岁时节庆了。无论是历时性地演进或共时性地覆盖，尽量舍弃长镜头式的罗列叙述（如此这般的知识性介绍近十多年著述不少了。再说十几万字的篇幅，若面面俱到也只能粗线条匆忙地叙述，可能如航拍，虽视域宏阔却也只能是一些模糊印象而已），尝试采用中镜头式的情节与突出重点的特写镜头式聚焦，甚至不无心灵剖析与内心独白。让诗意的解读在岁时年节中充满人间烟火味，让历史在细节中鲜活起来。于是乎，便有了这一书卷的言说。静俟各方批评指正。

　　一花一世界。一本书虽一人署名，其成却赖于难得的多方助力。可感知者：母校出版社独出心裁的创意；主编薛保勤教授、李浩教授的信任；杨恩成教授、费秉勋教授的审读；王勇安教授的建议；责编焦凌女士的热情与精心……，当然，我知道还有许多未感知的幕后英雄与助益者，请他们接受我微不足道的谢意！

　　最后我还要感谢妻子陈国慧和女儿影舒，写作时桌前递来一杯茶，出门时备好一身衣，她们更是勇于挑剔的第一读者……，这些看似细枝末节的点点滴滴，却是我写作重要的微环境，温暖了我，也激励提升了我。唯愿我的文字能传导出这些美好而温馨的氛围。

张志春